KB152648

고든 램지의

불놀이

PLAYING WITH FIRE by Gordon Ramsay

Copyright ⓒ 2007 by Gordon Ramsay
Korean Translation Copyright ⓒ 2009 by Hainaim Publishing Co., Ltd.
All rights reserved.

Originally published in English by HarperCollins Publishers Ltd.
under the title GORDON RAMSAY'S PLAYING WITH FIRE
This edition published by arrangement with
HarperCollins Publishers Ltd. through EYA(Eric Yang Agency)

이 책의 한국어판 저작권은 EYA(에릭양 에이전시)를 통한
저작권자와의 독점계약으로 (주)해냄출판사에 있습니다.
저작권법에 의해 한국 내에서 보호를 받는 저작물이므로 무단전재와 무단복제를 금합니다.

고든 램지의 불놀이

슈퍼 쉐프 고든 램지의 '핫'한 도전과 성공

고든 램지 지음 | 노진선 옮김

해냄

머리말

그리고 처음에는 아무것도 없었다…!

땡전 한 푼도 없었다. 난 무일푼에 알거지였고, 가진 것이라곤 쥐뿔도 없었다. 그게 그다지 문제가 안 되던 시절도 있기는 했다.

그렇지만 결국에는 물려받은 옷과 중고품, 사이즈가 맞지 않는 축구화가 나와 우리 어머니, 누이들 그리고 남동생 로니를 괴롭히고 있던 문제를 알려주는 때가 왔다. 그동안 밑 빠진 독에 물을 쏟아 부은 셈이었다.

그 순간부터 큰 깨달음을 얻어 뭔가 하기로 단단히 결심했다고 말하고 싶지만, 그건 사실이 아니다. 내 인생에 커다란 변화가 생기기까지는, 한마디로 똥구멍이 좀 덜 찢어지게 가난해질 때까지는 그후로도 몇 년이 더 걸렸다.

이 책은 바로 그런 변화가 어떻게 일어났는가에 대한 나의 이야기이다.

차례

4부 꿈은 타협하지 않는다

5부 세상에 대한 나의 솔직한 생각

6부 인생과 비즈니스를 요리하는 법

1부

슈퍼 쉐프의 탄생

최고가 되려는 시도가 언제나 성공했을까? 바보 같은 소리. 대신 나는 영화 〈뻐꾸기 둥지 위로 날아간 새〉의 잭 니콜슨을 생각한다. 그는 정신병원에 갇혀 있던 다른 동료 수감자에게 자신이 바닥에서 수도꼭지를 떼어내 그걸 창밖으로 던져버릴 수 있다고 말한다. 동료들은 내기를 건다. 그의 허풍이 사실일 리 없기 때문이다. 영화는 땀을 뻘뻘 흘리고 끙끙대고 신음하는 잭 니콜슨을 보여주고, 결국 수도꼭지는 조금도 움직이지 않는다는 사실이 분명해진다. 잭 니콜슨은 마침내 포기하고 주위를 둘러본다. 그러고는 "적어도 난 노력은 했고, 그것만으로도 네놈들보다 나아"라고 말한다.

1

배고픈 요리사에게 찾아온 첫 번째 기회

일과 기회는 언제나 함께 오지만,
그럴 수록 '숲'을 보려는 노력을 잊어서는 안 된다.

나는 나와
경쟁한다

내가 처음으로 돈이란 걸 만져본 건 첫 주급을 받았을 때였다. 내 이름이 적힌 갈색 봉투 속에 들어 있던 그 돈은 사냥꾼을 보고 꽁지 빠지게 달리는 산토끼보다 더 빨리 사라져버렸다. 짧디짧은 축구 선수 시절에 벌었던 돈은 아버지가 나 대신 '관리'해 주었다.

그 돈이 아버지의 술값으로 쓰였는지, 아니면 음악가로서 당신의 꿈을 실현시키는 데 쓰였는지는 모르겠지만 어쨌거나 내게는 쥐꼬리만큼만 돌아왔다. 어머니도 분명 그 돈을 만져보지 못했을 것이다.

솔직히 말해서, 나는 훌륭한 축구 선수가 되는 데 정신이 팔려서 돈의 행방에 대해서는 별로 관심이 없었다. 그러나 훗날, 아주 많은 세월이 흐른 뒤에야 그때 내가 번 돈이 어디로 갔는지, 누가 그 돈을 썼는지 미친 듯이 알고 싶어졌다. 제발 누군가 내게 그 답을 알려주기를!

주방에서 일하게 된 초창기부터 나는 돈을 벌기 위해서라기보다 사람들의 인정이라는 미끄러운 기둥을 올라가기 위해 일했다. 당시 그 전쟁터에서 유일한 목표는 최고가 되는 법을 배우는 것이었다. 최고가 되어야 한다는 욕구는 언제나 날 따라다녔다. 처음에는 단순한 승부욕이었다. 벌판에서 달팽이 경주 시합을 벌일 때에도 내 달팽이가 1등을 해야 했다. 주방에서 접시를 닦을 때는 내 접시가 가장 깨끗하고 뽀송뽀송해야 하며, 내가 가장 단시간에 끝내야 했다.

시간이 흐르자 바뀌었다. 날 둘러싸고 경쟁이 벌어진다는 걸 눈치채기 시작했고, 그 과정에서 잘 해내고 싶은 마음이 누구보다 크다는 걸 깨닫게 되었다. 주위 사람들의 코를 납작하게 할 정도로 잘하고 싶었다. 최고가 된다는 건 일종의 허영심이다. 누구보다 조금 나은 정도로는 절대 충분하지 않다. 나는 다른 사람들이 결코 따라올 수 없는 최고의 경지에 올라야만 했다.

그러기 위해서는 스승이든 본보기든 영웅이든 뭐든 찾아내야 했다. 내가 앞으로 나아갈 길을 알려주는 사람이라면 누구든 상관없었다. 사춘기 시절에 내가 만났던 쉐프들은 친해지기 쉬운 사람들은 아니었다. 그렇지만 시간이 흐르면서 그들은 나를 눈여겨보았다. 시키는 건 뭐든 하고, 쉬지 않고 일하며, 충고란 충고는 모조리 빨아들이는, 굶주린 애송이가 있다는 사실을 알게 된 것이다.

내가 원하는 건 그저 배우는 것이었고, 그들이 지금까지 가르쳤던 사람 중에 가장 빨리 배웠다. 훌륭한(여기서 훌륭하다는 건 3차원적인 시각을 가지고 있다는 뜻이다) 요리사들은 나를 지켜보며 격려해 주었다. 반면 1차원적 시각을 가진 요리사들은 지금도 계란 프라이나 만들고 있다.

요리사로서 경력을 계속 쌓아가는 동안, 나는 내 분야의 일을 철두철미하게 배우는 것뿐 아니라 실력을 단계별로 높이기 위해 노력해야 한다는 사실을 알게 되었다. 또한 내게는 그렇게 노력하는 것이 비교적 쉬운 일인 반면, 다른 사람들은 나만큼 열성적이지 않다는 것도 알게 되었다.

내게는 그것이 자연스러운 일이자 유일한 길이었다. 그렇지만 다른 동료들은 근무 조건, 근무 시간, 봉급에 대해 말다툼을 벌이고 불평해댔다. 솔직히 말해서, 나는 그런 것들은 눈곱만큼도 신경 쓰지 않았다.

내가 나보다 앞서 있는 사람들을 한 번이라도 질투한 적이 있을까? 없다. 그런 일은 앞으로도 절대 없을 것이다. 나보다 앞선 사람들은 그저 이정표이자, 내가 가능한 한 빨리 따라잡고 싶은 대상일 뿐이다. 내가 자동차 경주에 출전한 차라고 한다면, 나머지 차들은 모두 내게 따라잡히기 위해 존재하는 것이나 마찬가지였다.

심지어 지금도 그렇다. 다만 이제는 누가 접시를 가장 잘 닦는가를 겨루는 게 아닐 뿐이다. 현재 나는 누구보다도 미슐랭(프랑스의 유명한 타이어 회사인 미슐랭에서 발행하는 레스토랑 가이드북으로, 전 세계 레스토랑을 대상으로 별점을 준다-옮긴이) 별점을 많이 얻으려 하고, 내 프로그램의 시청률을 최고로 끌어올려야 하며, 다른 유명한 쉐프보다 더 많은 책을 팔고 싶다.

최고가 되려는 시도가 언제나 성공했을까? 바보 같은 소리. 대신 나는 〈뻐꾸기 둥지 위로 날아간 새〉의 잭 니콜슨을 생각한다. 그는 정신병원에 갇혀 있던 다른 동료 수감자에게 자신이 바닥에서 수도꼭지를 떼어내 그걸 창밖으로 던져버릴 수 있다고 말한다. 동료들은 내기를 건다. 그의 허풍이 사실일 리 없기 때문이다. 영화는 땀을 뻘뻘 흘리고, 끙끙대고, 신음하는 잭 니콜슨을 보여주고, 결국 수도꼭지는 조금도 움직이지 않는다는 사실이 분명해진다. 잭 니콜슨은 마침내 포기하고 주위를 둘러본다. 그러고는 "적어도 난 노력은 했고, 그것만으로도 네놈들보다 나아"라고 말한다.

그게 바로 나다. 가끔씩은 목표를 너무 높게 잡아 실패하기도 하지만, 하늘의 별을 따려는 노력을 결코 멈추지 않을 것이다. 어쩌면 제이미 올리버의 책이 내 책보다 더 잘 팔리리라는 걸 조용히 인정해야 할지 모른다. 당분간은.

처음으로 내 이름을 걸고 주방을 맡다

다시 하던 이야기로 돌아가, 근무 시간은 끝이 없었고 돈을 쓰는 건 고사하고 돈에 대해 생각할 시간조차 없었다. 잠잘 시간도 부족했다. 하루 17시간씩 근무했고, 통근하는 데만 두 시간씩 걸렸으며, 나머지 시간은 모조리 잤다. 일주일에 한 번 있는 휴일에도 잠만 잤다. 하루 종일. 집세를 내고 교통비를 쓰고 나면 월급은 모두 사라졌다. 영화도, 외식도, 차를 살 돈도 없었다. 술은 원래 마시지 않았다.

그렇게 런던에서 일하다가 파리로 건너갔을 때도 생활은 별반 달라지지 않았다. 파리로 간 것은 그곳이 요리의 고향이라는 사실을 알고 있었기 때문이다. 나는 영감을 주고 날 가르쳐줄 곳을 찾고 있었고, 파리가 그 해답이었다. 프랑스어를 한 마디도 못하고, 프랑스에 지인이라곤 한 사람도 없었지만 말이다. 나는 배움에 대해 끝없이 집착했고, 아울러 가차 없는 분위기에서 당당히 인정받고 싶은 마음도 있었다.

월급 인상을 요구하는 일은 꾀병을 부리며 하루 병가를 내달라고 전화하는 것만큼이나 나와는 거리가 먼 일이었다.

시간이 흘러 나는 다시 런던으로 돌아왔고, '라 탕 클레어'에서 피에르 코프만과 함께 일하기 시작했다. 그로부터 얼마 지나지 않아 키 작은 이탈리아 남자로부터 풀햄 가 뒷길에 있는 새로운 레스토랑에서 일해 보지 않겠느냐는 제안을 받았다.

가진 거라고는 칼뿐이고, 세상으로부터 신발에 붙은 껌딱지 취급을 받던 사람이 실력을 인정해 주는 따뜻한 말과 돈까지 주겠다는 제안을 받는 건 늘 지기만 하던 도박꾼의 손에 높은 숫자의 페어 카드(같은 숫자의 카드가 한 쌍 이상 들어간 패-옮긴이)가 들어온 것과 같았다.

갑자기 내게 주방을 맡아달라는 사람이 나타난 것이다. 나는 나만의 작은 군단을 거느린 채 '쉐프'라 불리게 될 것이고, 게다가 적절한 보수까지 제안 받을 것이다. 레스토랑의 이름은 '오베르진(Aubergine)'이라고 했다.

가진 게 아무것도 없을 때 페어 카드의 가치는 더욱 커 보인다. 심지어 다른 사람들이 더 좋은 패를 가지고 있을지도 모른다는 사실, 그리고 그들에게 나의 행복 따위는 안중에도 없다는 사실마저 잊혀진다. 사실 이곳은 이미 오랜 실패의 역사를 지닌 인기 없는 낡은 레스토랑이었다.

당시에는 몰랐지만 이것은 오베르진의 이탈리아인 소유주들에게 마지막 기회였고, 그들은 어떤 이유에서인지 날 그들의 구세주라고 믿었다.

그렇고말고. 그들이 제시한 보수는 내가 상상했던 것보다 훨씬 좋았고, 내가 할 일은 그저 내가 가장 잘하는 일을 하는 것뿐이었다.

나는 1993년에 파리에서 귀국했고, 그후로 곧장 오베르진에서 일을 시작했다. 당시 스물일곱이었고, 내 아파트를 소유하고 있었다. 친구와 공동으로 구입한 것이므로 온전히 내 소유라고는 말할 수 없다. 어쨌거나 두 사람과 주택 금융 조합(상호 기금으로 은행보다 낮은 이율로 대출 받을 수 있다-옮긴이)이 자랑스러운 공동 소유주였다. 우리는 방 하나를 세주었지만, 둘 다 너무 바쁘거나 지쳐서 집세를 받을 시간이 없었다. 따라서 세입자들은 집세를 안 내기 일쑤였고, 이래저래 대출금을 갚는 건 언제나 전쟁이었다.

초창기의 절망 상태에서 나는 갑자기 오베르진이라는 이름의 배를 몰게 되었고, 머지않아 곧 결혼도 했다. 아울러 내 인생에 아주 큰 영향을 미친 또 하나의 사건이 있었는데, 장인어른을 만나게 된 것이다.

나는 결혼 전, 아내인 타나가 다른 요리사와 사귀고 있을 때 이미 장인어른을 만났다. 타나와의 결혼을 기대하고 있던 그 요리사는 그녀와 그녀의 부모님을 오베르진으로 데려왔고, 그날은 내가 오베르진에서 일을 시작한 지 이틀째 되던 날이었다.

나는 그들의 테이블로 불려갔고, 자리에 앉아 인사를 나누었다. 격의 없는 짧은 잡담이 오간 뒤, 그들은 떠났다. 나는 나중에야 장인어른이 장모님께 내가 자기밖에 모르는 건방진 놈이라고 말했다는 사실을 알았다. 그 말에 장모님은 미소를 지으며 내가 그 나이 때의 장인어른과 똑같다고 말했다고 한다. 머지않아 장인어른은 앞으로 이 책에서 중요한 역할을 하게 된다.

어쨌거나 타나는 이 머저리 요리사랑 헤어졌고, 어느새 우리는 사귀게 되어 1996년 12월에 결혼식을 올렸다. 그동안 오베르진은 급속도로 성장했고, 나는 한 달에 6,000파운드를 벌게 되었다. 한 달에 6,000파운드라니! 내 친구와 주택 금융 조합과 나는 아파트를 팔았고, 타나와 나는 배터시에 있는 낡은 학교 건물의 일부를 구입할 수 있었다. 우리는 그곳으로 이사를 갔다. 오베르진이 큰 인기를 누리면서 인생에는 거대한 지각 변동이 일어났다.

난파 직전의 오베르진을 살려내다

오베르진의 인기몰이는 흥미로운 현상이었다. 개업한 지 얼마 안 된 이 조그만 식당 덕분에 나는 유명세를 얻었고, 매주 토요일마다 골네트에 골을 꽂던 무명의 축구선수에게 갑자기 온갖 언론이 관심을 보였다. 내 미래를 상세하게 계획해 준 칼럼까지 등장할 정도였다. 신문, 잡지, 레스토랑을 소개하는 텔레비전 프로그램들은 언제나 새로운 기삿거리를 찾아다니게 마련이고, 그들은 내게 푹 빠져버렸다.

전에는 있는 줄도 몰랐던, 구석진 곳에 있는 이 식당이 왜 갑자기 런던에서 예약 손님이 가장 많은 식당이 돼버렸을까?

유명 인사들이 찾아와서는 아니다. 고든 램지라는 이름은 발음하기도 까다롭거니와, 이 레스토랑은 인테리어가 화려한 것도 아니고, 거창한 PR을 하지도 않았으며, 200명의 유명 인사들이 초대된 런칭 파티도 없이 소자본으로 시작했다. 솔직히 말하면 PR이 무엇의 약자인지도 정말 몰랐다.

식당이 성공한 이유는 훌륭하고 현대적인 유럽식 요리들이 가장 저렴한 값으로 제공되었기 때문이다. 당시 오베르진의 메뉴판을 보면, 3코스 정식이 18파운드였다. 공짜나 다름없는 셈이었다.

또한 나는 주방과 홀 양쪽에서 의욕이 충만하고, 강한 스태프를 갖게 되었다. 다들 제대로 된 훈련을 받고 싶어 하는 젊은이들이었다. 주방에서 함께 한 고생이 우리를 하나로 묶어준 것 같다. 그들은 내가 미친 듯이 일하는 모습을 보았고, 파리에서 굶주린 개처럼 헌신적으로 일했다는 이야기를 듣고 더욱 강한 유대감을 느꼈으리라.

그 유대감에 결정타를 날린 것은 갑자기 우리에게 찾아온 성공이었다. 나는 우리 스태프들의 도움으로 근면과 자기 확신이 정말로 통한다는 사실을 증명했다.

우리는 모두 완벽함을 추구하는 것이 얼마나 중요한지 알고 있었다. 따라서 우리 레스토랑을 찾아오는 손님들은 다들 앞에 놓인 요리를 마음에 들어 했고, 밖에서 소문을 내고 다녔다. 또한 근처에 살던 부자들의 마음까지 사로잡았고, 그들은 이 조그만 식당이 자신들의 소유라도 되는 양 자랑하고 다녔다. 그러니 겉만 번지르르한 PR 회사 따위는 필요 없었다.

내가 성공할 수 있었던 데는 타이밍도 작용했다. 그리고 타이밍이 잘 맞아떨어진 건 내가 노력해서 된 일이 아니다. 그저 적시적소에서 완벽을 추구하고 있었을 뿐이다. 또한 당시에 내가 모르고 있었던 아주 중요한 사실이 적어도 두 가지가 있었다.

첫째는 그 시기에 고든 램지를 세계 무대에 올려놓을 환상적인 보조 쉐프 군단이 형성되었다는 점이다. 내가 그들을 고용했을 때나 제대로 된 요리를 만들기 위해 함께 일할 때는 그 사실을 전혀 몰랐다. 당시에는 몰랐지만, 그들은 훗날 내가 성공하는 데 가장 중요한 요인 가운데 하나가 된다.

두 번째는 오베르진이 성공하기는 했어도, 돈을 벌고 사업을 하는 면에서 나는 완전히 잘못하고 있었다는 점이다. 레스토랑은 분명 많은 돈을 벌었지만 그건 내 돈이 아니었다. 나는 그저 뜨거운 오븐 속에 하루 종일 머리를 처박고 있었다. 시야를 넓혀야 한다거나, 나무가 아닌 숲을 봐야 한다는 생각은 전혀 없었다. 그리고 내가 단지 다른 사람의 배를 불려주는 수단으로 전락해 버렸다는 걸 적어도 당시에는 깨닫지 못했다.

다행히 그런 무지는 오래가지 않았다.

2

"고든, 자네가 정말로 원하는 게 뭔가?"

물 속에 뛰어들기 전에
먼저 얼음을 깨고 기본 사항부터 점검하라.

꿈이라는 사다리의 첫 발판

잘 알려지지 않은 사실이지만, 오베르진의 소유주들은 음식보다 돈에 더 관심이 많았다. 회의실에서 끊임없이 흘러나오는 입씨름과 주도권 다툼은 곧 내게도 영향을 미쳤다. 레스토랑이 점점 성공을 거두자 황금알을 낳기 위한 계획이 꾸며졌다. 그리고 황금알은 다름 아닌 내 밑구멍에서 나와야 했다. 회의실에서는 피자 가게를 오픈하자는 이야기가 주기적으로 언급되었고, 나는 이제 떠날 때가 됐다는 사실을 깨달았다.

그들은 내게 오베르진을 소유한 회사 주식의 10퍼센트를 주었고, 가끔씩 내 비위를 맞추기 위해 보너스로 2,000~3,000파운드씩을 찔끔찔끔 던져주었다. 모든 임원들이 저마다 반대편에 대항하기 위해 내게 지지를 얻으려고 혈안이 되어 있는 상황에서, 나는 오베르진의 명성이 최고에 도달했는데도 다른 곳을 둘러보기 시작했다. 내 문제점은 정말로 원하는 게 뭔지 따져보지 않았다는 것이었다. 그게 내가 배워야 할 첫 번째 교훈이었다.

그러던 중 갑자기 데이비드 레빈이라는 호텔 경영인이 자신의 레스토랑을 내게 맡기고 싶어 했다. 그 식당은 미슐랭 별을 받은 쉐프가 막 그만둔 상태였다. 그는 내게 15만 파운드의 연봉과 이윤의 5퍼센트를 제안했다. 당시 내가 받던 연봉의 두 배였고, 메이페어에 있는 그 레스토랑이야말로 미슐랭 별 세 개를 받아내기에 적합한 곳이었다. 그 제안은 어떤 주식이나 이탈리아식 피자 가게보다도 내 마음속에서 환하게 반짝거렸다.

그렇지만 데이비드와 많은 이야기를 나눠봐도, 레스토랑의 미래에 대해서는 약간 혼란스러웠다. 어느 시점이 되면 분명 그의 아들이 레스토랑 사업을 물려받을 것이다. 마음 한구석으로 왜 전에 있던 쉐프가 그만두었는지 궁금했다.

한번 데인 경험이 있어서 몸을 사린다기보다는 누가 진정으로 내 친구이고 누가 내 등에 칼을 꽂을 사람인지 분간할 만한 육감이 생겼기 때문이다.

그래서 진심으로 나를 생각해 주는 유일한 사람과 그 일을 의논했다. 바로 장인어른이었다. 나는 장인어른께 그 제안을 설명했고, 당신이 직접 데이비드를 만나본 뒤 내게 의견을 말해 달라고 부탁했다. 장인어른이 내 부탁을 흔쾌히 수락하리라는 건 의심할 여지가 없었다. 당시에는 몰랐지만 그것이 우리가 함께 하는 사업의 첫걸음이었다. 그것은 전문 분야와 세대가 완전히 다른 두 사람이 처음이자 임시로 힘을 합친 것이었다.

시간이 흐르며 그 이례적인 조합 속에서 서로의 차이점은 하나로 섞이게 되고, 우리가 비행기의 양쪽 날개처럼 똑같다는 사실이 분명해졌다.

그리하여 두 노인은 캐피털에서 만나 점심을 먹었고, 성공한 사업가들이 그렇듯이 데이비드 역시 장인어른이 전해 준 내 야망과 꿈을 전혀 이해하지 못했다. 데이비드에게 이건 이미 끝난 계약이었고, 장인어른은 장애물일 뿐이었다. 장인어른이라는 사람에게 예의 바르게 대해 주기만 하면, 그도 분명 이 원대한 계획에 찬성할 것이라고만 생각한 것이다.

드디어, 지구가 돌다

내 생각에 장인어른은 당신이 아는 게 별로 없는 사업 분야나 내 인생에 끼어드는 걸 약간 조심스러워했던 것 같다. 어쨌거나 이내 세계적인 규모의 로펌 위더스의 사무실로 와달라고 전화가 왔다. 나는 이번에도 이례적인 만남이려니 생각하고 장인어른과 함께 가기로 했다.

그러나 우리 앞에는 세 명의 변호사와 데이비드의 아들이 앉아 있었고, 변호사들 가운데 우리 측 변호사는 한 명도 없었다. 데이비드는 오늘 계약이 이미 성사된 것이나 다름없다고 생각하고 골프장에 가 있었다. 앞에 놓인 서류를 훑어본 장인어른은 당황한 표정이었다. 세 변호사 가운데 한 명이 미소를 지으며 내 서명을 기다리고 있는 계약서를 가리켰다.

갑자기 장인어른이 테이블 밑으로 내 무릎을 걷어찼다. 더럽게 아팠다. 그건 훗날 회의에서 뭔가 잘못 되어갈 때 우리가 주로 쓰는 커뮤니케이션 방법이 되었다. 장인어른은 5분만 시간을 달라고 했고, 우리는 사무실 밖으로 나갔다. 장인어른은 날 바라보며 간단하면서도 놀라운 질문 두 가지를 던졌다.

"고든, 정말로 하고 싶은 게 뭔가? 다른 사람 밑에서 일하고 싶은가, 아니면 자네 혼자 해보고 싶은가?"

그제야 마침내 지구가 돌기 시작했다는 걸 깨달았다.

10분 뒤, 우리는 서명 위원회에 사과의 말을 전했고, 그들은 우리가 그냥 떠났다는 소식을 골프장에 전했다. 그렇게 우리는 비싼 변호사 나리들의 사무실에서 유유히 나왔다.

그 순간, 우리는 직접 사업을 해보기로 결정했다. 공통점이라고는 같은 꿈을 가진 것밖에 없는, 어울리지 않는 동업자의 만남이었다. 그리고 나는 중요한 교훈을 배웠다. 목표에 도달하기 위해서는 먼저 자신의 목표가 무엇인지 알아야 한다는 것이다.

오베르진에서의 끔찍한 근무는 그 후로도 6개월이나 계속되었다. 나는 어떤 계약서에도 서명하지 않았고, 특히 내가 그만둘 경우 오베르진에서 40킬로미터 반경 내에 레스토랑을 개업해서는 안 된다는 문구가 들어 있는 계약서는 더더욱 멀리했다.

오베르진의 소유주였던 프랑코 자넬라토와 클라우디오 펄츠는 자신들이 가지고 있던 오베르진의 지분을 줄리아노 로토에게 팔았다. 결과적으로 줄리아노는 오베르진의 지분을 90퍼센트나 가지게 되었고, 이는 그가 무엇이든 자기 마음대로 할 수 있다는 뜻이다.

이 시점에서 줄리아노가 원하는 건 음식의 가격을 올리고, 스태프들에게 이래라저래라 간섭하고, 버뮤다에 레스토랑을 차리는 계획에 대해 의논하는 것이었다. 오베르진의 소유주였던 세 명의 이탈리아인들 가운데 전직 주식 브로커인 줄리아노야말로 레스토랑 사업에 대해 아는 게 가장 없었다.

우리는 기회를 찾고 있었고, 그 기회는 내 예전 상사에게서 걸려온 전화 한 통을 타고 갑자기 찾아왔다.

3

로열 호스피털 로드, 신화가 시작되다

계획, 목표, 돈, 사람이
딱 맞아떨어지는 시기가 오면,
그것들을 한 그릇에 넣고 진한 열정 한 스푼과 섞는다.

레스토랑 개업,
산 너머 산

내 인생에 영향력을 끼친 쉐프 가운데 내 경력에 가장 큰 도움이 된 사람을 아직까지 언급하지 못했다. 라 탕 클레어(La Tante Claire)에 있을 때 나는 피에르 코프만과 함께 일했고, 오베르진에서 오른팔이 되어준 마커스 웨어링을 그곳에서 데려오기까지 했다. 내가 찾던 기회를 준 사람이 바로 피에르였다.

피에르는 첼시의 변두리인 로열 호스피털 로드라는 곳에서 12년간 라 탕 클레어를 운영해 왔다. 그 길은 첼시에 거주하는 연금 수령자들, 즉 다홍색 군복과 믿기 힘든 과거사로 이 동네에 색깔을 입히는 퇴역 군인들의 양로원에서 이름을 따왔다. 핌리코에서 체인워크까지 템스 강을 따라 나란히 뻗은 이 길은 고속버스들이 강변 도로 엠뱅크먼트의 교통 체증을 피하기 위해 잽싸게 빠져나가는 샛길이자, 부유한 사교계

명사들과 슬론족(유행에 민감한 상류층의 젊은 자제들-옮긴이)들이 낡은 건물 속에 숨어 사는 곳이기도 하다.

나는 아주 짧은 기간이었지만 프랑스에서 돌아와 라 탕 클레어에서 수석 쉐프로 일한 적이 있다. 피에르가 수수께끼 같은 메모 한 장만 남겨두고 사라지는 바람에 생긴 일이었다. 그가 휴가를 떠나버린 것이다. 그가 자신의 아름다운 요리들을 내게 맡기기 전에 사흘 동안만 인수인계를 해줬어도 큰 도움이 됐을 것이다. 그러나 그는 말수가 적은 사람이었고, 전형적인 프랑스인이라 요리와 럭비 외에는 시간을 내는 법이 없었다.

라 탕 클레어는 미슐랭 별 세 개짜리 식당이었고, 멀리 떨어진 곳에 사는 사람들도 기꺼이 찾아오는 곳이었다. 이런 식당의 경우에는 사람들이 실력을 인정하고 찾아오기 때문에 위치가 어디건 문제되지 않는다. 이 동네에 있는 식당들이 이곳을 지나다니는 사람들에게만 의존했다면 먹고살기 힘들었을 것이다. 신문을 사러 나오거나, 개를 산책시키는 사람 외에는 아무도 지나가지 않기 때문이다.

피에르는 대단한 명성을 누렸고, 프랑스인답게 1년에 7주 동안이나 휴가라며 문을 닫았다. 그의 직원들은 그의 방침에 기꺼이 따랐다.

나는 피에르가 왜 식당을 옮기고 싶어 하는지 몰랐다. 당시 그는 상처한 지 얼마 되지 않았고, 또한 라 탕 클레어를 사보이 그룹 계열사인 버클리 호텔로 이전하라는 제의를 받아온 터였다.

그에게 시급한 문제는 로열 호스피털 로드에 있는 레스토랑의 임대 계약이 아직 남아 있다는 사실이었고, 바로 그 시점에 그의 시선이 내게로 향한 것이다. "아직 기간이 만료되지 않은 임대 계약서를 50만 파운드에 사 갈 생각 있나?"

나는 돈도 없었고, 솔직히 말해서 그곳은 500만 파운드도 요구할 수 있는 곳이었다. 그때 장인어른이 나서주었다. 나는 기꺼이 뒤로 물러나 장인어른이 이 작은 장애물을 처리하는 과정을 지켜보았다.

나는 장인어른의 자금 사정에 대해서는 전혀 몰랐다. 내가 아는 것이라곤 피에르에게 줘야 하는 액수는 우리가 써야 할 돈의 일부에 지나지 않는다는 사실이다. 다소 낡은 이 레스토랑을 고든 램지가 수석 쉐프로 일하는 데뷔 레스토랑으로 바꾸어놓을 거라면, 더 많은 돈을 쓰게 될 것이다. 그런 큰돈을 얌전히 통장에 넣어두는 사람은 없다. 따라서 우리는 대출의 세계에 발을 들여놓게 되었다.

장인어른은 대출 신청서를 작성해 당신이 수년간 거래하면서 알고 지내는 뱅크 오브 스코틀랜드의 지점장에게 보냈다. 아이언 스튜어트 지점장은 전에도 유명 요리사들과 레스토랑 사업에 참여했고, 그 가운데는 내가 예전에 무척 존경했던 앨버트 루도 포함되어 있었다. 다행스러운 일이었다. 은행 측에서는 미슐랭 별이 있는 레스토랑 사업에 대한 식견, 즉 비용이 얼마나 들어가고 아울러 얼마를 벌 수 있는지 알게 되었을 테니 말이다.

오베르진의 3인방 가운데 한 명이었던 클라우디오 펄츠는 예전에 장인어른에게 별 세 개짜리 식당은 절대 돈을 벌 수 없다고 말했다. 다행히도 아이언 스튜어트는 클라우디오의 말이 틀렸다는 증거를 많이 보아왔고, 은행의 대출 위원회를 설득할 수 있었다. 그렇게 되면 은행 측이 우리에게 돈을 대출해 주는 데 느끼는 미진한 의심도 사라질 것이다.

그래서 나는 옷이 거의 없는 옷장에 걸린 유일한 양복을 꺼내 입고, 은행에서 면접을 보기 위해 장인어른과 함께 트라팔가 광장 안쪽에 있는 낡은 P&O 빌딩으로 출발했다. 은행 측 간부 서너 명이 앉아 있는 회의실로 안내되자, 내 불알이 쪼그라들었다. 그들은 회색 양복에 푸른색 줄무늬 셔츠, 개성 없는 넥타이를 매고 있었다.

얼마나 개성이 없었는지, 사실 그 넥타이에 대해서는 기억나는 게 거의 없다. 우리 측의 입장은 모두 장인어른이 말했고, 난 그저 질문의 미사일이 날아오지 않기만을 기도했다. "오늘의 유가가 얼마인지 알고 있나요, 램지 씨? 개업 2, 3년간 납입 자본을 얼마나 상환할 거라고 예상하십니까, 램지 씨?" 환장하겠군. 나는 떨리는 다리 사이에 고개를 묻고 있었다.

그들을 우리 편으로 만들었다고 생각될 때쯤, 갑자기 장인어른이 하는 일마다 망쳐버리는 탐욕스러운 은행가들에 대해 신랄한 비난을 장황하게 늘어놓았다. 은행 측에서는 행정 수수료로 2,000파운드 정도를 제안했고, 장인어른은 500파운드를 제안했다. 난 어딜 쳐다봐야 할지 몰랐다. 이런 게 사업이라면 그냥 주방에 남아 있고 싶었다. 주방에서는 이런 대립 없이 내 군단을 안전하게 부려먹을 수 있다.

상황이 너무도 끔찍해서 난 회색 양복을 입은 남자들이 장인어른의 수수료 제안을 받아들인 줄도 모를 뻔했다. 그들이 처음에 제안한 2,000파운드는 터무니없었고, 장인어른은 1,500파운드를 절약했을 뿐 아니라 은행가들이 얼마나 머저리인지도 보여주었다.

아이언만은 예외였다. 그는 이 '미묘한' 협상이 진행되는 동안 냉소적인 미소를 띠고 있었다. 그는 지금 우리가 하려는 일이 앞으로 다가올 더 큰 일의 시작에 불과하다는, 첫 단계에서 자신은 도구에 불과하다는 사실을 알고 있었다.

갑자기 회의가 끝났고, 날카로운 눈매를 한 작은 체구의 엄격한 스코틀랜드인이 혀를 쏙 내민 채 미소 지으며 우리와 악수를 하고 행운을 빌어주었다. 빌어먹을, 이건 너무 쉽잖아.

물론 그렇게 쉬운 것만은 아니다. 돈을 대출받고 나면 이자까지 쳐서 그 돈을 갚아야 한다. 또한 은행으로부터 대출받은 그 무렵, 훗날 우리 사업에 큰 영향을 끼치게 될 일들이 벌어지고 있었다. 하지만 당시에는 그 사실을 몰랐고, 그저 우리 계약이 위태로워지는 줄만 알았다. 당시에는 생소한 금융계의 포식자였던 '사모 투자 펀드'의 손길이 사보이 그룹을 향해 뻗치고 있었던 것이다.

사모 투자 펀드란 한 회사의 지분을 사들여 그 회사를 인수하는 강력한 투자 펀드로, 일반 대중들에게는 공개되지 않으며 주식시장에서도 거래되지 않는다. 사보이 그룹의 매수자는 블랙스톤이라는 사모 펀드 그룹이었고, 훗날 우리에게 중요한 존재가 될 이 이름을 들은 건 그때가 처음이었다. 블랙스톤 측에서는 사보이 그룹 계열 호텔인 클라리지스, 코노트, 버클리와 사보이 그룹을 매수하는 대가로 5억 파운드를 제안했다.

일단 계약이 체결되고 나면, 사모 투자 펀드 운용가들은 사보이 그룹의 가치를 높이기 위해 변화를 꾀할 것이다. 펀드 투자자들이 납득할 만한 수익을 얻고 회사를 되팔기 위해서였다. 문제는 계약이 진행되는 동안 사보이 그룹과 관계된 모든 일정이 보류된다는 것이다. 거기에는 피에르 코프만의 식당 이전도 포함되어 있었고, 따라서 내 계획도 포함되어 있었다.

우리는 다시 다른 레스토랑을 알아보았다. 여섯 군데 정도를 돌아보았지만, 새로운 레스토랑을 볼 때마다 우리가 가장 원하는 곳은 로열 호스피털 로드라는 걸 깨달았다. 그곳을 살 수 없다는 사실이 가슴 아플 뿐이었다.

고든 램지 앳 로열 호스피털 로드
드디어 나의 레스토랑을 열다

몇 달이 흘렀다. 새로운 소식은 좀처럼 들리지 않다가 마침내 계약이 성사되었다. 블랙스톤 측은 사보이 그룹의 운영 방식을 바꾸어놓을 수백만 가지의 방안을 생각해 내느라 바빴다.

피에르 코프만을 버클리 호텔로 데려올 것인가 말 것인가는 그쪽에서 결정해야 할 많은 사항 가운데 하나였고, 우리는 그저 기다리는 수밖에 없었다. 피에르의 재무 상담가들이 우리의 전화를 받지 않은 지는 이미 오래되었고, 나는 이 거래가 취소될 거라는 느낌이 들었다.

상담가들 중에 특히 짜증나는 녀석이 하나 있었는데, 라 탕 클레어에 뻔질나게 드나들던 꼴 보기 싫은 양복쟁이였다. 그 녀석은 블랙스톤과 사보이 간의 협상이 끝나가고 있다는 사실을 알았을 것이다. 버클리 호텔과 피에르와의 계약이 성사되리라는 사실이 분명해지자, 이 녀석은 더 애매하게 굴었다. 다행히도 피에르의 회계 회사에 근무하는 다른 동업자가 선수를 쳐서 곧장 우리에게 알려주었다. 그 사람이 아니었더라면 우린 아직도 터치라인 앞에 서 있었을 것이다.

계약이 진전되었고, 갑자기 우리는 라 탕 클레어를 대표하는 변호사 사무실에서 앉아 있었다. 나와 장인어른 앞에는 서명을 기다리는 계약서, 임대 계약서, 손해 배상 계약서, 보증서 등 서류가 산더미처럼 쌓여 있었다. 한바탕 폭풍우가 지나가자, 변호사들은 이 중대한 순간을 기념하기 위해 샴페인을 가져오게 했다. 그후로도 나는 수많은 계약을 성사시켰지만, 이 순간만큼은 결코 잊을 수 없다. 첫 경험이라서가 아니라, 유대감과 친절함이 가득한 사소한 배려 때문이었다.

은행에서는 대출 서류에 적힌 게 내 서명이 맞는지 확인하기 위해 애송이 앞잡이를 한 명 보냈다. 그는 그 성가신 업무를 끝낸 걸 보상받을 수 있을 만큼 샴페인에 충분히 취해 맨 마지막으로 자리를 떴다.

이로써 나는 한숨을 돌릴 수 있었다. 이젠 오베르진을 그만둘 수 있었고, 그들이 자꾸만 강요하는 계약서에 서명하는 일을 미룰 필요도 없었다. 이제는 마르코 피에르 화이트(영국인 최초이자 최연소로 미슐랭 별 세 개를 획득한 요리사. 괴팍한 성격으로 악명이 높다-옮긴이)에게 그의 꼴통 같은 카페 로열(Café Royal) 계획에 참가하고 싶은 마음이 없다고 말할 수도 있었다. 이젠 나도 꿈꾸어오던 일, 바로 내 레스토랑을 열기 때문이다.

그렇지만 내가 피에르 코프만에게 빚진 것은 레스토랑을 열 기회뿐만이 아니다. 50만 파운드라는 돈이 내가 감당할 수 없는 금액이라는 걸 그가 알고 있었는지, 혹은 그가 내 성공을 바란 것인지는 나도 모른다. 어쨌거나 내가 부탁하지도 않았는데, 그는 내가 현금을 확보할 수 있도록 17만 5,000파운드의 상환을 1년 뒤로 미뤄주었다.

그렇다고는 해도 매달 이자가 붙는 어머어마한 대출금이 남아 있었다. 따라서 이 코딱지만 한 레스토랑을 사들인 이상 어서 개업해야 한다는 사실은 블랙스톤 같은 거대 금융기업의 임원이 아니라도 알 수 있으리라. 함께 일할 스태프들도 대기하고 있었다. 오베르진의 사장인 줄리아노 로토가 마커스 웨어링을 해고하자, 46명의 스태프들이 다 함께 오베르진을 그만둔 것이다. 정해 둔 메뉴도 있었지만, 우선은 레스토랑이 제대로 된 모습을 갖춰야 했다. 시간이 별로 없었다.

그래서 예전에 알게 된 작은 인테리어 회사에 도움을 청하기로 했다. 오래전에 피에르 코프만은 당시 무명이었던 데이비드 콜린스에게

라 탕 클레어의 인테리어를 의뢰했는데, 그의 인테리어는 라 탕 클레어와 요리에서 빠질 수 없는 것이 되어버렸다. 어쩔 수 없이 인테리어를 모두 바꿔야 했다. 남는 건 콘크리트 뼈대뿐이어서 30일 안에 뭔가를 지어야 했다.

그 콘크리트 뼈대는 언제나 날 쫓아다닐 것이다. 레스토랑의 성공 요소가 무엇인지는 아무도 모른다. 음식, 위치, 실내 디자인, 가격, 직원, 분위기, 손님이라는 몇 가지 변수가 있을 뿐이다.

어느 순간 해답을 알아낸 것 같다가도, 음식이 비싸기만 하고 맛이 없는데도, 기차가 지나가는 다리 밑에 있는데도, 직원들이 거만한 꼴통들인데도, 손님들이 변덕스러운데도, 콘크리트 뼈대뿐인데도 망하지 않은 식당들이 떠오른다. 때로는 그런 식당들이 망하지 않는다는 게 놀랍고도 짜증난다.

따라서 우리는 아프리카에 있는 한 나라의 GNP에 해당되는 액수를 인테리어에 쓰기로 했다. 뉴욕 55번가에 있는 한 유명한 생선 요리 식당은 멋대가리 없는 콘크리트 건물인데도 식사 때마다 손님들로 가득 찬다. 하지만 개도 못 먹을 음식을 파는데도 실내 장식에 500만 파운드나 처들인 덕에 늘 FA컵 결승전이 열리는 웸블리 경기장처럼 만원인 식당 또한 알고 있었다.

이 모든 걸 고려해 식당의 실내 장식을 바꾸기로 했다. 하지만 어떻게 해야 할지 전혀 감을 잡을 수 없었다. 인테리어 회사에서는 단순하고 재미없지만 설치와 제작이 쉬운 아이디어만 내놓았다.

유일하게 창조적인 아이디어는 바나비 고턴이라는 예술가를 소개시켜 준 것이었다. 그는 1만 파운드라는 싼 가격에 회색과 푸른색의 몽환적인 대형 형상화를 그려주었다. 그의 비전, 속도, 열정을 본 우리는 그를 꼭 붙들어야 한다는 사실을 깨달았다. 훗날 우리는 사람들을 만날 때마다 그런 과정을 밟았고, 그들은 그후로도 우리와 함께 일해 주었다.

그렇다고는 해도 일정표는 무진장 빠듯했고, 개업 날 영업하기 30분 전까지도 프론트 데스크를 만들고, 청소기로 카펫을 청소하고, 유리컵에 윤을 내고 있었다. 개업 전날 밤, 갑자기 레스토랑이 너무 황량하다는 생각이 들었다. 식당 뒤쪽에 텅 빈 선반이 있었던 것이다. 그 선반을 장식해야 하는 마지막 업무를 잊은 채 디자인을 다 마쳤다며 철수해 버린 머저리들에게 욕을 퍼부어주었다.

나는 장인어른에게 전화했고, 장인어른이 소장하고 있던 무라노 유리 공예품 컬렉션을 곧장 가져왔다. 물론 다른 장식품을 찾아낼 때까지 개업 첫 주에만 놓아두자고 생각했다. 그러나 무라노 컬렉션은 5년이나 그 자리를 지켰고, '고든 램지 앳 로열 호스피털 로드'의 상징적인 존재가 되었다.

건물을 짓는 일은 여러모로 가장 쉬웠다. 우린 그저 인부들에게 일을 시키기만 하면 됐고, 그들은 못마땅한 표정으로 혀를 차거나, 툭하면 차를 마셨다. "네, 기한 내에 끝내드릴게요"라는 대답이 요구되는 모든 질문에는 꿀 먹은 벙어리가 된 채 일을 했다.

오베르진의 스태프 전체를 로열 호스피털 로드로 옮겨오는 일은 이번 여정에서 민감한 부분이었다. 마커스 웨어링의 해고로 오베르진의 스태프 전원이 함께 그만둔 이후로, 우리가 모일 수 있는 장소는 메이페어에 있는 장인어른의 아파트뿐이었다.

모두 창백한 표정으로 거대한 떡갈나무 테이블에 둘러앉아 새로운 시작을 선포하려는 장인어른을 바라보고 있었다. 나는 지금도 그날 밤을 생각한다. 장인어른은 애원의 눈길로 당신을 바라보는 오베르진의 망명자 무리들 앞에 앉아, 앞으로 함께 일하자고 했다. 그들은 이탈리아인이 없는 새로운 식당으로 무사히 옮겨갈 수 있는지 알아야 했다. 장인어른이 그 순간에 무슨 생각을 했는지는 잘 모르겠지만, 매우 긴장했을 것이다.

법률 고문을 맡은 조엘슨 월슨 주식회사의 한 동업자는 장인어른과 20년간 알고 지낸 사이였는데, 당신이 무슨 일을 벌이고 있는지 제대로 알고 있느냐고 물었다고 한다. 사기를 북돋워주는 데 이보다 긍정적이고 시기적절한 질문이 또 있겠는가.

개업하고 며칠은 가족과 친지, 스태프들을 맞이하며 다소 여유롭게 영업했다. 모든 사람에게 지금 하는 일에 자신감을 주고, 성공적인 레스토랑의 필수 요소인 주방과 홀 간의 리듬과 흐름을 익히기 위한 최종 리허설이었다. 정식으로 영업을 시작하던 첫날, 우리는 만반의 준비가 되어 있었다. 흥분되는 순간이었다. 그날 저녁 8시쯤 에어컨이 갑자기 고장 나면서 주방 기온이 45도로 치솟았다. 내일 아침에 수리공이 오기를 기다리며 더위를 참고 일할 수밖에 없었다.

그날 자정 무렵에야 땀에 흠뻑 젖은 채 주방에서 나와 첫날의 수입을 계산할 수 있었다. 영업한 지 한 달이 된 1998년 9월, 우리는 돈을 벌었다. 물론 투자금을 갚기에는 턱없이 모자랐다. 하지만 수익이 생기는 사업을 하고 있다는 걸 알게 되었고, 사업 초기에는 그것이 큰 위안이었다.

그후로 6개월간 매달 5만 파운드의 순이익을 올렸고, 은행에 진 빚은 점점 줄어들기 시작했다. 그건 곧 피에르 코프만에게 17만 5,000파운드를 갚고, 그의 인내심에 감사할 수 있었다는 뜻이다.

고든 램지의 예약 장부엔 빈 칸이 없다

장사가 잘되고 있다는 걸 보여주는 증거는 언제나 꽉 찬 예약 장부였다. 나는 한 달 뒤까지만 예약을 받았다. 오베르진에서 일할 때 그런 제한이 없으면 사람들에게 예약이 불가능하다는 인상을 주고, 따라서 예약을 아예 포기해 버린다는 걸 배웠기 때문이다.

예약은 언제나 까다로운 일이다. 손님들을 위해 정확한 예약 방침을 세워둘 필요가 있다. 인기 있는 레스토랑의 예약 장부에 관해서는 온갖 종류의 소문이 떠돈다. '아이비(The Ivy)'에 전화해 내일 저녁 8시에 예약하고 싶다고 말해 보라. 그들이 원하는 건 당신이 누구냐 하는 것뿐이다. 당신이 유명 인사가 아니라면 이름을 말해 봐야 아무 소용 없고, 저녁 6시에서 10시 반 사이에 예약할 수 있는 확률은 극히 낮아진다.

내가 오베르진에 근무할 때는 예약석을 슈퍼에서 사고팔아서 손님들이 제3자에게 예약비를 지불하고 테이블을 얻을 수 있도록 해야 한다는 농담까지 돌았다. 럭비 경기장 트위크넘이나 윔블던, 웸블리 경기장의 암표상처럼 말이다.

아이비 식당이 유명 인사들의 테이블을 미리 할당해 두는 것을 영업 방침으로 삼듯이, 우리에게도 우리만의 영업 방침이 있어야 했다. 그리고 그것은 융통성이 있어야 했다. 1년 중, 손님이 가장 많은 밸런타인데이와 어버이의 날에 테이블 배치가 어때야 할지 생각해 보라. 밸런타인데이에 4인석을 원하는 사람이 누가 있겠는가? 따라서 예약 담당 매니저는 가능한 한 2인석을 많이 만들어두어야 한다. 어버이의 날은 가족이 모이는 날이고, 따라서 4인 이상의 좌석이 필요하다.

이 특별한 두 날을 제외하고는 2인석, 4인석 혹은 단체석이 균형 있게 배치되어야 한다. 2인석이 너무 많으면 공간이 좁아지고, 식탁보와 냅킨, 직원이 더 많이 필요하다. 또한 2인석은 대개 술 매상이 적은 편인데 좋은 현상은 아니다. 4인석은 술 매상이 올라간다. 손님의 인원이 많을수록 식당 주인은 행복한데, 와인의 매상이 올라가기 때문이다.

그럼 1인석은 어떻게 해야 할까? 내 레스토랑에는 언제나 1인석이 있다. 1인석은 매상을 많이 올리지는 못하지만, 1인석의 예약을 받지 않는 식당은 장사를 할 자격이 없다. 레스토랑에 혼자 먹으러 오는 사람은 많지 않다. 그러나 몇몇 고마운 사람들은 단지 음식을 맛보기 위해 혼자 찾아온다. 그것보다 좋은 칭찬이 어디 있겠는가?

장인어른이 자주 가는 오래된 식당 가운데 하나인 '룰스(The Rules)'는 훌륭하면서도 느긋한 식당으로, 1류 영국식 요리를 제공한다. 또한 영국에서 가장 오래된 식당이기도 한데, 거기에는 언제나 1인용 식탁이 있다. 나는 그 자리가 비는 것을 한 번도 보지 못했다.

로열 호스피털 로드에는 좌석이 45개뿐이라서 운영하기가 쉽다. 하루 예약이 다 차면 그걸로 끝이다. 그후에는 설사 여왕님이 전화하셔서 당신과 부군 필립 공을 위한 2인용 좌석을 부탁한다 할지라도, 죄송하다고 사과를 드릴 수밖에 없다.

다른 예약 손님에게 전화해 예약을 취소라도 시키지 않는 한 여유 좌석은 전혀 없는데, 장담컨대 그런 일은 절대 없다. '고든 램지 앳 클라리지스(Gordon Ramsay at Claridge's)'처럼 큰 식당의 경우에는 예약을 조정하기가 쉽다. 솔직히 말해서 그곳에는 언제나 여유분의 좌석을 마련해 둔다.

예약 손님을 받을 때는 시간을 분산시켜야 한다. 예약이 꽉 찬 두 개의 식당이 있는데 하나는 모든 손님이 같은 시간에 오고, 다른 하나는 손님들이 15분 간격으로 온다고 생각해 보라. 어떤 레스토랑이 효율적으로 운영되겠는가? 주방에도 숨 돌릴 틈을 줘야 한다. 우리 식당의 손님들은 그 사실을 이해하게 되었다. 그들은 기꺼이 8시가 아닌 8시 15분에 예약할 뿐 아니라, 실제로 그 시간에 맞춰 도착한다.

'코노트(The Connaught)'의 초창기를 생각해 보면, 저녁 8시에 식당으로 밀어닥친 보수적인 손님들의 긴 행렬은 그곳의 수석 쉐프인 안젤라 하트넷에게는 살아 있는 악몽이었을 것이다. 그런가 하면 '사보이 그릴(Savoy Grill)'에는 오후 1시 정각이 되는 순간, 런던의 실세들이 점심을 먹으러 몰려든다. 물론 주방에서는 감당하기 힘든 일이다. 사실 그건 끔찍한 악몽이다.

사람들은 예약제 레스토랑에는 지나가는 사람들을 위한 자리는 없을 거라고들 말한다. 그건 말도 안 되는 소리다. 내가 가장 좋아하는 시나리오는 금요일 밤 늦게 예닐곱 명이 로열 호스피털 로드를 찾아와 혹시 자리가 있냐고 물어보는 것이다. 있고말고. 우리는 그들을 식당 안으로 들이고, 두 팔 벌려 환영한다는 뜻을 전한다. 단, 남은 음식들만 제공할 수 있다는 전제하에. 이는 영업하지 않는 주말을 앞두고 냉장고를 싹 비울 수 있으며, 높은 매상을 올리며 영업을 마무리할 수 있다는 뜻이다. 손님들 역시 행복해진다.

훌륭한 영업 방침과 열정적인 스태프의 조합이야말로 성공적인 레스토랑을 만드는 데 가장 필요한 조건이다. 훌륭한 레스토랑을 평범한 레스토랑과 구분짓는 것 또한 그 두 가지 요소이다. 우리는 그 두 가지를 목표로 삼았고, 곧 목표에 도달했다는 사실이 명백해졌다. 그리고 갑자기 일을 두 배로 할 기회가 생겼다.

신문 1면을 장식한 페트뤼스

바로 그 시기에 세인트 제임스 스트리트 한복판에 두 번째 레스토랑을 열 기회를 잡았다. 식당 주인은 재미삼아 레스토랑을 경영하며 매일 친구들만 불러들이다가, 왜 장사가 안 되는지 의아해하고 있었다. 나는 그곳을 둘러보았다.

음식 카트에는 물방울이 맺힌 치즈가 담겨 있고, 하얀색으로 칠해진 피아노가 있는가 하면, 주방은 불결하기 짝이 없었다. 게다가 메뉴는 형편없고, 식당 주인은 폭삭 망한 상태였다.

급조된 계약서의 잉크가 채 마르기도 전에, 식당 물건을 차압하려는 사람들이 들이닥쳤다. 하지만 한발 늦었다. 이미 건축업자들이 세인트 제임스 33번가의 잔해를 제거하는 중이었다. 그렇게 우리는 두 번째 식당 부지를 확보했다. 식당의 이름은 '페트뤼스(Pétrus)'로 결정되었고, 마커스 웨어링이 쉐프였다. 그는 주식을 보유한 쉐프로 직위가 오른 첫 번째 사례였다.

지금이 내가 오베르진에서 만들어둔 보조 쉐프 군단이 빛을 발하는 순간이었다. 뛰어난 쉐프들 덕분에 확장할 수 있었고, 새 레스토랑을 지을 때마다 그들에게 소유권의 일부를 주는 것이 방침이 되었다. 나는 쉐프가 언제나 가장 중요한 선수라는 걸 알고 있었고, 쉐프를 정해두지 않고서는 절대 레스토랑 오픈 계획을 세우지 않는다는 게 신조였다. 식당의 위치, 인테리어, 손님을 직접 대하는 직원들, 이 모든 게 중요하지만 먼저 누가 주방을 책임질지 정해야 한다.

페트뤼스는 장사하기 쉬운 곳은 아니었다. 주방이 홀 밑에 있어서 음식을 위층으로 운반해야 했다. 로열 호스피털 로드처럼 중심 좌석이 없는 길쭉한 공간이었고, 푸근하거나 편안한 분위기도 아니었다. 하지만 이 모든 문제가 잘 해결될 수 있었던 건 어떻게든 성공하겠다는 열정과 에너지가 있었기 때문이다. 그리고 우리는 결국 해냈다.

쉐프 다음으로 정해야 할 것은 레스토랑의 이름이다. 페트뤼스는 보르도산 적포도주를 의미한다. 나는 레스토랑 소유주들에게 페트뤼스라는 이름이 어떻겠냐고 물었고, 그들은 동의했다. 이는 이 식당이 제대로 된 와인에 상당히 투자하겠다는 의미였다. 우리는 와인 저장실뿐 아니라 1945년까지 거슬러 올라가는 최고의 보르도산 와인 컬렉션을 갖춰두기로 결정했다. 그러다 보니 우리가 파는 게 음식이 아니라 와인이라는 생각이 들기도 했다.

이건 나처럼 음식을 가장 중요하게 여기는 사람에게는 사타구니를 걷어차이는 것 같은 일이다. 하지만 내가 좋든 싫든 사업적으로는 우리가 계속 앞으로 나가는 데 필요한 이윤을 와인이 창출해 낸다. 그리고 나는 계속 앞으로 나가기로 결심한 상태였다. 로열 호스피털 로드를 오픈한 지 채 1년이 되지 않아 나는 이미 두 군데의 레스토랑을 갖게 됐고, 모두 성공시켜야 했다.

따라서 메뉴에서 와인을 우선시해야 한다는 사실을 받아들였다. 하루는 내가 로열 호스피털 로드의 주방에 있고 장인어른은 풀햄 로드의 사무실에 있는데, 마커스에게서 전화가 왔다. 은행가 여섯 명이서 1만 3,000파운드짜리 와인을 주문했다는 것이다.

나는 감전된 것 같았고, 매상이 올라갈수록 전압은 증가했다. 청구서 금액이 2만 7,000파운드로 올라가자, 장인어른은 카드 단말기가 제대로 작동할지 모르겠다며 노인네다운 걱정을 하기 시작했다. 청구서 금액이 4만 4,000파운드가 되자, 우리는 청구서에서 음식값을 빼기로 결정했다.

다음 날 정오가 되자, 어떻게 알았는지 그 사실이 《시드니 모닝 헤럴드》와 《스트레이츠 타임스》의 1면에 실렸다. 페트뤼스가 세간의 입에 오르내린 흔치 않은 사건 가운데 하나였다.

4

때로는 문을 닫을 줄도 알아야 한다

허영심은 건강의 적신호다.
허영심에게 물리면 최대한 빨리 조치를 취하라.
그렇지 않으면 과다 출혈로 죽을 수 있다.

팡파레 소리만 남기고 사라진 아마릴리스

로열 호스피털 로드는 순조롭게 운영되고 있었다. 페트뤼스는 마커스 웨어링의 요리로 칭찬을 받았다. 우리는 자신감에 찼고, 레스토랑 자리를 알아보고 다녔다. 하지만 그때 나는 첫 번째 실패를 향해 몽유병자처럼 걸어가고 있었다. 좋은 교훈은 일찍 배우는 게 낫다지만, 배우는 과정은 절대 쉽지 않다. 여전히 걸음마 단계이던 내가 스코틀랜드로 진출하기 위해 손을 뻗었다가 호되게 당한 것처럼 말이다.

이건 오롯이 허영심 때문이다. 다른 설명이 필요 없다. 런던에 성공한 레스토랑 두 개를 갖게 되니, 내가 모르는 요소가 있을 거라는 생각은 전혀 하지 않은 채 세상으로 뻗어갈 준비가 되어 있었다.

대개의 경우가 그렇듯이, 이 일도 한 통의 전화로 시작되었다. 전화가 걸려온 곳은 에든버러였고, 로열 마일의 노른자 땅으로 우리를 유혹했다. 장인어른은 쏜살같이 에든버러로 날아갔다. 우선 사업 제안서를 확인하고, 안내 업무를 맡은 재무이사와 이야기를 한 뒤 시내로 이동했다. 장인어른은 하루 종일 에든버러의 식당가를 둘러보고, 다음 날 일찍 런던행 비행기로 돌아왔다.

그 방문의 목적은 거만한 전문가와 금융가, 돈을 많이 쓰지 않는 관광객들이 공존하는 에든버러를 상대로 장사를 할 수 있을지 알아보기 위해서였다. 곧 스코틀랜드 의회 건물이 일반인에게 공개될 예정이었다. 누군가 그 끔찍한 건물에 들어가는 과다한 공금 사용과 오랫동안 계속된 공사 지연을 막기만 한다면(이 건물은 예정보다 3년 늦게, 예산보다 10배가 초과되어 완공되었다-옮긴이) 시내 요식업은 큰 호황을 누리게 될 것이다.

그러나 장인어른은 별로 긍정적이지 않았다. 장인어른은 그 아름답던 프린스 거리가 지금은 완전 폐허가 됐다며, 대체 무슨 일이 있었기에 그렇게 된 건지 모르겠다고 했다. 사실이었다. 그곳은 세상에서 가장 실력 없는 사람들이 모여 누가 더 끔찍한 간판을 만드는지 겨루는 대회라도 여는 것 같았다.

더 놀라운 건 아무도 그 사실을 모르는 것 같다는 사실이다. 그런 일이 일어나도록 내버려두었다는 것 자체가 빌어먹게 사악한 일이다. 사업을 한다고 해서 얼굴에 똥칠을 하고 다녀야 하는 건 아니다. 담당자가 누구인지는 몰라도 장님이거나 머저리가 분명하다. 얼마나 슬프고 수치스러운 일인가.

장인어른은 에든버러에서 수백 군데의 메뉴판을 들여다보고, 가격을 확인하고, 지루해하는 종업원들과 이야기를 나눴다. 청사진이 그려지기 시작했고, 장인어른은 이미 에든버러가 우리에게 적합한 곳이 아니라는 걸 알았다. 에든버러 사람들은 돈을 벌기만 할 뿐 쓰지 않는다. 써도 신중하게 쓰고, 주로 페츠 칼리지(에든버러 교외의 기숙 사립 학교 -옮긴이)의 수업료나 난로 앞에 두는 골동품 열가리개 같은 데 쓴다. 이곳에서는 흥청망청 노는 일도 없다. 금요일 밤에 아르마니 양복을 입고, 진탕 취해 한밤중에 부인에게 전화해 개에게 밥 주라고 술주정하게 만드는 요소가 아무것도 없다.

장인어른이 에든버러에 머무는 동안 재미있는 일이 있었다. 장인어른은 택시를 잡아타고 리스에 있는 마틴 위샤트의 레스토랑을 찾아갔다. 마틴 위샤트는 부둣가에 식당을 개업해 명성을 날리고 있었다. 언제나 그렇듯이 장인어른은 양복을 입었고, 메뉴판을 꼼꼼히 살펴본 뒤 식사와 고급 적포도주 한 병을 주문했다. 식사를 마친 뒤에는 주방을 볼 수 있겠냐고 물었고, 마틴은 승낙했다.

다음 날 아침, 마틴은 전화로 어젯밤 미슐랭 별점 조사관이 다녀간 게 분명하다고 말했다. 나는 마틴을 축하해 줬다. 하지만 마틴에게서 그 조사관이 고급 적포도주 한 병을 비웠다는 말을 듣자, 자세히 캐물어봤다. 미슐랭 조사관이 술을 그렇게 많이 마셨을 리가 없기 때문이다. 장인어른에게서 리스에서 멋진 저녁식사를 했다는 말을 듣고서야 자초지종을 알게 되었다.

에든버러는 가망이 없었지만, 글래스고는 사정이 달랐다. 거기서는 모든 사람이 인생을 즐기는 법을 알고 있었고, 좋은 와인에 돈을 쓰는 일이 불경한 일로 여겨지지도 않았다. 에든버러보다 활기찬 도시였고, 인생을 즐기는 것 외에 다른 욕심이 없는 사람들로 가득했다.

우리가 이렇게 의논하고 있을 때 글래스고에서 전화가 걸려왔다. 누군가 시내 한복판에 있는 대형 레스토랑을 팔고 싶어 했다. 우리는 그곳을 보기 위해 글래스고로 갔고, 갑자기 예전의 흥분감이 느껴졌다. 좋은 음식, 훌륭한 서비스, 카드 단말기에서 들리는 아름다운 소리로 가득 찬 레스토랑을 상상하는 것만큼 스릴 넘치는 일은 없다. 레스토랑이 개조된 수백 가지 모습이 머릿속에 그려졌다. 다들 메뉴를 짜고 있었고, 대략적인 좌석 배치도를 그려보고 있었다. 중요한 건 레인저스 팀의 경기장이 얼마나 떨어져 있는가, 그리고 시합이 있는 날은 매상이 어떻게 될 것인가 하는 것이었다. 나는 꿈을 꾸고 있었고, 바보 같은 열정으로 이미 이성을 잃은 상태였다.

그런데 내가 충분히 생각해 볼 시간을 갖기도 전에 프로젝트에는 이미 날개가 돋았고, 이를 성사시키기 위해 측량기사, 변호사, 전기 기술자, 해충 박멸가들이 모여들었다. 그들은 내게 수고비로 엄청난 청구서를 제출했다.

나는 우리에게 레스토랑을 팔려는 사람들이 못마땅해지기 시작했다. 그들은 내게 자신들의 사업 규모가 얼마나 큰지 지나치게 열심히 떠들어대더니, 갑자기 레스토랑에 있는 거지 같은 추상화에 대해 딴소리를 해댔다. 초등학생이 그린 것 같은 그 작품들이 레스토랑 판매에는 포함되지 않지만, 추가 구매를 원한다면 팔겠다는 것이다.

또 시작이다. 상대가 아무리 거물이라 해도 눈앞에 돈이 보이면 그걸 가지려고 하는 게 불변의 법칙이다. 이 탐욕스러운 꼴통들은 레스토랑 값으로 내가 지불하는 엄청난 돈 외에 겨우 몇 푼을 더 받겠다고 계약 자체를 수포로 돌리려 하고 있었다.

장인어른과 나는 이 일을 의논했다. 우리 둘 다 그 점에 화가 나 있었다. 이미 계약상의 주요 조건은 모두 상의한 뒤였는데, 이 꼴통들은 우리에게서 돈을 더 긁어내려고 그림 몇 점에 대해 웅얼대기 시작한 것이다. 우린 추가 구매 같은 건 하지 않는다. 그래서 계약은 취소되었고, 장인어른은 그쪽에게 이유를 말해 주었다. 그들은 어안이 벙벙한 모양이었다. 내 알 바는 아니지만.

그때 또다른 전화가 왔다. 이번에도 역시 글래스고였다. 글래스고의 세련된 거리인 웨스트 엔드에 있는 부티크 호텔, 원 데븐셔 가든스로부터 온 전화였다. 거시기가 벌떡 설 만큼 짜릿한 일이었고, 나는 장인어른과 함께 그곳으로 달려갔다.

그 호텔을 보는 순간, 내가 찾던 곳이라는 느낌이 들었다. 호텔은 세 개의 건물로 되어 있었는데, 갈색의 트위드 천으로 만들어진 길고 우아한 휘장들이 사방에 드리워져 있고, 당구장만 한 객실이 구비되어 있었다. 호텔은 장사가 잘되고 있었고, 부족한 건 레스토랑뿐이었다. 아싸! 그거야 우리가 전문이지.

이 식당을 통해 고향인 스코틀랜드에 훌륭한 요리를 소개하게 된다. 이 멋진 건물을 볼수록 나는 그곳과 사랑에 빠졌고, 판단력과 함께 숫자상의 의심도 사라져갔다.

우리는 런던으로 돌아왔고 협상, 변호사, 계약서의 전 과정이 다시금 시작되었다. 우리는 스코틀랜드인 변호사를 찾아냈다. 우리가 사랑하는 조엘슨 윌슨 주식회사와 다른 부류였지만, 그래도 어쨌거나 스코틀랜드인이었다. 그리고 그들은 완전히 다른 규칙에 따랐다. 10년 임대 계약서와 그에 따른 운영 계약서에 서명하는 건 시간문제였다.

홈런을 치기 위해 제일 먼저 밟아야 할 1루는 언제나 그렇듯이 쉐프를 정하는 일이다. 그리고 이미 이곳의 주방 책임자로 누굴 보낼지 생각해 두었다. 또한 총지배인도 필요했는데, 그 역시 생각해 둔 사람이 있었다. 그 후로는 우리 회사의 인사과 담당자, 직원들, 주방을 설계할 디자이너들이 줄줄이 원 데븐셔 가든스를 방문했다.

계획은 점차 윤곽이 잡혀갔다. 영국 언론은 별다른 반응을 보이지 않았지만, 스코틀랜드 언론은 잘 깎아둔 연필을 준비해 두고 있었다.

'아마릴리스(Amaryllis)'는 스코틀랜드식 팡파르와 함께 개업했다. 우리는 밤을 뒤흔들 만한 런칭 파티를 열었고, 파티는 아주 성공적이었다. 그 다음 날부터는 정상 영업이었다. 오픈 첫 주는 성황이었다. 점심에는 40개의 테이블, 저녁에는 65개의 테이블이 찬다는 걸 아무도 믿지 못했다. 나는 텔레비전 인터뷰를 많이 했고, 그 어느 때보다도 많은 기자들을 만났다. 그러자 식당에 비평가들이 찾아왔다. 그들의 리뷰를 읽는 건 즐거웠고, 우리는 미슐랭 별점을 향해 가고 있었다.

깨끗하게 실패를 인정하다

그렇다면 언제 일이 잘못되고 있다는 걸, 벽지를 바를 때 풀을 너무 조금 발랐다는 걸 깨달았을까? 솔직히 말해서 한참 뒤에야 알았다.

이내 글래스고의 레스토랑이 런던의 사업에 주는 부담이 점점 커진다는 게 분명해졌다. 북쪽의 주방 군단은 말다툼이 잦았고, 몰래 무단결근하는 일도 있었다. 무엇보다 호텔 소유주들에게 문제가 생겼다.

총지배인을 바꾸는 문제는 언제나 연루된 모든 사람을 힘들게 한다. 손가락질을 받을 사람은 나와 장인어른뿐이고, 사람을 잘못 뽑은 거라면 그 대가를 치를 사람은 분명 우리였다.

누군가를 고용하기 위해 할 수 있는 일은 지원자를 면접하고, 그들의 평판을 알아보는 것뿐이다. 하지만 내부에서 새어나와 널리 퍼지고, 더러워지고, 공개적으로 신문에 오르내리는 평판은 대부분 헛소리이다. 나는 직접 본 것처럼 이야기를 과장시키거나 슬쩍 찔러보는 법을 알고 있다. 면접은 디즈니랜드에 놀러 가는 것이나 마찬가지여서, 자신의 약점이 줄줄이 적힌 목록을 들고 면접하러 오는 사람은 없다. 그들은 나중을 위해 그 약점들을 감춰두었다가 전혀 예상하지 못한 순간에 조금씩 내놓는다.

그리하여 새로운 사람을 고용하고 나면, 손에 도끼를 들고 나무 위에 집을 짓기 위해 숲 속으로 들어간다. 처음에는 모든 게 순조롭다. 그러다 서서히, 보일 듯 말 듯하게 불길한 전조가 나타나기 시작한다. 그들은 도끼를 두고 올 만큼 어리석지는 않지만, 도끼날을 갈 때 필요한 숫돌은 두고 왔을 것이다.

요점은 총지배인이라는 자리는 알아서 모든 것을 생각해 둬야 한다는 것이다. 그는 계획을 세우고, 예산을 짜고, 모든 걸 예상하고, 일을 성사시켜야 한다. 나무 위의 집을 짓기 위해서는 설계도와 건축 재료, 순종적인 인부들, 인부들이 나무에서 떨어지는 걸 막아주는 안전 절차가 필요하다. 햇볕이 잘 들게 하기 위해 집을 어느 방향으로 지을지도 결정해야 한다.

그러므로 이 모든 걸 꿰뚫어볼 수 있을 만큼 경험 있는 사람이 필요하다. 그런 사람을 구하지 못했다면 문제가 생길 것이다.

운전하다 길모퉁이가 나올 때 우리에게는 선택권이 있다. 모퉁이를 잘 피해 가거나, 아니면 모퉁이가 있는 줄 모르고 가다가 사고를 당하거나. 그때가 바로 누군가에게 작별 인사를 하고 다른 사람을 구해야 할 때이다.

마음 깊숙한 곳에서는 총지배인의 문제가 아니라 내 탓이라는 걸 알고 있다. 심사가 뒤틀릴 때는 장인어른의 탓으로 돌리기도 한다.

우리는 호텔 경영으로부터 분리된 상태였고, 호텔은 재산관리인의 손에 넘어갔다. 이는 인생의 유일한 목표가 채권자들을 위해 한 푼이라도 더 뽑아내는 데 있는 회계사들에 의해 이 호텔이 운영된다는 뜻이다. 그렇다면 내 음식을 맛보기 위해 투숙객들이 줄을 선, 운영이 잘 되는 행복한 호텔이 되지는 않을 것이다.

그런데도 우리는 아마릴리스를 수없이 방문했다. 장인어른과 나는 새벽 4시에 런던을 떠나 아침 8시 반까지 그곳에 도착하기 위해 고속도로를 질주했다. 도착한 후에는 직원들과 이야기하고, 그들의 고생담을 듣고, 이번에는 정말로 모든 게 달라질 거라고 확신을 주며 격려의 말을 해준다. 나는 방황하는 가여운 어린 영혼들을 천장이 높고, 곰팡내가 살짝 나는 식당에 모두 집합시켜 부드럽게 말한다.

"여러분, 우리에게는 해결해야 할 문제점이 있습니다. 여러분과 내가 함께 그것을 해결해야 해요. 과거의 실수에서 교훈을 배워 이 식당을 성공시켜야 합니다. 그러니까 지금 이 식당의 잘못된 점이 무엇인지 내게 말해 줘요."

아무도 나서지 않자, 나는 강도를 한 단계 높이기로 했다. 직원들 가운데 휘장(장례식장에서 쓰이는 것 같은 긴 회색 휘장으로, 날이 갈수록 이곳 분위기에 점점 더 어울리는 것 같았다) 뒤에 숨어버리고 싶어 하는 사람을 찾아 생각을 털어놓도록 하는 것이다.

"자네, 해리라고 했지?"

그는 스코틀랜드인 대부분을 자신의 바로 끌어들일 수 있다는 잘못된 믿음으로 57종의 스카치위스키를 주문한 전적이 있었다.

"자넨 이 모든 걸 어떻게 생각하나? 우리가 잘 해낼 수 있을 거라고 생각하나? 어때, 신시아? 어떻게 하면 예약 손님이 더 늘어날까?"

나는 이런 식으로 계속 묻고 열심히 들었다. 그들이 하는 대답 속에 진짜 해답이 감춰져 있다고 믿었다. 그들이 정말로 이 식당이 성공할 수 있다고 생각하는지, 아울러 이 식당이 성공하기를 원하는지(이게 가장 중요하다) 알아보기 위해 그들의 어조와 음색, 억양을 들어야 했다.

"여러분들이 여기 있는 건 오로지 실력이 뛰어나기 때문이다. 런던에 있는 직원들은 자네들의 성공을 기원하고 있네. 내가 활동을 개시하도록 도와줄 수 있나?"

나는 그들에게 그렇게 물었고, 조금씩 희망을 엿볼 수 있었다. 그들은 성공을 원하고 있었고, 나 역시 성공을 원한다는 걸 알고 있었다.

"우린 할 수 있어. 우리에게는 세상에서 제일 훌륭한 요리 재료가 있거든. 우리는 미소와 친절로 손님들의 응석을 한껏 받아주고 문제가 생기면 즉시, 그리고 언제나 손님 편에서 해결해야 해. 모두 이 일에 동참할 텐가?"

홀 안에 "네"라는 대답이 울려 퍼졌다. 빌리 그레이엄 목사의 설교에는 못 미치지만, 내가 정말로 용기를 북돋워줬다고 생각했다.

문제는 그 뒤로도 상황이 전혀 달라지지 않았다는 것이다. 그 사실이 분명해지자, 아마릴리스에 별로 가고 싶지 않아졌다. 이제 연애는 끝났다는 걸 알았기 때문이다.

그때쯤 런던에도 문제가 생겼다. 페트뤼스가 버클리 호텔로 이전했고, 그 자리에는 새로운 식당을 열기로 했다. 레스토랑에 새로운 이름을 붙이고, 메뉴에 약간 변화를 주고, 가격을 약간 낮추고, 예전의 단골들이 다시 오기를 기다리기만 하면 될 것 같았다. 하지만 그들은 오지 않았다. 새로운 식당의 매상은 곤두박질쳤고, 한 달에 4만 파운드에도 못 미쳤다.

그리하여 마커스 웨어링과 나는 장인어른의 사무실로 '호출'을 받았다. 장인어른의 책상에는 지난 6개월간의 손익 수치가 적힌 서류들이 쌓여 있었다. 우리는 로열 호스피털 로드부터 페트뤼스, 그리고 막 오픈한 다른 레스토랑들의 서류까지 모두 훑어보았다. 한 달에 25만 파운드 정도의 이윤을 내고 있었다.

"이게 뭐가 어때서요?"

우리 두 사람이 의아해하자, 장인어른은 실패하고 있는 다른 두 레스토랑에 대해 설명했다.

마커스와 나는 네댓 가지의 이유와 변명을 댔다. 무엇보다 우리에게는 그 식당을 다시 일으키겠다는 결의가 있었다. 잠시 침묵이 흘렀고, 장인어른이 입을 열었다.

"내일 당장 두 레스토랑의 문을 닫는 게 좋겠네."

갑자기 노인네가 노망이라도 난 건가?

가게 문을 닫는다는 건 패배를 인정하는 것이다. 게다가 언론이 그 사실을 알면 뭐라고 하겠는가.

장인어른은 다시 차갑고 무표정한 얼굴로 침묵하더니, 사타구니를 정통으로 겨눠 발차기를 날렸다.

"좋아. 계속하고 싶다면 한 가지 조건이 있네. 레스토랑이 회사의 돈을 말아먹지 않을 때까지 두 사람이 매달 사비로 회사에 4만 1,000파운드씩 내게. 두 식당은 이미 구제 불능이야. 그러니 앞으로 6개월 후에는 36만 6,000파운드쯤 될 손해액을 자네들이 갚지 않을 거라면 남은 회의 시간 동안에는 두 식당을 닫을 계획을 세우는 게 어떻겠나?"

정말로 이상한 일이었지만 갑자기 모든 게 분명해졌고, 나는 깊은 안도감을 느꼈다. 물론 두 식당을 닫는다는 건 가슴 아픈 일이다. 나와 마커스 같은 머저리조차 이미 게임은 끝났고, 더 이상 매상 수치를 두려워할 필요가 없다는 걸 알았다. 우리는 꽁무니에 엄청난 마이너스가 붙어 있지 않은 순수 이익만 얻게 될 것이다.

왜 전에는 그 사실을 몰랐을까? 분명 허영심 때문이고, 내가 깨달은 바에 의하면 허영심에는 지랄 맞게 돈이 많이 든다. 그래도 이제 그 해독제를 알았다. 차가운 현실 한 바가지와 극단적인 조치. 출혈 과다로 죽고 싶지 않다면 말이다.

내가 대처해야 할 일은 스코틀랜드 언론에게 체면을 깎이고, 작은 실패에 대해 떠들어대는 먼 곳의 속삭임을 듣는 것뿐이다. 나는 그 방법을 배우기 시작했다. 다시 런던으로 돌아왔을 때 내 인생에서 가장 큰 기회가 굴러 들어오려 했기 때문이다.

2부

열정의 레스토랑 킹덤

우리가 한 팀으로서 이루어낸 성공은 놀라운 신화가 되었다. 결국 그 신화는 사람들이 레스토랑에 들어설 때 그들을 미소로 맞이하는 것, 그리고 직원들이 손님의 기대를 만족시키는 등의 사소한 일에 달려 있었다. 언제나 그렇듯이 사소한 것들이 중요한 법이다.

5

성공하는 레스토랑의 모든 것을 배우다

1등감 경주마를 찾아냈다면
매일 그 녀석의 털을 손질해 주어라.
그리고 목숨을 걸고 지켜라.

존 세리알과의 운명적 만남

우리가 글래스고 문제로 씨름하고 있는 동안, 갑자기 사업에 새로운 지평을 열어줄 일이 두 가지 생겼다. 2001년 1월, 로열 호스피털 로드가 기다리고 기다리던 미슐랭 별 세 개를 받게 되었다. 이는 첫 식당을 개업한 이래로 죽어라 일해 온 가장 큰 이유였으며, 이로써 세상에 우리의 존재를 알릴 수 있게 되었다.

또한 가장 중요한 기회를 가져다주었다. 그로 인해 사업상의 중요한 도전을 하는 법, 사소한 것부터 모조리 점검하는 법, 그리고 이전에 경험해 보지 못한 수준의 성공에 대처하는 법을 배웠기 때문이다.

클라리지스는 매우 오래되었으면서도 아주 매력적인, 정말 드물게 완벽한 호텔 가운데 하나이다. 워털루 전쟁이 일어나기도 전에 지어졌고, 섭정 시대(1811년에서 1820년대까지를 일컬음-옮긴이)에 런던 사람들에게 최초로 프랑스 요리를 소개한 곳 가운데 하나이기도 하다. 우리가 갑작스럽게 레스토랑을 운영해 보지 않겠냐는 제안을 받은 곳이 바로 이곳이었다.

아이러니하게도 클라리지스의 새로운 소유주인 블랙스톤 사모 펀드 그룹은 로열 호스피털 로드의 개업을 늦춘 장본인이었다. 물론 당시에는 그들이 내 인생에 그토록 중요한 존재가 될 줄은 전혀 몰랐다.

처음 클라리지스 측의 제안을 들었을 때부터 난 고든 램지 앳 클라리지스가 전혀 다른 차원의 성공이 되리라는 걸 알았다. 그 거래는 성공에 필요한 모든 조건을 갖추고 있었고, 특히나 내게 새로운 단어인 '시너지 효과'를 가지고 있었다. 클라리지스는 유구한 역사를 지니고 있었고, 나는 공영 주택 출신의 보잘것없는 남자였다. 그런 우리가 함께 일하게 되리라고 누가 생각이나 했겠는가? 나는 이 낮은 확률의 중요성을 재빨리 깨달았다.

첫 번째 관문은 호텔의 새 소유주들에게 우리가 그 일을 해낼 수 있다고 믿게 하는 일이었다. 우리는 존 세리알과 협상했고, 그는 앞으로 고든 램지 홀딩스의 아이콘이 될 이름이었다.

나는 그가 구식 호텔을 21세기 호텔로 탈바꿈시키려는 이상한 비전을 가진 브롱크스 출신의 깡패라고만 생각했다. 당시 그는 호텔 부동산 경영인으로 블랙스톤 그룹에서 일을 시작한 지 1년밖에 되지 않았고, 유명해지기 전이었다.

장인어른은 유독 세리알과 사이가 좋았다. 세리알은 나를 우리 회사의 상표 정도로 본 반면, 장인어른은 전체 경영을 이끌고 조직을 움직이는 사람으로 본 것 같다. 두 사람의 첫 만남은 세리알의 질문으로 시작되었다. "고든이 레스토랑에서 아침식사도 만들 수 있겠소?"

장인어른은 세리알과 최소한 여섯 명은 되는 그의 고문들, 그리고 클라리지스 호텔의 최고 경영진과 합석한 상태였다. 그 질문의 대답에 따라 훗날 고든 램지 주식회사에 수십억 파운드의 매출을 가져다줄 관계가 달려 있었다. 수십억 파운드의 매출을 거절할 회사는 없다. 우리 역시 아침식사를 만드는 것 같은 간단한 문제로 거절할 생각은 없었다.

다행히 장인어른은 제대로 대답했다. 조금도 머뭇거리지 않고 그건 전혀 문제 되지 않으며, 고든도 찬성하리라고 말한 것이다. 쉐프는 절대 아침식사를 만들지 않는다는 사실을 잘 알고 있었는데도 말이다. 날 어떻게 설득할지 고민하던 장인어른은 들어본 중 가장 웃기는 말을 내뱉었다.

"자네가 아침식사를 만들 수 없다면, 내가 자네 대신 요리하겠네."

장인어른은 계란 프라이도 제대로 못 만든단 말이다.

처음에는 힘들었다. 그들의 허락을 받기까지는 오랜 시간이 걸렸고, 내가 세리알이 물망에 올리고 있는 쉐프들 중에 맨 마지막 후보라는 걸 처절히 깨달았다. 그는 내 명성이 클라리지스의 보수적인 면과는 어울리지 않는다는 사실을 알았을 것이다. 그 사실을 증명해 줄 사람은 수없이 많다. 유리한 점이라면 세리알이 괴짜이고, 날 좋아했다는 것이다.

그는 클라리지스가 재탄생하기 위해서는 기존의 나이 든 고객들의 비위를 맞추는 것만으로는 부족하다는 사실을 깨달았다. 그들이 모두 죽고 난 뒤에는 어떻게 되겠는가? 그의 복안은 늙은 노부인에서 벗어나 좀더 젊고 부유한 세대들의 돈을 끌어들이는 것이었다. 그는 엄청난 돈을 쏟아 부어 그곳을 매력적으로 바꾸어놓으려 했고, 그리하여 이전까지 누구도 꿈꿔보지 못한 규모의 투자금과 미국의 톱디자이너들을 투입했다.

그는 일을 더 진행시키기 전에 일단 날 만나봐야겠다고 밝혔다. 그는 사람에 대한 느낌을 따르는 경영자였다. 그의 고문관들은 모두 그가 좋아하는 사람들이었다. 그리고 우리가 클라리지스와 계약을 성사시키고 싶다면, 그와 나는 마음이 통해야 했다.

나 역시 그렇다. 마음에 들지 않는 사람들과 일하기란 쉽지 않다. 게다가 난 자신이 맡은 일을 잘 해내는 사람을 좋아한다. 또한 의리 있는 사람을 좋아한다. 누구나 상대가 월급봉투 이상의 이유로 나와 일하고 싶어 하기를 바라는 법이다.

그래서 장인어른은 세리알과 클라리지스 호텔의 총지배인을 로열 호스피털 로드로 데려와 점심을 먹기로 약속했다. 식사를 마치면 내가 테이블로 가서 그들을 만날 계획이었다. 세리알에게 우리가 하는 일을 보여줄 수 있는 기회였다. 어쩌면 그를 감동시킬 수 있을지도 모른다.

장인어른에게 그날의 점심식사는 바늘방석이었다. 총지배인은 분명 우리 편이 아니었다. 그는 호텔이 왜 변화해야 하는지 이해하지 못했지만, 그래도 새 상사의 에너지와 비전에 매료되어 있었다. 장인어른 말대로 그는 호텔 경영진에서 가장 높은 직위에 있었으며, 지금은 호텔의 재편성을 향해 머뭇거리며 발가락 하나만 내밀고 있는 상태였다. 그런 그에게 한 발자국은 너무 큰 도약일 것이다.

그리하여 이 두 사람은 점심을 먹는 동안 온갖 질문을 퍼부으며 장인어른에게서 쓸 만한 정보들을 캐냈고, 새로운 레스토랑의 리더로서 내가 어떻게 보일지에 대해 걱정했다. 장인어른과 나는 당연히 내가 적임자라는 걸 알고 있었지만, 호텔의 새 경영자들에게는 엄청난 돈이 걸린 결정이었으므로 쉽게 결정할 사안이 아니었다.

식당으로 나가자, 한쪽 구석에 앉아 있는 세 사람이 보였다. 장인어른은 밝은 표정이 아니었고, 나는 일이 잘 풀리지 않나 보다고 생각했다. 우리는 악수를 나눴다. 나는 장인어른이 왜 존 세리알을 그토록 칭찬했는지 단번에 알 수 있었다. 그는 키가 크지 않았고, 정수리 부분이 벗겨졌으며, 마피아의 가족 앨범에서 막 빠져나온 사람처럼 먼지 한 점 없이 깔끔한 푸른색 양복에 프렌치 커프스단추, 그리고 점잖은 넥타이를 매고 있었다. 그의 손에 키스라도 해야 할 것 같았다.

"어이, 고든, 만나서 반갑네. 음식이 아주 맛있군. 우리가 클라리지스에서 함께 일하게 되기를 바라네."

세리알은 그렇게 말하더니 갑자기 흠칫 놀랐다. 그의 시선이 이 식당에서 일한 지 일주일밖에 안 된 웨이터에게 향해 있었다.

"저자의 얼굴이 눈에 익은데?"

가슴이 철렁 내려앉았다. 그 웨이터는 우리가 클라리지스에서 데려온 웨이터였기 때문이다.

"내 직원들을 빼간 건가, 고든? 자네가 하는 일이 그거야? 겨우 그런 식으로 장사하나?"

그는 날 다그쳤고, 장인어른은 벌집 사이를 뛰어가려는 사람처럼 다리를 꿈지럭거렸다. 총지배인 역시 이 상황을 불편해했다. 대화를 나눈다기보다 뺨을 세게 얻어맞은 기분이었다. 총지배인은 사마귀라도 난 것처럼 윗입술을 계속 잘근잘근 씹어댔다.

"내가 싫다면 여기서 당장 나가겠네, 고든. 내가 이 레스토랑에서 꺼지길 바라나?"

제기랄! 대체 내가 뭘 했다고 이러는 거지? 나는 그를 바라보았고,

저절로 이런 말이 튀어나왔다.

“맞습니다. 저 웨이터는 클라리지스에서 왔어요. (이 대목에서 총지배인이 날 차갑게 노려보았다.) 그리고 저자에게서 들은 바로는 직원들이 다트판에 호텔의 새 경영진 사진을 붙여놓았다더군요. 특히 당신 얼굴에 구멍이 제일 많이 뚫렸던데요. 그건 왜 그런 겁니까, 세리알 씨?”

그는 날 바라보았고, 로열 호스피털 로드 전체가 얼어붙었다.

“그런가? 내 얼굴에 다트가 가장 많이 박혔다고? 그것 참 신나는 일이구먼.”

세리알은 호탕하게 웃어젖혔다. 그러고는 10년 지기 단짝 친구라도 되는 것처럼 내 손을 붙잡고 흔들어댔다. 나중에 내가 왜 그런 말을 했는지 생각해 보았다. 사실 상당히 위험한 발언이었다. 레스토랑에서 날 범죄자 취급하며 호통 치는 세리알에게 화가 났거나, 소형 폭탄 정도는 떨어뜨릴 수 있다는 걸 그에게 보여주고 싶었던 것 같다.

그들이 그후에 바로 떠났는지 어쨌는지는 잘 기억나지 않지만, 어쨌거나 진전이 있다고 생각했다.

고든 램지 앳 클라리지스
새로운 차원의 도전

결국 계약이 체결되었다. 블랙스톤 측에서는 실내 디자인과 수리에 드는 돈을 지불했고, 대신 월세 조로 매출액의 11퍼센트를 받아가기로 했다. 월세치고는 꽤 비쌌지만, 우리가 얻은 걸 생각해 보라. 메이페어 한복판에 자리 잡은, 그 호화스러움이 문 너머로까지 새어나올 만큼 아름다운 식당이다. 심지어 주방 개조 비용까지 모두 대주었다. 처음 개조한 게 너무 엉망이라 전부 다시 설계해야 했지만 말이다. 이건 다른 이야기인데, 그후에는 주방 설계는 우리가 맡게끔 계약했다.

클라리지스의 예전 주방에는 가스레인지 정반대쪽에 음료수대가 있었다. 여기서 칵테일이 제조되면, 대기하고 있던 웨이터들이 홀을 가로질러 그 칵테일을 날랐다. '쉐프의 테이블'을 놓기 위한 자리를 찾던 내게는 그곳이 안성맞춤으로 보였다.

쉐프의 테이블이란 원래 쉐프의 친구들이나 주방을 구경하러 온 다른 쉐프들을 위해 주방에 마련된 자리를 말한다. 사람들은 이 테이블에 앉아 주방에서 만들어지는 요리들을 맛볼 수 있다.

우리는 이 간단한 개념을 발전시켜 손님들도 주방에 앉아 식사를 하고, 자신이 먹는 요리에 대해 더 잘 알 수 있게 해주자고 생각했다. 음식 재료라든가, 요리 방법에 대해 말이다. 장인어른은 이것이 자신의 아이디어라고 주장할 테지만, 어쨌거나 우리는 클라리지스 호텔 경영진의 허락을 받기 위해 그 아이디어를 제출했다.

그들은 이 아이디어를 아주 재미있어 했다. 특히 총지배인이 좋아했다. 그들은 주방에 6인용 쉐프의 테이블까지 두고서 매출을 얼마나 올릴 거라고 예상하는지 물었다.

"1년에 44만 파운드 정도요?"

장인어른이 대답했다.

그들은 웃었지만, 어쨌거나 허락을 받았다. 그리고 개업한 지 1년 뒤, 우리의 매상은 50만 파운드가 되었다. 클라리지스 호텔의 로열 스위트룸에서 벌어들이는 돈보다 많을 것이다.

이렇게 시작된 쉐프의 테이블은 우리 레스토랑의 트레이드마크가 되었고, 내가 운영하는 모든 레스토랑에 도입되었다. 이 아이디어는 상업적으로 큰 효과를 거두었다. 그동안 손님들은 레스토랑의 주방 근처에 갈 수 있을 거라고는 꿈도 꾸지 못했다. 갑자기 사람들은 음식뿐 아니라 그 음식이 만들어지는 과정에 관심을 보이기 시작했고, 음식을 만드는 과정은 일종의 공연이 되었다.

자신이 하는 일에 관심을 갖는 손님들을 보면 쉐프도 기분이 좋아진다. 그들은 손님들을 가스레인지로 불러들여 냄비를 휘젓거나, 파를 써는 걸 도와달라고 한다.

쉐프의 테이블은 큰돈을 벌어들였고, 엄청난 팁을 받기도 했다. 한번은 쉐프의 테이블에 앉아 있던 아주 활기찬 세 아가씨가 감사의 표시로 자리에서 일어나 윗옷을 올려 가슴을 보여주기도 했다. 주방 스태프들은 환호성을 질렀고, 그날 밤의 이야기는 이 업계에서 유명한 전설이 되었다. 불행히도 나는 그날 비번이었다.

쉐프의 식탁은 또한 주방이 완벽하게 위생적이라는 걸 보여주기도 한다. 주방에서 일하는 사람이라면 누구나 깨끗한 것만으로는 부족하다는 걸 알고 있다. 주방은 오늘 오픈한 식당처럼 보여야 한다. 모든 게 반짝반짝 윤이 나고, 광택이 나고, 눈부셔야 한다. 어떤 변명도 있을 수 없다.

레스토랑 킹덤을 향한 숨가쁜 출발

고든 램지 앳 클라리지스의 오픈은 석 달이나 미뤄졌다. 드릴 소리 때문에 호텔 투숙객들이 항의하는 바람에 예정대로 7월에 오픈하는 건 불가능했다. 그리고 그 일은 생각지 못한 이득을 가져다주었다.

클라리지스 호텔 레스토랑을 인수하며 TUPE, 즉 기업양도시고용보호규정(Transfer of an Undertaking Protection of Employment)을 고려해야 했다. 간단히 말해 이 규정은 영업 중인 기업이나 회사에 고용된 직원들은 그 회사를 인수한 새로운 소유주에게 자동으로 양도된다는 것이다. 사업의 양도가 어떻게 이루어졌는지에 관계없이 말이다.

매우 합리적인 규정으로 들리지만, 예전 레스토랑에서 30년간 일해 온 직원들을 고용해야 하는 당사자가 되면 사정이 달라진다. 클라리지스 호텔의 레스토랑에는 80명의 직원이 있었고, 그들 모두를 받아들인다는 건 큰 걱정거리였다.

그들은 그곳에서 수십 년간 일해 왔을 뿐 아니라 우리의 영업 방식과 맞지 않는 노동관이 굳어진 사람들이다.

내가 몰랐던 건 내가 그들에 대해 걱정하는 것과 마찬가지로, 그들 역시 나와 함께 일하는 것을 걱정했다는 사실이다. 식사 시간에 한가롭게 20명 남짓의 손님들만 서빙하던 편안한 직장 생활이 끝나기 일보 직전이었다. 우리는 점심에 120명, 저녁에 150명의 손님을 받고 있었고, 어떤 직원을 원하는지에 대해서도 소문이 퍼졌다.

소문을 들은 직원들 가운데 40명은 사직서를 제출하고 한가로운 새 직장을 찾아 나섰다. 아니면 그냥 한가하게 놀려고 했을지도 모른다. 새 레스토랑이 9월에 오픈한다는 발표가 나면서 나머지 직원들도 모두 빠짐없이 그만두었다. 덕분에 산뜻하게 새 출발을 할 수 있었다.

존 세리알은 언제나 레스토랑의 성공 요건으로 위치, 쉐프, 인테리어의 세 가지 요소를 꼽는다. 위치야 두말할 나위가 없었고, 요리는 문제될 일이 없다. 인테리어, 정확히 말해 인테리어 디자이너는 존 세리알이 숨겨둔 비장의 카드였다.

뉴욕의 트라이베카에 있는 냉동 창고를 개조한 사무실에 티에리 데스퐁이라는 인테리어 디자이너가 숨어 있었다. 그는 클라리지스의 고풍스러운 우아함을 새로운 시대에 맞춰 탈바꿈시키는 일뿐 아니라 새로운 레스토랑의 인테리어도 맡았다.

클라리지스의 레스토랑은 지난 100년간 호텔의 1층 서쪽에 자리 잡고 있었는데, 매상을 거의 올리지 못했을 것이다. 그곳은 능처럼 거대하며 천장이 높았고, 연미복을 차려입은 웨이터들이 한껏 거드름을 피우며 테이블 사이를 의기양양하게 걸어 다니는 곳이었다. 고작 어른용 학교 급식 같은 음식이나 서빙하면서 말이다.

이런 곳을 개조한다는 건 어느 디자이너에게나 힘든 일일 것이다. 엽란과 빅토리아 시대의 장식품들을 치워버리는 건 쉽지만, 그러고 나면 초대형 항공기의 격납고로도 쓰일 수 있을 만큼 커다란 동굴만 남는다.

어느 겨울날, 우리는 트라이베카에서 앞으로 이 모든 걸 바꿔놓을 남자를 만났다. 냉동 창고였다는 그곳은 샘플룸과 제도용 책상, 애플 맥 컴퓨터들이 들어찬 5층짜리 사무실로 변해 있었다. 그는 키가 크고 비음을 쓰는 프랑스인으로, 내가 좋아하는 자신만만하고 거만한 태도를 가지고 있었다. 게다가 우리가 건물 설계시에 고려해야만 하는 사항들을 줄줄이 읊어댔을 때도 경청해 주었다.

그는 자신이 생각하고 있는 아이디어를 3차원의 설계 도면으로 보여주었고, 우리는 완전 넋이 나간 채 바라보았다. 그는 자유의 여신상을 200번째 생일날 치장해 준 사람이었고, 이제 그런 사람이 내 레스토랑을 설계하고 있었다.

앞에서 내가 클라리지스와의 동업이 전혀 다른 차원의 성공을 가져다줄 거라고 생각했던 것을 기억하라. 그 과정에서 나는 전 세계로 여행을 다니고, 세계적인 규모에서 사업을 구상하는 사람들을 만나게 될 것이었다. 이번 일이 앞으로 다가올 많은 일들의 시초라는 걸 이미 알고 있었고, 흥분이 되어 죽을 지경이었다.

레스토랑을 인수하는 과정은 누워서 떡 먹기였다. 모든 비용은 호텔 측에서 지불했다. 이 레스토랑을 성공시키기 위해 필요한 엄청난 자금은 모두 그쪽에서 대는 것이다. 내가 할 일은 접시류, 은식기류, 유리식기, 테이블 위에 놓일 린넨, 직원들 유니폼, 주방 도구를 살 돈과 약간의 사업 자본을 마련하는 것이다.

내가 '약간의 사업 자본'만 필요하다고 한 이유는 일단 레스토랑은 개업하면 첫날부터 바로 돈이 들어오기 때문이다. 마지막 테이블을 다 치우기도 전에 말이다. 이는 곧 직원들에게 월급을 줄 때까지 30일간, 공급업자에게 돈을 지불하기까지 60일간 돈을 벌 수 있다는 뜻이다. 30년간 인쇄업에 종사해 온 장인어른은 당신이 예전에 사업을 할 때는 60일에서 120일 정도가 지나야 돈을 만질 수 있었다고 했다.

이렇게 확실한 현금 유입을 방해하는 유일한 요소는 석 달치 월세를 미리 지불하고, 납입 자본이자 수권 자본으로 최하 10만 파운드를 지불하며, 채무 불이행의 경우를 대비해 넉 달치의 월세 비용을 충당할 수 있다는 은행의 신용장을 받아내는 것이다. 게다가 순이익의 11퍼센트를 월세 조로 블랙스톤에 꼬박꼬박 바쳐야 한다. 정말 누워서 떡 먹기라니까.

임대 계약서와 운영 계약서 초안을 작성하는 협상은 끝없이 계속됐다. 장인어른은 수정한 초안서를 들고 전진과 후퇴를 거듭하며 회의실에서 몇 시간씩 보냈다. 당시에는 그 계약서가 두 회사 간에 일상적으로 사용될 것이며, 그후 열두 개의 레스토랑을 함께 오픈할 때도 계속 쓰이게 되리라는 걸 몰랐다. 모두 처음부터 계약서를 제대로 작성한 덕분이다.

레스토랑 공사는 영원히 끝나지 않을 것 같았고, 사실이 그랬다. 덕분에 우리는 제대로 된 직원들을 뽑고, 훈련시키고, 모든 게 제대로 돌아가도록 확인한 상태에서 성대한 오프닝을 준비할 시간이 있었다. 지금은 향후 2년 뒤에 고든 램지 홀딩스로 성장할 시스템과 절차에 익숙해지고, 향후 5년간 해마다 새로운 식당을 세 개씩 여는 발판을 마련해야 할 시점이었다.

오프닝 행사는 요란했고, 모든 사람이 신나게 즐겼다. 레스토랑의 테이블과 의자를 모두 치운 터라 클라리지스의 거대한 로비를 통과해 들어온 500명의 하객들은 고대 왕릉 같은 그곳이 얼마나 멋지게 변했는지 볼 수 있었다.

레스토랑 밖에는 인도를 따라 19세기풍의 마차 여섯 대가 놓여 있었고, 각 마차마다 사료 자루에 코를 처박은 말 두 마리가 연결되어 있었다. 클라리지스 호텔이 처음으로 오픈했던 시절로 돌아간 것이다. 사방에 기자들이 깔렸다.

오프닝이 있던 바로 그날, 심지어 첫 매상을 올리기도 전에 나는 바위를 뚫고 금광을 발견했다는 걸 알았다. 대중들 앞에서는 한없이 수줍어지는 존 세리알도 미소를 지은 채 클라리지스의 새 출발을 지켜보고 있었다.

레스토랑 경영을 위한 비장의 노하우

그렇다고 해서 고든 램지 앳 클라리지스가 한 번의 시련도 없이 승승장구하기만 했다는 이야기는 아니다. 첫해의 매상은 60만 파운드에 그쳤다. 그 다음 해에도 비슷했다. 3년째 되던 해는 100만 6,500파운드로 마감했고, 그후로 매년 200만 파운드 가까이 매상을 올렸다. 이러한 놀라운 성장에는 분명 중요한 의미가 있었다.

오픈한 첫해는 정말 힘들었다. 매주 평균 16통의 불만 사항이 접수되었고, 조치를 취해야만 했다. 그래서 매주 회의가 열렸다. 레스토랑 감독관과 매니저, 수석 쉐프와 어시스턴트, 접수원, 인사과와 직원 교육부서, 프라이빗 다이닝 부서의 담당자들이 참석하고, 장인어른이나 내가 주관하는 회의였다. 완벽을 추구해야 했으므로 회의는 가차 없이 진행되곤 했다.

한번은 열여덟 명이 둥그렇게 모여 앉아 있었는데, 그 가운데 뚱뚱하고 제 잘난 맛에 사는 한 접수원이 자신이 예약을 조작했다는 걸 인정하며 씩 웃었다. 하지만 무모한 행동으로 총지배인의 명예를 실추시킨 책임을 물어 당장 식당을 그만두고 다시는 얼씬거리지 말라고 엄포를 놓자, 미소가 싹 사라졌다. 그리고 그녀는 우리의 말대로 했다. 그 후로는 다들 회의 시간에 어찌나 열심히 말을 듣는지 놀라울 정도였다.

그럼 처음 2년간 무슨 일이 있었길래 갑자기 수입이 껑충 뛰어올랐을까? 왜 처음부터 100만 파운드가 아니었을까? 끝없이 밀려드는 예약으로 손님을 받고, 매일 똑같은 메뉴를 내놓고, 영업이 끝나면 더러운 그릇을 설거지하는 과정을 거치는 건 우리 레스토랑도 똑같다. 대부분의 레스토랑은 1년에 60만 파운드를 버는 데 만족했을 것이다. 그러나 우리는 더 나아질 수 있는 여지가 있다는 걸 알고 있었으며, 결과적으로 더 많은 매상을 올리고 레스토랑의 수명을 늘릴 수 있었다.

이렇게 하는 데 가장 효과적인 한 가지 방법은 주방 스태프들에게 손익 수치를 알려주는 것이다. 쉐프들은 대개 숫자에 약하다. 하지만 장인어른이 음식의 판매량과 비교해 재료에 얼마나 돈이 드는지 말해주는 음식 이윤만 봐도 주방 일이 어떻게 돌아가는지 알 수 있다고 넌지시 말하면, 그들은 앉은 자세가 달라지곤 한다.

웨일즈산 양고기의 가격이 계속 오르는데도, 쉐프가 계속 그 재료를 고집한다고 해보자. 음식 가격을 올리지도 않고, 그렇다고 재료를 피레네산 양고기로 바꾸지도 않는다면 음식 이윤은 2~3포인트 떨어지게 된다.

그러면 사무실에서도 뭔가가 잘못되었다는 걸 알게 된다. 레스토랑의 메뉴는 일정한 편이므로 음식 이윤도 떨어지지 않아야 한다.

요리사들이 재료를 현명하게 구입하고, 재고를 남기지 않고, 시장가에 따라 음식 가격을 책정하면서부터 실적에 따른 보너스 제도가 도입되었다. 그것은 일을 제대로 한 것에 대한 재정적 보상을 의미한다. 매상이 올라가거나 계약이 체결될 때마다 보너스가 지급되었다. 순이익을 지켜내었다는 점에서도 보상을 받을 자격이 있었고, 또한 앞으로 열심히 하도록 동기를 부여한다는 차원에서도 옳은 일 같았다.

하지만 이 과정은 잘 감시해야 한다. 내가 가장 원치 않는 건 음식의 질을 떨어뜨려가면서까지 이윤을 올리는 것이기 때문이다. 그건 취지에 어긋나는 일이다. 로열 호스피털 로드 시절을 돌이켜보면 우리가 재료를 구입하는 기준은 가격이 아니라 품질과 빠른 배송이었고, 그 사실은 언제나 우리의 자랑이었다.

또 하나의 중요한 지표는 총 매상에서 직원들에게 지급되는 월급이 차지하는 비율이다. 직원들의 수는 충분해야 하지만, 너무 많아도 곤란하다. 또한 직원들을 교육시키고 붙잡아두는 것도 같이 생각해야 한다. 신입 사원이 들어와 6개월 이내에 그만두는 걸 막기 위해 우리는 보너스 제도를 만들어냈다. 따라서 1년간 근무한 사람은 1년 후에 100퍼센트 보너스를 받게 된다. 이 덕분에 직원들은 그만두는 걸 다시 한 번 생각하게 되었다.

업셀링(애초에 고객이 생각했던 것보다 더 많은, 혹은 더 비싼 물건을 구매하게 만드는 영업의 한 방법-옮긴이) 기법은 민감하지만 필요한 요소이다. 식사 중에 웨이터가 대여섯 번씩 찾아와 와인을 마시겠냐고 묻는 것만큼 성가신 것은 없다. 물론 그 질문은 반드시 해야 하며, 한 번 정도는 괜찮다.

하지만 그후에는 테이블에 표시를 해두고 더 이상 접근하지 말아야 한다. 예를 들어, 대답이 '노'인 경우에는 와인잔을 치워두고, '예스'인 경우에는 와인잔 받침대를 갖다 두어 곧 와인이 서빙되리라는 것을 알린다. 아주 간단하다.

성공적이고 똑똑한 업셀링이란 고객이 원하고 있지만 미처 생각하지 못한 것을 고객에게 먼저 소개하는 것이다. 여섯 명의 일행을 테이블로 안내한 뒤, 뭘 마시겠냐고 물으면 다들 난감해할 것이다. 특히 손님들이 서로 모르는 사이라면 더욱 그렇다. 그럴 땐 샴페인을 권하는 게 좋다. 그러면 자신이 먼저 나서서 음료수를 고르고 싶어 하지 않는 손님들의 문제도 해결되고, 우리로서는 한 잔에 9파운드 50펜스나 하는 핑크 샴페인을 팔 수 있다. 여섯 명의 손님들은 곧 이곳에서 즐거운 시간을 보내게 되리라는 걸 깨닫기 시작한다.

고든 램지 앳 클라리지스의 통계치는 처음에는 머리가 아팠다. 우리는 11월과 12월 두 달간 계산서당 1파운드씩의 돈을 스트리트 스마트라는 자선 단체에 기부하기로 클라리지스 호텔과 동의했다. 이는 런던의 노숙자들에게 쓰일 예정이어서 다른 여섯 개의 레스토랑에도 이 방침을 확대하기로 했다.

그래서 두 달 동안 이 여섯 개의 작은 레스토랑에서 테이블당 1파운드씩 걷은 돈이 얼마가 되었을까? 2만 3,000파운드 정도 되었다. 이는 우리가 61일 동안 2만 3,000개의 테이블(손님이 아니라)을 서빙했다는 뜻이다. 각 테이블에 앉았던 손님들의 수를 생각하면 왜 24시간 관리팀이 필요하고, 왜 3년마다 빌어먹을 카펫을 교체해야 하는지, 그리고 그렇게 하지 않으면 레스토랑이 애스콧 경마장의 양배추 잎처럼 시들어버린다는 게 이해가 갈 것이다.

사소한 것에 목숨 걸어야 하는 이유

레스토랑에 들어설 때 손님들이 가장 원하는 게 뭘까? 관심이다. 자신에게 미소를 지어주고, 자신을 알아봐주고, 식당에 들어서는 순간 환영받기를 바란다.

그런데 대부분의 레스토랑에서는 이 간단한 예절마저 지키지 못한다. 안내 데스크의 직원들이 손님을 완전히 무시하거나, 자기들끼리 떠들어대거나, 아니면 건방지게 "이름이?"라고 묻는다. 이름을 말해주고 나면 그들은 '미스터'나 '미세스'와 같은 호칭도 없이 빌어먹을 기

계처럼 그 이름을 되뇌며 예약 장부를 뒤적인다. 그러고는 오피스 월드에서 물건을 잔뜩 훔치고 돌아와 행복에 겨운 여고생처럼 형광펜으로 이름에 표시를 하거나, 이름을 지운다.

예약 장부에서 손님들의 이름을 확인할 때야말로 그들을 알아봐줄 기회이다. 손님에게 따뜻한 환영의 미소를 보여라. 적당한 호칭을 붙여 그들의 이름을 똑바로 불러주고, 그들을 만나서 정말로 기쁘다는 듯이 말하라. 우리가 손님을 알아봐주고 그들에게 주의를 집중하는 것만으로도 손님들은 이미 얼굴을 살짝 붉힐 것이다.

좋은 레스토랑의 매니저는 이 사실을 잘 알고 있으므로 직원들이 그 간단한 법칙을 따르도록 훈련시킨다. 손님을 만족시키는 것이야말로 우리의 직업이다. 제대로 하지 못한다면 더 이상 손님이 오지 않는다.

일단 안내 데스크를 지나면 손님들이 신경 쓰는 건 두 가지이다. 첫째는 안내원이 우리를 어느 테이블로 안내할 것인가 하는 문제이고, 둘째는 다른 손님들이 그들을 바라보며 '일반 손님이군'이라고 생각할 것인지, 아니면 '특별 대우를 받는 저 얼간이는 누구지?'라고 생각할 것인지 하는 문제이다. 아직 메뉴판은 펼치지도 않았지만, 이 모든 게 서비스의 일부이다.

따라서 고든 램지 앳 클라리지스 초창기에 우리는 직원들에게 미소의 중요성을 가르치기 위해 특별 수업을 마련했다. 그 아이디어는 장인어른이 한 인터뷰에서 레스토랑 사업가로서 어떤 자질을 갖췄냐는 질문을 받고 했던 대답에서 비롯되었을 것이다.

장인어른은 고개를 들고 "난 레스토랑에서 식사를 합니다"라고 대답했다. 장인어른은 쉐프나 웨이터가 오로지 자신들의 관점에서만 사물을 본다고 생각한다. 그들은 대학을 졸업해 조그만 주방에서 일하고,

한 번도 넓은 시야로 바라본 적이 없다. 그야말로 1차원적인 삶이다.

따라서 직원들을 식당으로 초대해 그들이 직접 경험해 보게 했다. 주방 일은 하루 쉬고, 그들이 가장 좋아하는 사람과 친구들을 데려와 즐거운 시간을 보내게 했다.

음식이 늦게 나오거나, 웨이터가 늑장을 부려 와인을 자신이 직접 따라 마셔야 하거나, 메뉴에 대해 설명하는 라트비아 출신의 웨이트리스인 졸가의 말을 잘 알아들을 수 없을 때 그들은 금세 화를 냈다. 그것은 일종의 상급반 교육이어서 일이 잘못될 때 손님이 실제로 어떤 기분인지 알 수 있었다.

대서양 한가운데서 난기류를 만난 비행기의 날개가 미친 듯이 펄럭거릴 때 비행기 승무원들은 왜 긴장하지 않을까? 그들은 비행기가 어떤 재난도, 설사 비행기 위로 콘크리트 덩어리가 떨어진다 할지라도 견뎌내도록 설계된다는 걸 직접 보았기 때문이다. 그것이 고든 램지 앳 클라리지스를 운영한 지식과 경험이 가져다준 사실이다.

우리가 한 팀으로서 이루어낸 성공은 놀라운 신화가 되었다. 결국 그 신화는 사람들이 레스토랑에 들어설 때 그들을 미소로 맞이하는 것, 그리고 직원들이 손님의 기대를 만족시키는 등의 사소한 일에 달려 있었다. 언제나 그렇듯이 사소한 것들이 중요한 법이다.

6

첼시 뒷골목에서 세계로 나아가다

멀리 떨어진 곳에 레스토랑을 운영하는 일은
나름의 문제를 가져왔다.
1,000킬로미터 밖에서는 고함 소리도 속삭임으로 변해버린다.

국경을 넘어 두바이로 진출하다

2000년 말, 런던의 두 레스토랑은 순조롭게 굴러갔다. 마크 애스큐는 언제나처럼 훌륭하고 성실한 자세로 로열 호스피털 로드를 돌보고 있었고, 마커스 웨어링은 2년째 페트뤼스를 이끌고 있었다.

이제 나는 권태기에 빠지든가, 아니면 다른 것 혹은 다른 곳을 찾아 나서야 할 시기였다. 어딘가에 내 삶을 고동치게 할 만한 것이 있다는 느낌이 들었지만, 어떻게 해야 그걸 찾을 수 있을지는 알 수 없었다.

이 시점에서 배워야 할 것은 수천 킬로미터 떨어진 곳에서 식당을 운영하면서 세계적인 규모로 확장하는 법에 관한 기본적인 요령이었다. 같은 수준의 음식과 서비스를 통제할 수 있는 곳까지 늘려야만 했다.

그해 크리스마스 직전, 힐튼 호텔로부터 두바이에 지어질 새 호텔에서 레스토랑을 경영해 볼 생각이 없냐는 전화를 받게 되었다. 이국적인 제안으로 들렸고, 장인어른과 나는 귀가 쫑긋 섰다. 영국 밖으로 뻗어나가는 첫 번째 모험이었다. 게다가 당시에는 두바이의 면세 쇼핑몰과 무자비하게 내려쬐는 청동빛 햇살에 대한 과대광고가 넘치던 시기였다.

초반의 엄청난 이메일 공세 후, 우리 두 사람 모두 크리스마스가 끝나고 곧장 두바이에 가기로 합의했다.

당시 나는 두바이란 나라에 대해 아는 게 전무했다. 햇빛 속에서 몸을 달구다 올 수 있는 휴양 리조트였지만 즐길 만한 것은 별로 없어 보였다. 그래도 날개를 펼칠 가능성이 있는 곳인지 둘러봐야 했다.

2001년 1월 목요일에 우리는 두바이에 도착했다. 사실 이슬람 문화권에서는 목요일이 토요일이었고, 금요일이 일요일이었다. 문화가 다르니 달력도 달랐다. 그 정도는 감수할 수 있다. 그 다음은? 그곳에는 독립적인 식당은 없다. 모든 식당은 호텔 안에만 존재해야 한다. 그것도 별문제 없다.

우리는 공항에 마중 나온 차를 타고 주메이라에 있는 힐튼 호텔로 갔다. 그리고 한 가지 사실을 알게 되었다. 두바이의 거주지는 도시와 리조트 지역으로 나뉘어져 있고, 그 두 지역 사이에는 45분 거리의 고속도로가 있다는 것이다.

우리의 일정은 매우 빡빡했다. 힐튼 측에서는 내 이름의 철자도 제대로 모르고 있었다. 하긴 그 사람들은 '여정(itinerary)'이라는 단어의 철자도 제대로 모르더라. 우리 여정은 이번 프로젝트의 프레젠테이션과 대여섯 군데의 레스토랑 방문, 그리고 4륜구동을 타고 사구의 용마루를 따라 달리다가 차를 멈추고 숨 막히게 아름다운 석양을 감상하는, 흥미진진한 사막 모험으로 이루어져 있었다.

우리는 7성 호텔 부지 알 아랍에 있는 잠수함 같은 해산물 레스토랑에서 점심을 먹고, 두바이의 미래를 상징하는 높이 솟은 건물을 둘러보았다. 우리가 식사했던 그 잠수함은 물론 움직이지 않았다. 사방이 수조로 둘러싸인 그 레스토랑에 들어갔을 때 갑각류들로 이뤄진 디즈니랜드에 와 있는 것 같았다. 음식 맛이 어땠는지 기억조차 나지 않는다. 그곳을 찾은 많은 사람들이 그랬을 것이다.

힐튼 호텔은 아직 건설 부지에 불과했고, 두바이 크릭(두바이를 남북으로 가로지르는 강처럼 보이는 바다-옮긴이) 옆에 자리 잡고 있었다. 공사 중인 건물에 들어간 것은 그때가 처음이었다. 보이는 것이라고는 콘크리트와 모래더미, 타일, 안전모뿐인 상황에서 레스토랑의 출입구나 바의 위치를 상상하기란 쉬운 일이 아니다.

하지만 감동적이었다. 그 건물은 강철과 유리로 지어진 아름다운 호텔이 될 테고, 두바이를 관광하기에 최상의 위치는 아니었지만 부유층을 겨냥한 호텔이었다.

그러나 아침 일찍 어시장을 방문하자 사정이 달라졌다. 이곳에서 사업하는 것을 다시 생각해 볼 정도로 끔찍한 경험이었다. 수그러들 줄 모르는 사막의 열기 속에서 위생과는 거리가 먼 환경에 생선이 놓여 있었다. 누군가 트럭을 가지러 간 사이에 100킬로그램에 달하는 거대한 참치는 도로 바로 옆에 먼지를 뒤집어쓴 채 한 시간가량 놓여 있었다. 냄새나고 더러운 시장을 빠져나오는 게 기뻤다.

그날의 생선 재료를 구하기 위해 이른 아침마다 이 시장에 와야 한다고 생각하니 사업에 대한 자신감이 사라졌다. 분명 이곳은 서방 세계의 기대를 받고 있는, 현대의 새로운 호텔 문화와 오랜 아랍 문화가 요란하게 충돌하는 곳이었는데도 말이다.

무엇보다 호텔 소유주들도 우리를 환영하지 않았다. 이번 계약은 그들과 호텔 경영을 맡은 힐튼, 그리고 음식과 음료 컨설턴트를 맡은 우리 회사 간의 3자 계약이었다. 따라서 호텔 소유주들은 우리를 수입해야 할 서구 브랜드 정도로 생각한 것 같다. 그들은 우리에 대한 통제권이 없었고, 따라서 우리는 참고 견뎌야만 하는 필요악이었던 것이다.

호텔들과 여러 번 일하다 보니, 개발도상국의 호텔 경영자들은 수백만 가지의 다른 문화에 적응해야 한다는 생각이 들었다. 예전에 호텔 고위층 간부 한두 명을 만난 적이 있는데, 그들은 소유주와 경영자들 사이의 관계를 원만하게 만드는 외교관이나 다름없었다. 그것만큼 힘든 직업도 없는 것 같다.

어쨌거나 여러 일들이 있기는 했어도 출장은 성공적이었다. 우리는 사업을 추진하기로 동의하고 두바이를 떠났으며, 계약은 비교적 간단했다.

우리는 호텔에서 판매되는 음식 및 음료와 관계된 모든 것에 고든 램지의 이름을 쓰도록 허락하며 10명의 고참 직원들과 메뉴를 제공하고, 음식과 음료에 관해 컨설팅을 해준다는 내용이었다. 이제 남은 것은 힐튼 측에서 호텔 소유주 대변인들을 대동하고 런던을 방문해 우리가 올바른 선택인지 확인하는 것뿐이었다.

하지만 한 가지 문제가 있었다. 풀햄 가에 있는 손바닥만 한 사무실로 손님들을 데려가 그곳이 본사라고 소개할 수는 없었다. 별로 사업적 신용도가 없어 보이기 때문이다. 그리하여 우리는 메이페어에 있는 장인어른의 거실, 거대한 떡갈나무 테이블이 있는 그곳을 우리의 사무실이라고 소개했다.

그리고 그 방법은 기적적으로 성공했다. 그들이 레스토랑을 방문하고 장인어른의 설명을 들을 무렵 우리는 그들의 심사를 통과했고, 그들은 기꺼이 법적 절차에 착수했다.

지금 와서 돌이켜보면, 우리의 실제 모습보다 더 과장된 모습을 보여줘야만 했던 건 그때가 마지막이었을 것이다.

그후 레스토랑 오픈에 필요한 만반의 준비를 해나갔다. 이미 안젤라 하트넷이 두바이 팀을 맡도록 결정된 상태였다. 그녀는 우리 회사를 떠나 2년간 힐튼에 합류할 계획이었다. 안젤라는 쉐프 그 이상의 자질을 가진 사람이었으므로 올바른 선택이었다. 그녀는 조직적이고, 아랫사람들에게 동기를 부여할 줄 알며, 무엇보다도 오베르진 시절을 견뎌낸 아름다운 생존자였다. 아무도 그녀의 매력을 거부할 수 없었고, 그녀가 있는 한 두바이에서의 명성은 안전하게 지켜질 것이었다.

사막 위에
성공을 쌓아올리다

가을 무렵이 되면서 호텔은 영업을 시작했다. '시작했다'라고 말한 건 사실이 그렇기 때문이다. 처음에는 로비와 1, 2층만 개방되었다. 그다음에는 식당이 개방되었고, 점차적으로 영업이 본격화되었다. 그러다 2001년 9월 11일이라는 운명적인 날이 닥치고 말았다. 이 사건으로 앞으로 몇 주간 호텔이 텅 비게 될 거라는 건 분명했다. 갑자기 아무도 중동 지역에 가고 싶어 하지 않았다.

이것은 존 웨스트 연어 통조림이나 페리에 탄산수 사업과 비슷하다. 이 두 가지 모두 상업성은 별로 없지만, 날이 갈수록 사람들의 개념은 희미해진다. 사건의 얼얼함이 무뎌지고 나면, 원래대로 돌아가게 마련이다. 혹은 우리 경우처럼 예정되어 있던 대로 돌아가거나.

레스토랑 경영자로서 미처 몰랐던 한 가지는 멀리 떨어진 곳에서 발생하는 문제점을 처리하는 고충이었다. 런던의 메이페어나 세인트 제임스에서 문제가 생겼다면 10분 안에 갈 수 있다. 하지만 식당이 수천 킬로미터 떨어진 곳에 있고, 시간대도 다르고, 요일까지 다르다면 그럴 수 없다.

게다가 당시에는 고든 램지 앳 클라리지스 사업을 시작했고, 스코틀랜드에서 첫 모험을 간신히 끝내가는 상황이었다. 어떻게든 이 두 가지를 잘 마무리 짓는 동시에 두바이의 레스토랑도 운영해야 했다.

초창기의 문제점은 우리가 주던 월급에 익숙해져 있던 직원들을 어떻게 예산에 맞춰 월급이 지급되는 힐튼 호텔로 보내고, 그곳에서 계속 일하게 붙잡아두느냐 하는 것이었다. 그래서 아주 어리석은 짓을 저지르기 시작했다. 직원들을 힐튼에 상주시켜 우리의 명성을 보호하기 위해 우리가 따로 월급 보조금을 주기 시작한 것이다.

사정이 이렇게 되다 보니 계약금을 제외하고 우리가 받는 것이라고는 매달의 음식과 음료 매출액에서 일정 비율로 지급되는 돈뿐이었다. 그나마 9 · 11 사건 이후로 이 수입은 급격히 감소해 총 수입보다 직원들에게 지불되는 보조금이 더 클 정도였다.

설상가상으로 메인 레스토랑인 '베르(Verre)'는 고급 정찬을 제공하는 레스토랑이라고 하기엔 많은 부분이 부족했다. 장인어른은 그곳을 여러 차례 방문했고, 시정되어야 할 사항을 적어 메모를 남겨두곤 했다.

무엇보다도 제발 바닥에 카펫을 깔아달라고 사정했다. 레스토랑의 바닥은 나무고 벽은 유리인데다가 내부에 휘장이나 천으로 된 장식품이 하나도 없다는 사실은 분명 문제였다. 아무리 작은 소리로 속삭인다 해도 크게 울리기 때문이다. 카펫이라도 깔면 훨씬 나을 것이다. 하지만 그후로 1년이 지났는데도 여전히 카펫은 깔리지 않았다.

힐튼 호텔 소유주가 시정 사항을 받아들이도록 설득하는 일이 어찌나 힘들었는지, 나는 이것이 고급 레스토랑이나 호텔을 경영하는 문제가 아닌 기싸움이라고 생각될 정도였다. 어쩌면 그들은 때가 되면 하려고 했는지도 모른다.

게다가 괴상한 이유로 인해 우리가 그들에게 직접 연락하는 게 불가능했다. 이건 힐튼 측에서 정한 규칙이 아니라 그들이 정한 규칙이었다. 우리가 동업자와 이야기 한 번 못해 보고 계약을 맺은 건 이번이 전무후무하다.

힐튼에 대해서는 한마디만 하겠다. 그들은 언제나 예산과 호텔 문화라는 울타리 안에 갇혀 있지만, 그래도 가끔은 문제 해결을 위해 창의적인 방법을 모색하기도 했다. 장인어른은 그들에게 고든 램지 직원들에게 계속 코딱지만 한 방과 낮은 월급을 주겠다고 고집 부린다면, 이내 훌륭한 직원들은 모두 빠져나가게 될 거라고 설명했다.

그들은 그 부분에 대해서만큼은 계약서를 다시 쓰는 데 합의했다. 마침내 우리는 보조금을 지급하지 않아도 되었다. 레스토랑에는 카펫도 깔리게 되었고, 우리가 불평하던 모든 것들이 해결되었다. 마침내 천만다행으로 '고든 램지 앳 힐튼 두바이 크릭' 호가 이륙했고, 우리는 함께 전진했다.

우린 두바이에서 큰돈을 번 적이 없다. 우리에게는 일정한 수입만이 지불된다. 그것도 세상에서 가장 약한 화폐인 미국 달러로. 한 가지 분명한 사실은 런던의 레스토랑을 방문했던 많은 손님들이 두바이의 베르도 방문한다는 사실이다. 그들이 거기 가는 이유는 품질과 수준을 믿을 수 있다고 생각하기 때문인 것 같다. 베르는 《타임 아웃 두바이》에서 연거푸 올해의 레스토랑에 선정되었으며, 시내에서 최고의 요리를 제공하는 곳으로 평가받고 있다.

안젤라는 2년간 그곳에서의 일을 훌륭히 해냈다. 그녀가 직원들과 맺은 친밀한 관계와 신뢰는 전설적이었고, 위기 상황에서도 늘 침착함을 유지했다. 한번은 성공적인 크리스마스 영업을 마친 뒤, 안젤라가 직원들을 위해 선상 파티를 기획했다. 그녀가 녹슨 배의 선미에 있던 부요리장 곁에 앉는 순간, 난간이 부서지며 물속으로 빠지고 말았다. 그들이 구조되었을 때 부요리장은 이미 죽은 뒤였다. 가족을 잃은 것이나 마찬가지였는데도, 다음 날 아침 안젤라는 주방으로 출근해 자신을 필요로 하는 직원들 곁에 있어주었다.

그 무렵 런던에서 우리는 코노트에 대한 아이디어를 짜고 있었다. 우리는 안젤라를 불러들여 이 식당을 맡기기로 했다. 그녀는 지금까지 잘해 주었고, 이제는 새로운 식당과 적절한 지분으로 보상받아야 할 때였다. 그녀는 자신의 뒤를 이을 두바이 책임자로 제이슨 애서턴을 데려왔다. 그는 훗날 두바이에서 경험을 쌓고 런던으로 돌아와, 자신을 떠오르는 요리사로 만들어줄 '메이즈'라는 혁신적인 레스토랑을 오픈하게 된다.

훌륭한 레스토랑을 전 세계적으로 경영하는 게 쉽지 않은 일이었지만, 우리는 해결책을 찾아냈다. 그것은 미디어가 만들어낸 나의 이미지, 즉 직원들에게 소리 지르고 욕하고 통제 불가능한 사장의 모습과는 정반대되는 것이다. 즉, 좋은 인재를 찾아내 그들을 붙잡아두는 게 핵심이다. 우리가 하는 일은 모두 믿을 만한 충직한 직원들에게 달려 있다.

우리는 훌륭한 재능을 가진 인재를 발굴해 그들을 보살피고, 그들의 재능을 키워주는 일을 점차 잘하게 되었다. 좋은 직원을 잃는다는 건 회사의 경영진이 정말로 형편없는 쓰레기라는 증거일 뿐이다.

훌륭한 직원을 둔다는 건 곧 내가 직접 레스토랑을 찾아다닐 필요가 없다는 뜻이기도 하다. 원래 1년에 네 번 두바이를 방문하게 되어 있었고, 초창기에는 전혀 문제될 게 없었다. 하지만 출장지가 늘어나면서 그 빈도는 두 번으로 줄어들었다.

그동안, 두바이 역시 괴물처럼 성장하고 있었다. 내가 처음 두바이를 방문했을 때 누군가가 길을 따라 호텔 세 개가 지어진 곳을 가리키며 곧 열여덟 개의 호텔이 더 세워질 거라고 말했다. 5년 뒤, 그곳에는 100개 가까이 호텔이 생겨 있었다. 전 세계 크레인의 27퍼센트가 이곳에 있는 수백 군데의 부지에서 물건을 운반하고 있다는 말도 무리가 아니었다.

초반의 문제점들이 해결되고 나자, 직원들은 모두 그곳에서의 삶을 즐겼다. 그곳은 면세 지역이었고, 골프 연습을 할 시간도 충분했다. 제이슨 애서턴은 돈을 벌었고, 아름다운 아내를 얻을 시간까지 있었다.

두바이에서의 사업이 순조로워지면서 우리는 일종의 도약을, 그것도 1년이 채 못 되어 하게 되었다. 런던에 두 개의 작은 레스토랑을 가진 성공적인 경영자에서 세계적인 그룹으로 말이다.

이는 그 나름대로 고충이 있었고, 내게 엄청나게 중요하면서도 빨리 배워야 할 교훈을 주었다. 나는 고객들의 불만 사항에 어떻게 대처해야 하는지 배워야 했다. 아울러 불만 사항을 말해 주는 고객이 주는 숨겨진 이점에 대해서도 말이다.

7

"너무나 실망스러워서 이 편지를 씁니다!"

우리가 언제나 옳을 수는 없다.
고객들의 시선에서 볼 때는 우리가 틀렸을 수도 있다.
때로는 고객들에게 못마땅하게 생각할
권리를 주는 게 최선이다.

건방 떨면
큰 코 다친다

오베르진에서 일하던 시절, 나는 점점 재수 없고 건방진 놈팽이가 되어갔고, 불만 사항이 적힌 편지가 올 때마다 그것을 보낸 사람에 대한 적절한 욕설과 함께 곧장 휴지통으로 던져버렸다. 로열 호스피털 로드에 개업했을 때도 이 전통은 계속되었다. 지극히 정상적인 일이라고 생각했다.

그러던 어느 날, 그 사실을 알게 된 장인어른이 레스토랑으로 요란하게 들이닥쳐 가슴 뜨끔하게 만들었다. 젠장! 더 화가 나는 건 장인어른이 정곡을 찔렀다는 것이다.

장인어른은 '손님은 왕이다'를 운운하는 건 물론이고, 가장 소중한 경영 도구를 쓰레기통에 던져버린 것에 대해 호통을 쳤다. 나는 장인어른의 얼굴색이 붉어질 때마다 언제나 이를 꽉 물고 참는다. 사타구니를 걷어차이고 설교를 들으면서도, 장인어른이 요점을 전달하기도 전에 심장마비로 쓰러질까 봐 걱정되기 때문이다. 장인어른은 호수에 던진 돌 하나가 호수 중심에서부터 시작해 가장자리까지 술렁이게 만들며, 그 파장은 결코 막을 수 없다고 말했다. 또한 레스토랑 사업을 진지하게 하고 싶다면 겸손, 피드백, 명성, 입소문이 얼마나 중요한지 알아야 한다고 했다.

"고든 램지의 식당을 방문한 손님은 분명 자신의 친구들, 가족들, 나아가 이즐링턴의 주민 절반에게 자신이 그 식당에 갈 거라는 사실을 말했을걸세. 그러니 다음번에 그 사람들이 손님을 만나면 당연히 식당이 어땠냐고 묻겠지. '최악이었어'라는 대답이 돌아오면, 그 파장은 호수 가장자리까지 퍼져나가게 되는 거야. 구명보트를 준비해야 할 때인 거지."

장인어른의 말이다. 장인어른은 화를 가라앉혔고, 우리는 정책을 바꾸기로 했다.

불만 사항이 적힌 편지를 받는 것은 두 가지 일을 한 번에 할 수 있는 기회이다. 이제는 나도 그 사실을 알고 있다.

첫째로 편지를 읽어보고, 그것이 어떤 종류의 편지인지 파악해야 한다. 굳이 편지까지 쓴 손님의 말이 일리가 있는가, 아니면 그냥 징징대는 건가? 손님이 메뉴판을 받기까지 40분이나 기다렸나? 물만 마시겠다고 했을 때 소믈리에가 그를 무시했는가? 오후 4시 30분에 식사를 하는데 한 직원이 그 앞에서 저녁 영업을 준비하기 위해 테이블보를 다리고 있었는가? 아니면 우리 식당의 모든 면을 너무도 신랄하게 꼬집은 걸로 봐서 혹시 이 사람은 공짜 식사를 바라는 머저리인가?

우리가 알아야 할 사실은 정말로 바보 같은 실수를 저질렀는지, 그리고 그 점을 개선시킬 수 있는지, 이 두 가지이다. 우리가 아직까지도 알아채지 못한 결점이 있는가?

뒤로 한발 물러서서 손님의 불만을 객관적으로 보는 게 매우 중요하다. 우리 측에서 실수를 저질렀을 때는 손님의 신용을 되찾는 것도 중요하지만, 우리가 잘못한 일을 분석해 교훈을 얻는 게 훨씬 중요하다. 손님의 불만에 대해 코웃음을 치거나 거드름을 피우면 발전할 수 없다.

둘째로 불만 사항에 대처해야 한다. 우리가 손님의 스카프를 다른 사람에게 줘서 손님이 스카프를 분실했다면, 그건 우리 책임이다. 자신의 스카프가 아닌 걸 알면서도 그걸 버젓이 목에 두르고 간 사람은 우리가 상관할 바가 아니다. 그저 실수를 받아들이고 수표를 써주면 그만이다. 맹물을 주문한 손님에게 웨이터가 실수로 탄산수를 따라주었다면, 정중히 사과하고 다음번 방문 때는 샴페인 한 잔을 준비해 두고 있겠다는 점을 분명히 알려라. 우리는 자신의 신발끈에 밟혀 넘어진 셈이고, 이것이 그 대가이다.

명백히 잘못한, 중대한 불만 사항인 경우에는 사정이 다르다. 먼저 변명은 늘어놓지 말고 사과부터 해야 한다. 또한 고객에게 이런 편지를 쓰게 하고, 우리에게 그런 지독한 실수가 벌어졌다고 말해 주는 수고를 하게 한 것만으로도 이미 큰 빚을 졌다는 사실을 분명히 알려라. 사과는 벌에 물린 상처에서 침을 빼내며, 상처에 맞는 치료를 해준다. 왜 그런 실수가 있었는지 이유부터 늘어놓는 것은 손님에게 이의를 제기하는 꼴이 된다.

지금은 그럴 때가 아니다. 부디 내 말을 믿으시길. 성이 나서 잔뜩 곤두선 깃털은 일단 쓰다듬어 가라앉혀야 한다.

네 단락에 걸쳐 사과와 자아비판, 자신에 대한 채찍질을 가하고 난 후에는 최후의 쐐기를 박아야 한다. 그들을 '고든 램지'의 손님으로서 다시 식당에 초대해 공짜 식사를 대접하는 것이다. 그것은 우리의 명예를 회복할 수 있는 기회가 될 것이다.

다만 벌의 침에 키스할 때 한 가지 조심해야 할 것은 '우리의 소믈리에가 선택한 와인을 곁들인'이라는 문구를 첨가하는 것이다. 그들을 극진히 대접하는 건 좋지만, 그렇다고 봉이 될 수는 없는 노릇이다.

자, 이제 다시 연못 이야기로 돌아가보자. 손님들은 다시 우리 식당을 방문해 즐거운 시간을 보냈다. 직원들은 수술을 훌륭하게 해냈고, 걱정스레 식당을 찾아왔던 손님들은 우리들이 진지하게 사과하고 있다는 걸 깨닫게 된다. 벌에 쏘인 자리는 치유되고, 어느새 "식사 대접 잘 받았어요"라는 편지가 도착해 있을 것이다.

그뿐만이 아니다. 전에 우리 식당에 대한 험담을 들었던 50명의 사람들도 이제는 일이 바로잡혔다는 걸 듣게 된다. 이는 해피엔딩이자, 전혀 예상치 못했던 결과이다. 이것만이 심각한 불만 사항을 해결하는 유일한 방법이다. 내가 장담한다.

따라서 우리가 알아야 할 교훈은 절대 시건방 떨다가 손님에게 사과하지 않는 일은 없어야 한다는 것이다. 그 교훈과 손님을 환하게 맞아주는 환영의 미소는 주방에서 나오는 음식만큼이나 확실하게 단골을 확보하는 길이다.

우리는 이 도시에서 최고의 경험을 선사할 준비를 해야 하며, 인생에서와 마찬가지로 열차가 선로에서 이탈했을 때 진정한 실력을 시험받게 된다. 일이 잘못되었을 때 사람들은 그 장본인이 일을 다시 원상복귀시켜 놓기를 원하는 법이다.

마지막으로 이 무시무시한 시나리오에 더해야 할 사항이 있다. 뭔가 잘못되었다는 걸 알 수 있는 건 오로지 고객이 편지를 써주었기 때문이다. 내 짐작으로는 10명 가운데 세 명만이 불만 사항을 써 보내는 번거로움을 감수한다. 나머지 일곱 명은 다시는 그 식당에 가지 않는다. 따라서 진정한 해답은 처음부터 제대로 하는 것이다. 파도가 잔잔한 바다에서는 구명보트가 필요 없다.

8

미션!
코노트를 사수하라

아이디어가 막 떠오른 짜릿한 순간에서
그 새로운 프로젝트를 완성시키기까지
당신의 모든 관심을 그 일에 쏟아라.
그런 다음에는 다른 사람들에게 그 일을 맡겨라.

다시 협상 테이블로,
이번 조커는 안젤라 하트넷

고든 램지 앳 클라리지스가 오픈했고 엄청난 성공작임이 증명되었다. 매달의 매출액이 그 사실을 입증했으며, 블랙스톤 측은 꽤나 만족스러워했다. 존 세리알이 뉴욕에서 사보이 그룹을 위한 홍보 파티를 마련하기로 마음먹을 정도였으니 말이다.

모든 사람들이 뉴욕에 머무는 동안, 그는 코네티컷에 있는 자신의 집에서 디너파티를 열고 나와 장인어른을 초대했다. 비싼 돈을 내고 1등석에 타는 걸 싫어하는 장인어른은 내게 인도 항공을 타고 가자고 제안했다.

"인도 항공은 편한데다 영국 항공의 절반 가격에 음식도 훌륭해."

나중에는 장인어른의 제안을 완강히 거절했지만, 그때는 꾹 참고 불안한 마음으로 장인어른의 말을 따랐다.

그 다음 주, 히스로 공항의 3번 터미널에 있는 인도 항공 데스크에서 탑승 수속을 밟으며 사자머리를 한 여직원에게 여권을 건네주었다. 그녀는 이상하다는 듯 여권을 바라보더니, 둘 중 누가 여자냐고 물었다. 순간 장인어른은 나를, 나는 장인어른을 바라보다가 여직원에게 방금 뭐라고 말했냐고 물었다. 그녀는 여권에 붙은 장모님의 사진을 보여주었다. 장인어른이 급하게 서두르느라 그만 장모님의 여권을 챙긴 것이다.

'실수를 한 게 내가 아니라서 천만다행이다……'. 나도 모르게 가슴을 쓸어내렸다. 장인어른은 평상시에는 절대 그런 실수를 하지 않는데, 이날은 엄청난 실수를 저지른 것이다. 장인어른은 장모님께 전화해 자신의 여권을 가져다달라고 부탁했다. 기왕이면 비행기가 이륙하기 전에 말이다.

일정은 이미 빠듯했다. 뉴욕에 도착하자마자 쏜살같이 그랜드 센트럴 역으로 달려가 코네티컷행 열차를 잡아타야 했다. 이 비행기를 놓치면, 세리알의 파티에 참석할 수 없을 것이다. 장인어른에게는 그 파티에 꼭 참석해야 하는 이유가 있었고, 이 실수로 인해 그 계획이 위협받고 있었다. 장모님을 기다리는 동안, 장인어른은 조용히 버진 항공사의 데스크로 갔고, 장모님이 제시간에 도착하지 못할 경우를 대비해 뉴욕행 편도 티켓을 예약했다.

다행히 여권은 제시간에 도착했고, 우리는 뉴욕행 인도 항공에 올라탔다. 인도 항공은 가격이 저렴할 뿐 아니라, 점심 메뉴도 훌륭했고 서비스도 최고에 좌석도 편안했다. 모든 게 장인어른의 말대로였다.

하지만 난 다시는 인도 항공을 이용하지 않을 것이다. 왜냐고? 어쩌면 기내에서 틀어주는 인도 영화가 짜증나서였을 수도 있다. 그러나 그것보다는 이제 나 자신에게 좀 솔직해질 수 있기 때문이다. 난 왜 이 항공사가 싫을까? 내가 가끔씩 유명세를 즐기기 때문이다. 단순한 이유였다. 버진 항공사의 1등석을 타면 그들은 내가 누군지 알아보고, 내게 특별히 더 신경 써준다. 하지만 인도 항공사에서 난 유명인이 아니고, 따라서 비행기 여행이 주는 즐거움도 사라진다. 이 얼마나 슬픈 일인가?

웨스트포트에 있는 세리알의 집까지는 통근 열차를 타고 갔다. 뉴욕의 직장인들도 런던 사람들과 다를 바 없이 붐비고 더러운 열차로 출퇴근을 했다. 그로부터 2년 뒤, 나는 세리알에게 그도 늦은 밤에 통근 열차를 타고 집으로 돌아가냐고 물었다. 그는 미소 지으며 조용히 내 어깨에 손을 올리더니 그런 시절은 오래전에 끝났다고 속삭였다. 그는 리무진과 전용 제트기의 세계로 옮겨간 것이다.

푹푹 찌는 저녁에 코네티컷에 도착했다. 세리알의 집은 예상했던 대로 웅장하고 아름다운 미국식 저택으로, 동부 해안에서 가장 비싼 땅에 자리 잡고 있었다. 다들 차갑게 식힌 핑크 샴페인을 마시고 있었다. 모두들 우리를 기다리고 있었다는 듯이 우리는 곧장 연회실로 들어갔다. 연회실 안에는 두 개의 테이블이 있었는데, 나는 즐기러 온 사람들 쪽에 앉았다. 장인어른은 업무차 온 사람들의 테이블에 앉았고, 그것도 세리알과 그의 재무 담당관인 빌 스타인 사이에 끼어 있었다.

나는 장인어른이 세리알에게 하려고 적어 온 말을 잊지 않기를 바랐다. 장인어른이 그런 걸 적어 왔으리라고는 생각하지 않지만 말이다. 장인어른은 세리알이 지난주 런던의 코노트 호텔을 방문했고, 시카고 출신의 유명한 쉐프를 만나고 왔다는 걸 알고 있었다. 코노트의 레스토랑 자리가 비어 있다면 우리가 그걸 맡고 싶었고, 지금이 그 말을 꺼내기에 완벽한 때였다.

파티가 무르익고, 다들 흥에 겨운 상태였다. 파티에 참석한 손님들은 모두 사보이 그룹이나 블랙스톤 측 사람이었고, 라 탕 클레어가 아직 버클리 호텔 안에 있었으므로 피에르 코프만도 그 자리에 있었다. 나중에 뉴욕으로 돌아가는 리무진 안에서 나는 장인어른께 코노트 호텔 일이 어떻게 되었는지 물었다.

"그쪽에서 우리와 코노트에 대해 이야기하고 싶어 하는 것 같네."

장인어른은 그렇게만 대답했다.

장인어른은 언제나처럼 곧장 요점으로 들어가 그들이 코노트에 대해 어떤 계획을 가지고 있는지 물었다고 한다. 처음에 그들은 우리가 그 레스토랑에 관심을 보인다는 사실에 놀라더니, 2주 후 런던으로 가서 가능성을 타진해 보겠다고 약속했단다. 얼마나 신나는 일인가? 우리는 클라리지스의 성공으로 한껏 고무된 상태였고, 잘못될 일은 전혀 없을 거라고 철석같이 믿고 있었다.

2주 후, 우리는 코노트의 기묘하고 조그만 스위트룸에서 존 세리알과 수행원들을 만났다. 이내 순조롭게 이 프로젝트에 합류해 호텔의 음식과 음료를 담당하여 돈 골짜기로 사라지기는 힘들겠다는 게 밝혀졌다. 언제나 그렇지만 쉽게 되는 일은 없다.

그들이 원하는 건 로열 호스피털 로드였다. 그들은 우리가 첼시의 그 식당을 통째로 호텔 안으로 들여오기를 바라고 있었다. 하지만 그건 절대 있을 수 없는 일이다. 로열 호스피털 로드는 내 사업이 모두 망했을 경우 내가 돌아갈 수 있는 최후의 보루이다. 그곳은 무슨 일이 있어도 그곳에 있어야 하며, 절대 코노트로 이전되는 일은 없을 것이다. 우리가 아무리 그 사업을 원한다 할지라도 말이다.

블랙스톤 사람들은 처음에는 이 사실을 달가워하지 않았다. 존이 말했던 대로 코노트의 레스토랑에는 뭔가 특별한 게 필요했다. 호텔이 지어진 1897년 이래로 계속 만들어온 똑같은 음식을 기존의 고객들에게 대접하는 방식을 답습해서는 안 된다.

세리알은 색다른 아이디어를 원했다.

"여자 쉐프는 어떨까? 혹시 아는 여자 쉐프 있나? 샌프란시스코에 있는 '불러바드'의 낸시 오크스처럼 말이야."

우리는 싱가포르 항공과 일하면서 낸시를 알게 되었다. 나는 장인어른이 무슨 말을 할지 정확히 알고 있었다.

"그런 말씀을 하시니 재미있군요, 세리알. 마침 우리에게 완벽한 적임자가 있습니다. 언제 만나보시겠습니까?"

세리알의 눈이 가늘어졌고, 그는 우리가 해결책을 가지고 있다는 걸 알게 되었다.

회의가 끝났고, 우리는 2주 후에 '여자 쉐프'와 함께 다시 만나기로 했다. 문제는 두바이에 있는 안젤라 하트넷을 어떻게 설득하느냐 하는 것이었다. 그녀는 펄쩍 뛸 것이다. 두바이의 식당을 완벽하게 꾸려가고 있는 그녀가 왜 편안한 생활을 버리고 런던으로 건너와 코노트 문제와 씨름하려 하겠는가? 어떻게 해서든지 그녀를 설득해야 했다.

안젤라는 아름답고 재미있으며, 대부분의 남자들을 꼼짝 못하게 만든다. 조금도 위압적이지 않으면서 사람들을 겁먹게 하는 능력이 있다. 게다가 언제나 자기 방식대로 하는 타입이다. 그녀는 얼굴에 팩을 한다거나, 중요한 회의가 있기 전에 3시간 동안 마사지를 받는 일이 절대 없다. 성적인 농담은 씨도 먹히지 않는다.

결국 우리는 그녀에게 런던으로 와 예비 미팅에 참가해 일이 어떻게 될지 보자고 부탁했고, 그녀는 동의했다. 이로써 미팅은 준비 완료였다.

미팅이 있던 날 아침에는 긴장돼서 죽을 지경이었다. 이번 일이 잘못되면 우리는 큰 기회를 놓치게 될 뿐 아니라, 다른 사람이 그 레스토랑을 운영하는 걸 바로 앞에서 지켜보는 절망감까지 맛봐야 한다(코노트 호텔은 클라리지스 호텔 근처에 있다-옮긴이).

안젤라는 아래층에서 장인어른을 만나기로 했다. 나는 그 자리에 참석하지 않기로 결정했다. 안젤라가 스포트라이트를 독차지하도록 하기 위해서였다. 그녀는 빨간 립스틱에 머리를 풀고 더할 나위 없이 멋진 모습으로 나타났다. 두 사람은 회의실이 있는 위층으로 걸어갔고, 나중에 들으니 로비의 직원들이 모두 두 사람을 바라보고 있었다고 한다. 그놈들은 무슨 일이 진행 중인지 알고 있었고, 우리 코가 납작해지기를 간절히 바라고 있었다.

용감무쌍한 두 사람이 방으로 들어선 순간, 장인어른은 세리알이 자신의 고문관들과 사보이 그룹의 사장들까지 모조리 끌고 왔다는 걸 알았다. 안젤라는 간단히 "안녕하세요, 여러분"이라고 말한 뒤, 안락의자에 앉아 세리알을 당당히 바라보았다. 그녀는 라파엘전파의 그림 속에 나오는 여인처럼 빨간 머리칼에 빨간 입술을 한, 눈부시게 아름다운 모습이었다. 세리알이 이런 미인을 못 알아볼 리가 없었다.

세리알이 안젤라에게 호감을 가진 것은 누가 봐도 알 수 있었다. 몇 가지 사소한 사항들부터 논의되었고, 5분도 안 되어 장인어른은 자신이 이 회의장에서 불필요한 존재라는 걸 알았다. 다른 사장들과 고문관들은 말할 것도 없었다. 안젤라와 세리알은 진지하고 심각한 대화를 나누고 있었으며, 걱정할 필요가 없었다. 이탈리아인인 세리알과 절반의 이탈리아인인 안젤라는 척척 죽이 잘 맞았다.

회의가 잠시 중지되자 세리알은 장인어른을 가까이 불렀다.

"저 여자야말로 완벽한 적임자로구만. 계약하세나. 빌에게 계약서 초본을 작성하게 하지."

그렇게 말하고 세리알은 떠났다. 더 이상 의논하고 말고 할 것도 없었다. 그가 회의실을 나가자, 딸각 소리가 동시에 울려 퍼지며 그의 수행원들이 서둘러 찻잔을 내려놓더니 마에스트로를 따라 나갔다. 마치 예전의 이탈리아 법정의 한 장면 같은 모습이었다.

코노트의 레스토랑과 클라리지스의 레스토랑은 다른 점이 매우 많다. 사실 비슷한 점을 찾는 편이 더 쉬울 정도이다. 둘 다 메이페어에 위치한, 소유주가 같은 호텔이다. 그 점만 제외하고는 손님 부류도 다르고, 호텔 크기도, 매력도 다르다. 그리고 우리는 평생 이 일을 해온 사람들처럼 두 레스토랑을 동시에 경영하려 하고 있었다.

안젤라 하트넷 앳 더 코노트의 위태로운 출발

코노트 호텔에서 음식과 음료를 다루는 데 있어 기본적인 문제는 모든 게 같은 주방에서 만들어져야 한다는 것이다. 클라리지스의 경우에는 레스토랑 소속의 주방과 아래층 지하에 호텔 소속의 주방이 있었다. 호텔 소속의 주방에서는 호텔이 제공하는 룸서비스, 연회실, 프라이빗 다이닝(룸에서 따로 하는 식사-옮긴이) 음식이 준비된다.

이 분리된 두 식당은 전혀 다른 관점에서 운영된다. 하나는 레스토랑 운영자의 관점에서, 다른 하나는 호텔 운영자의 관점에서이다. 이 둘의 차이점은 무엇일까?

레스토랑의 쉐프는 먹으러 온 손님들을 위해 요리한다. 아름다운 실내, 좋은 위치, 값비싼 실내장식과 하얀 리넨은 들러리일 뿐이다. 음식이 맛없으면 그 레스토랑은 곧 문을 닫게 된다. 반면 호텔의 주방은 투숙객이 이용하는 호텔의 부수적인 요소일 뿐이다. 손님이 찾아온 이유는 그 호텔이 그가 원하는 방과 그에 딸린 부대시설을 제공하기 때문이다. 그리고 호텔 음식은 그 부대시설 가운데 하나이다. 이런 부대시설은 중요하기는 해도, 영업의 핵심은 음식이 아니다. 음식은 그저 많은 선택 사항들 가운데 하나일 뿐이다.

이것이 블랙스톤 그룹의 가장 큰 깨달음이었다. 그들은 좋은 레스토랑이 호텔을 차별화해 준다는 걸 알았고, 그러기 위해서는 레스토랑을 독자적으로 운영할 사람이 필요했다. 유명한 호텔들이 조엘 로뷔숑의 '라틀리에(L'Atelier)'나 알랭 뒤카스의 '스푼(Spoon)' 같은 세계적인 레스토랑 체인을 호텔에 들인 것도 바로 이런 이유에서였다.

주방이 하나뿐인 코노트로서는 레스토랑 경영자인 안젤라 하트넷에게 모든 걸 맡길 수밖에 없었다. 단, 그녀가 호텔에서 필요로 하는 모든 음료와 음식을 책임진다는 조건이었다.

이번 사업의 세부 계획은 어마어마했다. 호텔은 큰 변화를 필요로 했지만, 그 변화는 아주 조심스럽게 이뤄져야 했다. 완전히 새로운 고객을 찾고 있던 클라리지스와는 상황이 달랐다.

이 호텔은 기존의 프랑스식 주방이라는 구체제를 타파하고, 장례식장 같은 레스토랑을 없애야 했다. 이 레스토랑에서는 30파운드짜리 양갈비 구이가 주방에서 더 이상 핑크색이 아닐 때까지 구워진 뒤, 검은 연미복을 입은 웨이터에 의해 위층으로 운반되어 홀에서 다시 분젠 버너로 구워서 내놓는다. 야들야들하고 맛있는 웨일즈산 양고기가 온통

새까맣게 될 때까지 말이다.

4인용 식탁에는 음식이 서빙되기도 전에 70여 개의 식기들이 세팅되며, 레스토랑 한가운데에 알코올램프, 빈 은접시, 더러운 접시를 잔뜩 쌓아놓을 수 있는 거대한 마호가니 테이블이 있었다. 게다가 이 즐거운 장면에는 딸각거리는 소음이 빠지지 않았는데, 우울한 검은색 연미복을 입은 나이 든 웨이터들이 최대한 쌀쌀맞은 표정으로 감자와 강낭콩을 손님에게 덜어주면서 나는 소리였다.

웨이터들은 30분간의 투어를 마치면 주방 구석으로 슬그머니 사라져 담배를 피우거나 술 한 모금을 마신다. 환장할 노릇이었다. 이 레스토랑은 변화가 필요했다.

처음 6개월간은 공사가 채 끝나지 않은 상태에서 영업을 시작했다. 메인 레스토랑은 수리를 위해 폐업 상태였고, 로비가 새 단장을 하는 동안 대부분의 객실은 실내장식을 다시 했다.

기존의 손님들은 발길을 끊었다. 그들에게 코노트는 평화롭고 사생활이 보장된 공간, 드릴 소리가 없는 공간이기 때문이다. 덕택에 안젤라는 직원용 식당과 룸서비스, 바와 같은 공간들을 체계화할 여유를 갖게 되었다.

유일한 문제는 수입이 매우 적다는 것이다. 첫달부터 큰 적자를 기록했다. 그러나 6개월 후에는 다시 매상을 올릴 수 있으리라는 자신감을 가지고 안젤라는 계속 고군분투했다. '안젤라 하트넷 앳 더 코노트(Angela Hartnett at The Connaught)'가 적자에서 흑자를 기록하기까지 꼬박 2년이 걸리리라는 걸 짐작이나 했을까? 당시에는 우리도 그럴 줄 몰랐다. 그저 레스토랑 공사가 끝나기만을 기다리면 된다고 생각했으니까.

구닥다리 주방부터 정신머리까지 코노트를 싹 뜯어고치다

코노트의 주방은 완전한 개조가 필요했다. 그곳은 더럽고 불결했으며, 오래전에 문을 닫았어야 했다. 한때는 아름다웠을 로그(프랑스산 고급 가스레인지 브랜드-옮긴이) 가스레인지는 이제는 기름때를 한 꺼풀 뒤집어쓴 채 침몰하는 전투함 같았다. 게다가 청소부들이 이 가스레인지를 청소한답시고 양동이로 찬물을 여러 번 들이부은 탓에 레인지 위쪽 선반에는 금이 가 있었다. 달궈진 레인지를 찬물로 수축시켜 망가뜨린 것이다.

결국 가스레인지가 분해되고, 쓰레기 처리반에 의해 밖으로 운반되는 동안, 바닥에서는 쥐들의 안락한 보금자리가 나왔다.

주방 옆은 쉐프의 사무실로 쓰레기 천지였다. 이곳 역시 옛 시대의 증거였다. 영업이 끝나면 고참 직원들이 부하 직원들의 서빙을 받으며 호텔 비용으로 저녁을 먹고 와인을 마셨던 곳이 바로 이 사무실이다. 또한 왕족들이 식사를 마친 후, 직원들에게 인사하기 위해 들렀던 곳이었다. 분명 이곳에 있던 쥐들과는 인사하지 않았겠지.

드릴이 등장하면서 금이 간 크림색 마룻바닥 타일은 썩은 이처럼 뿌리 뽑혔다. 화장실의 하얀 세라믹 벽은 다음 생에는 더 단단하게 태어나리라 다짐하며 수백만 개의 파편으로 부서져 자루에 담겼다.

이곳은 골동품이 된 주방 용품들이 있는 작은 방과 복도로 이루어진 미로나 다름없었다. 양은그릇들이 반질반질 윤이 난 채 위층으로 운반될 준비를 하고 있는 식기실이 있고, 그 옆에는 직원 식당과 주방이 있었다.

이곳에서 직원들은 1950년대의 커피숍처럼 《선》과 《미러》지를 펼친 채 그날의 스무 번째 담배에 불을 붙이며 오늘의 가십거리를 평가하고, 휴식 시간을 꽉꽉 채워 앉아 있다가 마지못해 엉덩이를 떼어 업무로 돌아가 청소 담당 직원과 편안하게 수다를 떤다. 내가 도착하기 전까지 이곳의 분위기는 언제나 온화했고, 스트레스라는 건 없었다.

그들의 눈에 비친 나는 어쩌다 끔찍한 실수로 이곳에 오게 된 사람이었다. 그들에게 나는 한 시대의 끝을 알리는 존재였다. 모두가 두려워하면서도 언젠가 닥치리라는 걸 알고 있었던 바로 그 종말.

주방에는 커다랗고 텅 빈 공간만 남게 되었다. 마른 콘크리트 먼지 냄새가 사방에서 풍겼고, 안젤라 하트넷의 새 주방에 타일을 깔기 위한 재료들이 운반되었다. 그리고 3주 후에는 프랑스에서 새 가스레인지가 도착했다. 가스레인지의 반짝이는 크롬판은 앞으로 100만 개의 구리 냄비를 달궈줄 것을 약속했다.

이 아름다운 가스레인지는 앞으로 하루에 두 번씩 세척과 윤내기라는 보상을 받게 될 것이다. 찬물이나 끼얹는 게을러빠진 방식의 청소는 우리 주방에서는 용납되지 않는다.

주방의 벽면은 문이 유리로 된 냉장고들과 천장에서부터 휘어져 내려온 거대한 캐노피 후드로 가득 찼다. 후드는 주방의 열기와 냄새를 빨아들이고, 새로운 공기를 공급할 것이다.

이 시점에서는 여기서 어떻게 음식이 만들어질지 상상하기가 힘들었다. 그곳은 여전히 건설 현장이었고, 지금까지 내가 일했던 주방 중에 가장 완벽하고 역동적으로 변화시키는 게 안젤라의 일이다. 클라리지스는 최초의 초대형 주방이었고, 코노트는 분주한 레스토랑에서는 스무 명의 요리사들이 서로의 손가락을 썰지 않고 일할 수 있는 공간이 필요하다는 걸 보여줄 것이다.

나는 파리에서 일했던 암울한 시절을 떠올렸다. 당시 여섯 명의 요리사가 기껏 2제곱미터의 공간에서 일하면서도 최고로 멋지고 창조적인 요리를 만들어냈다. 그러나 그것이 우리가 지향하는 바는 아니다. 시대가 변했고, 주방 공간의 필요성과 그 공간을 최대화하는 것에 대한 인식도 훨씬 좋아졌다. 주방을 잘못 지으면 통로에서 말다툼이 끊이지 않고, 접시를 어디 뒀는지 잊어버리고, 정신 나간 요리사들은 자신이 왜 주방에 들어왔는지 어리둥절해질 것이다.

이것은 주방을 손님들도 기꺼이 들어와서 둘러볼 수 있는, 창조적인 작업 공간으로 만들 수 있는 기회였다. 주방은 모든 사람들이 보고, 점검하고, 즐기기 위해 존재해야 한다. 손님들이 국자를 집어 들고 수프를 휘젓거나, 옆에서 파를 써는 식으로 이 공연의 일부가 되고 싶어 한다면 그 주방은 제대로 지어진 것이다.

한편 인부들은 우리가 몇 개월 동안 궁리해 낸 계획들을 착착 실현했다. 주방의 통로는 홀로 나가는 접시들과 홀에서 들어오는 접시들이 부딪치지 않도록 설계되었다. 설거지를 하는 개수대에는 컨베이어 벨트가 설치되어 있어 접시를 80도 각도로 물속에 처박았다. 천장에 닿을 정도로 높이 쌓인 냄비들은 주방 일꾼들이 열심히 닦을 것이다.

주방에는 홀로 곧장 이어지는 가파른 계단이 있었다. 2차선 도로 같아서 왼쪽으로는 주방으로 내려가고 오른쪽으로는 홀로 올라가게 되어 있었다. 주방으로 내려가는 쪽이 더 튼튼하게 지어져야 했다. 요리를 가지러 내려오는 웨이터들은 쿵쾅쿵쾅 내려오는 반면, 테이블에 서빙할 접시가 담긴 쟁반을 위로 운반할 때는 훨씬 조심스럽기 때문이다.

천장에는 기나긴 전선과 파이프가 복잡하게 얽혀 있었다. 일단 공사가 끝나면 반자(천장을 가리어 꾸며놓은 것-옮긴이)와 출입 해치로 모두 가려질 테니 괜찮았다. 지금 이곳은 완전 아수라장이라서 정신이 올바로 박힌 사람은 우리가 대체 뭘 짓고 있는지 알 수가 없었다. 서두르는 사람도 없었고, 나로서는 마구 소리를 질러 멍한 상태에 있는 사람들을 깨어나게 하고 싶은 충동을 참느라 죽을 지경이었다.

어서 주방 공사를 마치고 홀을 오픈해야 했다. 영업을 안 하는 동안 매일 돈이 들었고, 인부들은 어슬렁어슬렁 돌아다니며 하는 일이라곤 거의 없었다. 적어도 내게는 그렇게 보였다. 나는 주방에서와 같은 민첩한 행동과 에너지를 원했다. 그러나 가만히 생각해 보면 전기 기술자나 페인트공, 배관공들은 그런 식으로 일하지 않는다. 내 운명은 내가 전혀 경험이 없는 분야의 노동자들에게 달려 있었고, 그렇다면 내가 빠져주는 게 가장 잘하는 짓일 것이다.

(몇 주 뒤에야) 결국 주방은 완성되었다. 샴페인을 터뜨리는 축하식 같은 건 없었다. 그저 가스레인지의 불을 켜고, 천장에 달린 많은 램프에서 하얀 불빛이 폭포수처럼 쏟아지고, 환풍기의 웅웅 소리가 커질 뿐이었다.

한순간 모든 요리사들이 주방의 아름다움에 현혹되어 잠시 얼어붙었다가 미친 듯이 행동을 개시했다. 상자를 열고 선반을 채워 넣으며 주방에 생명력을 불어넣었다. 다음 날 수프 냄비에서 김이 모락모락 나고, 오븐에서 첫 번째 음식이 나오자 비로소 주방다운 냄새가 났다.

어떤 레스토랑이든 굶주린 손님들로 가득 찰 때까지는 일주일간 시험 운항 기간이 있다. 그동안 주방 스태프들은 안젤라가 고안하고, 맛보고, 다듬은 새로운 메뉴들을 이해하고, 주방에 익숙해질 것이다.

건설 인부들의 작업 속도가 느리다고는 해도, 인테리어 디자이너에

비하면 급행 열차 수준이다. 스케치와 천 샘플을 들고 한가로이 돌아다니거나, 귀가 달린 사람은 누구나 붙잡고 방금 독일에서 도착한, 고급 실크로 만들어진 3평방센티미터의 천에서 얼마나 포근함이 흘러넘칠지 설명하고 다니는 건 내가 생각하는 일처리 방식과 거리가 멀다.

홀의 천장은 지나치게 아름다운 빅토리아풍 웨딩케이크 모양이었고, 실내를 평화롭고 편안한 분위기로 만들기 위해 회백색을 사용하는 것에 대해서는 아무도 달가워하지 않았다.

환장하겠군. 정말로 손님들이 식사를 하다가 포크와 나이프를 내려놓고 머리 위의 그 골칫덩어리를 찬찬히 바라볼 거라고 생각하는 걸까? 디테일과 핵심 요소가 아무리 중요하다고 해도, 거실을 직접 칠해본 사람이라면 페인트가 마르는 동안 페인트 붓에서 빠져나와 천장에 붙어버린 털 하나 때문에 속상하더라도 일주일만 지나면 잊혀진다는 사실을 알 것이다.

인테리어 디자이너는 그것이 예쁠까, 예쁘지 않을까 고민하기보다 수명에 초점을 맞추는 편이 훨씬 나을 것이다. 그가 3평방센티미터 샘플로 만들어내는 게 무엇인지는 몰라도 우린 그 안에서 장사를 해야 한다. 그가 우리에게서 받은 엄청난 보수를 다 쓰고 난 후에도 말이다.

카펫은 수명이 길어야 한다. 카펫은 손님들이 흡연가, 개, 껌 씹는 사람들이 거리에 버린 걸 모조리 발에 묻혀 들어오면서, 첫날부터 망가지기 시작한다. 그리고 15센티미터의 하이힐을 신고 그 뾰족한 굽을 빙글빙글 돌려대는 통에 '중간급'의 카펫을 걸레로 만들어버리는 180센티미터의 아가씨들과 덩치 큰 사람들에게 신발을 벗고 식당에 들어가달라고 할 수는 없는 노릇이다. 적어도 런던에서는 불가능하다.

카펫이 더러워지면 대대적인 청소가 필요하고, 세차게 돌아가는 솔과 코끼리 똥도 깨끗이 없앨 정도의 세정력을 가진 세제가 필요하다. 한마디로 카펫은 젖은 울프하운드의 왼쪽 귀처럼 보이지 않으면서 본전을 뽑아낼 수 있을 때까지는 이런 학대를 견뎌내야 한다.

그러면 언제까지가 '본전'을 뽑아내는 기간일까? 3년? 손님 15만 명이 들 때까지? 피눈물을 흘린 결과 그 해답을 알게 되었다. 11개월 만에 너덜너덜해진 카펫 때문에 카펫 가게로 전화했더니 '등록되지 않은 번호'라는 대답이 들려왔다. 카펫업자는 1년 보증 기간도 채우지 않은 채 스와니 강으로 도망가버린 것이다.

스멀스멀 기어나오는 실패의 조짐들

갑자기 모든 공사가 끝났다. 호텔은 옛 명성을 그대로 간직한 채 오픈했으며, 우리는 런칭 파티를 열었다. 이곳은 손님을 제한 없이 받을 수 있는 클라리지스와는 상황이 달랐다. 매우 혼잡했고, 누군가는 군중들에게 자신의 책을 선전하고 있었다. 샴페인과 카나페가 제공되었고, 우리의 초대 목록에 없던 사람들까지 초대되었다.

안젤라는 늦게 왔지만, 아름다운 빨간 드레스를 입은 모습이 눈부시게 우아하고 행복해 보였다. 마침내 그녀는 자신만의 고객과 레스토랑을 갖게 된 것이다. 파티는 오후 6시 반에서 9시까지로 예정되어 있었지만, 8시 50분인데도 아무도 떠날 생각을 하지 않았다. 꼭 세일 기간 동안의 해러즈 백화점 같았다. 다만 여기서는 모두가 손에 술잔을 들고 있을 뿐이다.

내일 아침의 영업을 준비하기 위해 사람들을 모조리 내보내는 방법은 딱 하나, 더 이상 술을 주지 않는 것이다. 공짜 샴페인 병을 들고 다니던 웨이터들이 철수하자, 20분 만에 우리는 호텔을 되찾았다.

우선 피해 상황을 점검했다. 카펫에 담배꽁초 몇 개가 짓밟혀 있고, 레드 룸의 긴 소파 의자에 검게 탄 구멍 하나가 뚫려 있었다. 이 정도면 나쁘지 않다. 아주 훌륭한 손님들이다.

우리는 레스토랑 밖에 가구 운반차를 대기시켜 오프닝 파티가 열리는 동안 레스토랑의 테이블과 의자를 전부 운반차로 옮겨두었다. 움직이는 창고로 사용한 셈이다. 레스토랑의 런칭 파티가 열릴 때는 그곳을 레스토랑으로 만들어주는 모든 가구들이 현장을 떠나 있어야 한다니 참으로 아이러니한 일이다. 이제 안젤라와 스태프들은 내일 아침 식사를 제공하고, 105년이라는 코노트 역사의 다음 단계로 나아가기 위해 가구들을 모두 제자리로 옮겨놓아야 했다.

초창기에는 여러 번 언론에 오르내렸다. 한 여자 쉐프가 명성 있는 호텔의 레스토랑을 맡아, 아버지나 할아버지 손에 이끌려 가거나 그 호텔에 머무르는 투숙객이 아닌 이상 갈 생각조차 못하던 곳으로 미식가들의 발길을 재촉하고 있었다. 그뿐 아니라 매력적인 메뉴와 유혹적인 PR이 사람들을 계속 끌어들였다.

레스토랑을 개업할 때는 딱 한 번의 기회밖에 없다고 생각한다. 식당을 처음 방문하는 모든 손님들의 마음속에 떠오르는 질문은 간단하다. 내가 여길 다시 올까? 그 질문의 대답과 음식 평론가들의 칼럼에 새 레스토랑의 성공이 달려 있다.

이러한 화려한 스포트라이트에도 불구하고 코노트는 순조롭게 운영되지 못했는데, 거기에는 그럴 만한 사정이 있었다. 첫 달의 예약 장부가 다 차버리자 투숙객들이 갈 곳을 잃은 것이다. 텅 비어 있는 레스토랑으로 내려가, 웨이터에 의해 늘 앉던 자리로 안내되어 바싹 구운 양갈비에 말문이 막히던 시절은 끝났다.

뿐만 아니라 예전 손님들은 왜 예약이 15분 단위로 이뤄지는지를 이해하지 못했다. 저녁은 언제나 8시에 먹어야 하며, 언제나 그래왔다. 그런데 이제 8시 45분에만 테이블이 있단다. 이런 기막힌 일이 어디 있는가!

불만 사항은 점점 쌓여갔다. 쉐프가 여자라서 싫다, 구석에 늘 앉던 내 자리가 없어진 것 같다, 양고기가 핑크색이다, 내가 하는 말을 이해하지 못하는 외국인 웨이터가 있다, 디저트 코너는 어디로 갔는가, 수석 웨이터가 연미복이 아닌 일반 양복을 입고 있다 등등. 영업에 관계된 모든 불만 사항이 적힌 편지들은 가능한 한 다음 날까지 답장을 보냈다. 불평은 불평이고, 이 짜증난 고객들에게 새롭고 더 나은 방식을 소개하기 위해서는 그들을 달랠 필요도 있었다.

동시에 언론에서는 호평을 쏟아냈고, 축하 편지들도 오기 시작했다. 중요한 사실은 예약 장부가 여전히 꽉 차 있다는 점이다.

우리는 예전에 이곳에서 일했던 직원 30명가량을 새 레스토랑으로 보냈다. 성공적인 이적에는 대개 재앙이 따르게 마련이다. 재앙이 먼저 다가왔고, 그 결과 산업 재판소에 3만 파운드의 벌금을 내게 되었다. 좋은 점이라면 법정에서 어떻게 처신해야 하는지 배웠다는 것뿐이다.

한편 안젤라는 디에고 카르도소라는 젊은 쉐프를 발견했고, 그가 재능을 가지고 있다는 걸 단번에 알아보았다. 홀에서는 무능력과 게으름을 감출 수 있지만, 주방에서는 불가능하다. 예전 레스토랑에서 이적된 직원들은 쓰디쓴 패배를 맛보았고, 침몰한 가스레인지와 쥐들의 보금자리처럼 종말을 맞이했다. 반면 디에고는 레스토랑에 계속 남았고,

시간이 흘러 안젤라의 믿음직스러운 대리 쉐프가 되었다.

홍보 주간이 되었을 때 코노트를 대표해 앞에 내세운 것도 디에고였다. 1년 뒤 그는 나와 함께 모스코바로 여행을 가고, 나중에는 플로리다에 오픈하는 안젤라의 레스토랑인 '시엘로(Cielo)'에서 일하게 되었다.

코노트 호텔은 클라리지스 호텔보다 훨씬 작다. 객실이 200개가 넘는 클라리지스와 달리 90개뿐이며, 직원들도 훨씬 불손하다. 따라서 이 두 곳의 문화를 통합하는 과정은 순탄치 않았다. 우리는 직원용 식당을 운영하고 있었고, 한 달에 한 사람당 50파운드 정도의 식사를 제공하고 있었다. 이곳에서 주로 싸움이 일어났고, 우리는 화가 나서 직원 식당을 폐쇄해 버리고(우연히도 그 식당은 우리가 오기 전에 그곳을 운영했던 사람들에 의해 계속 운영되고 있었다) 그곳에 새 가스레인지를 들여놓았다.

불만은 계속 쌓였고, 상황이 절대 바뀌지 않으리라는 걸 깨달았다. 유일한 즐거움은 직원 식당에서와 마찬가지로 레스토랑 내에서 금연 조치를 실시한 것이었다.

하루는 호텔 밖에 서 있는데 택시 한 대가 다가왔다. 나는 택시 안에서 우리 회사 직원인 길리언 톰슨이 산더미 같은 메뉴판을 들고 씨름하는 걸 보았다. 그녀는 우리 사무실에서 오는 길이었고, 나는 근무 중이어야 할 도어맨이 사라지고 없다는 걸 알았다. 길리언은 택시비를 내랴 택시 문을 열랴 허둥댔고, 비는 억수같이 쏟아지고 있었다. 나는 호텔 안으로 들어가게 그녀를 도와준 뒤, 이 머저리를 작살내러 갔다.

"엄청 바쁘신 분께서 도와줘서 정말 더럽게 고마웠소!"

도어맨은 날 돌아보았고, 나는 그가 티끌 한 점 없이 말쑥하게 차려입은 걸 보았다. 반질반질 윤이 나는 구두, 단정하게 맨 넥타이. '팀 플레이어는 아니로군.' 나는 속으로 생각했다. 그러자 그가 천천히 대답했다.

"이봐요, 램지, 당신은 그 빌어먹을 주방에나 처박혀 있어요. 내 일은 내가 알아서 할 테니까."

머릿속에 떠오른 생각은 이 남자를 그대로 여기 뒀다가는 이 사람 하나 때문에 호텔이 망할 수도 있겠다는 것이었다. 결국 그는 더 이상 호텔에 남지 못했다.

어서 꿈 깨고 현실을 직시하라고!

클라리지스의 레스토랑과 달리 코노트의 레스토랑은 매상 산출법이 복잡했다. 우선 메인 홀과 그보다 작은 그릴 룸으로 된 두 개의 레스토랑이 있었다. 그 다음에는 호텔 앞쪽의 바와 아메리칸 바, 레드 룸, 룸서비스 그리고 캐롤스 룸을 포함한 프라이빗 다이닝 두 곳이 있었다. 또한 직원 식당에서 벌어들이는 돈도 있었다. 여러 곳에서 얻는 매상이 모두 기록되고 면밀히 검토되어야 했다.

운영해야 할 곳이 많다는 건 곧 더 많은 직원이 필요하다는 뜻이고, 때로는 매상이 적은 곳에도 직원을 둬야 한다. 일례로 레드룸은 가벼운 아침과 점심, 그리고 애프터눈 티를 제공하는 곳이다. 많은 손님들에게 그곳은 카나페 하나 값도 안 되는 비용으로 오랫동안 앉아 책을 읽을 수 있는 조용한 곳이지만, 그곳에도 관리할 직원을 상주시켜야 한다.

음식을 방까지 운반하는 일은 호텔 측에서 룸서비스 직원들을 계속 쓰고 있었으므로, 우리는 음식과 음료 값만 받으면 된다. 이 모든 게 기록되고 철저하게 회계 보고가 되어야 한다.

총 결산을 하게 되었을 때 우리는 코노트가 큰 수입원은 아니며, 각 레스토랑들의 문제점이 무엇인지 조사해야 한다는 걸 알았다. 2년 뒤에야 마침내 이 식당들을 제대로 운영하게 되었고, 아주 중요한 교훈을 배웠다. 회계의 세세한 부분이 모든 걸 말해 준다는 사실이었다.

따라서 나는 회계팀에게 돈을 낭비시키는 요소는 뭐든 찾아내게 했다. 레스토랑에 1인용 식탁이 너무 많지 않은지 점검하는 것에서부터 납품 인수증과 공급업자들의 송장 비교하기, 잃어버린 식탁보와 냅킨 모조리 찾아내기, 재고 관리에 이르기까지 말이다. 우리는 점차 문제점을 해결해 나갔고, 그러자 손실액도 줄어들기 시작했다.

클라리지스의 성공으로 인해 우리는 너무 자만하고 있었다. 이제는 과거의 영광을 잊고 가장 최근의 사업을 성공시키기 위해 열심히 일해야만 했다. 한쪽에서는 미친 듯이 돈을 벌고, 바로 200미터 떨어진 곳에서 돈을 낭비하는 일은 결코 즐겁지 않다. 그러다 갑자기 모든 게 다시 보류 상태가 되었다.

가끔씩 블랙스톤의 비전은 너무 앞서 나갔다. 그들은 호텔 바로 밖의 공간을 온실 정원으로 만들기로 결정했다. 모퉁이가 부드러운 곡선으로 된 웅장한 정문 앞에 유리 온실을 짓고, 그곳을 프렌치 스타일의 아름다운 캐주얼 카페로 만들겠다는 것이다.

웨스트민스터 시(런던 33개 자치구 중 심장부에 위치한 지역-옮긴이)의 막강한 건축허가위원회의 축복을 받기도 전에 공사가 시작되면서부터 그 계획은 이미 망할 운명이었다. 위원회에 충분한 예우를 갖추지 않은 상태에서 착공을 밀어붙인 것이다.

몇 달 뒤 공사가 끝났고, 멋진 호텔 정면에는 온실이 떡하니 자리 잡게 되었다. 아무도 그 온실이 왜 있어야 하는지 이해하지 못했다. 온실은 어디로도 이어지지 않았고, 호텔에서 온실로 이어지는 길도 없었다. 몇 주간 우리는 그 온실을 개선하려 노력했으나 이미 버림받은 희망이었다. 그러던 어느 날 누군가가 온실을 없애버렸다. 눈 깜짝할 사이에 말이다. 수거 비용으로 60만 파운드가 들었다고 한다. 재미있는 건 그 온실이 사라졌다는 걸 눈치 챈 사람이 거의 없다는 것이다. 나도 그 가운데 한 명이다.

블랙스톤이 사보이 그룹을 아이리쉬 퀸란 사모 그룹에 팔았을 무렵, 코노트 호텔은 시급한 조치가 필요했다. 데릭 퀸란의 말대로 "손님이 하룻밤에 750파운드나 지불했으면, 제대로 된 샤워를 할 권리는 있는 법이다."

마침내 블랙스톤은 코노트 호텔에 총력을 기울이기로 했다. 그들은 객실을 30개 늘리는 어려운 과제에 대한 해결책을 이미 생각해 둔 상태였고, 그것을 증명하기 위한 모델 하우스까지 만들었다. 물론 건축 허가를 받을 계획도 세워두었지만, 웨스트민스터 시를 상대로 건축 허가를 받는다는 건 그 자체만으로도 대단한 임무였다. 그리하여 코노트 호텔은 2년간 호텔 문을 닫고 폴리에틸렌과 발판이 있는 산소 텐트 안에서 대규모 수리를 감행해야 했다.

그동안 우리는 호텔이 부분적으로 오픈할 때 다시 레스토랑을 운영하며 2년간 벽돌 먼지와 드릴 소리, 적은 매상을 감당할 것인지, 아니면 코노트에 작별을 고하고 안젤라에게 다른 일거리를 찾아줘야 할지 결정해야 했다.

9

나는 하얀색 유니폼을 입는다

사업을 꾸려나가는 일은 매우 중요하며
결코 그 중요성이 간과되어서는 안 된다.
사업을 꾸려갈 능력이 있는 사람들만이 그 일을 해야 한다.

"일을 하려면 제대로 하란 말이야!"

우리는 하룻밤 만에 첼시의 뒷골목에 있는 조그만 레스토랑에서 고든 램지 홀딩스라는 세계적인 브랜드로 성장한 셈이었다. 그 과정이 너무도 빨라서 이런 상황을 처리해 줄 조직화된 체계가 필요했다. 우리는 훌륭한 인재들로 채워진 회사를 차리는 법에 관해 중요한 교훈을 배워야 했다. 그렇지 않다면 우리의 앞길에는 대혼란만 기다리고 있을 테니 말이다. 게다가 시간이 없었다.

초창기에 로열 호스피털 로드에 사무실을 마련해야 한다는 생각은 한 번도 해본 적이 없다. 워낙 협소한 공간이라 주방과 홀을 제외하면 남는 공간이 거의 없었다. 따라서 사업 초기부터 우리는 작은 사무실을 찾아다녔다. 분명 달갑지 않은 지출이었지만, 회사를 운영하고 미래의 사업 계약들을 처리하기 위해서 사무실이 필요하게 되리라는 걸 알고 있었다.

무엇보다도 장인어른은 집에서 업무를 봤다. 은행에 보낼 대출 신청서, 회사 조직 체계도, 보험 문서와 모든 임명장이 장인어른의 거실 테이블에서 작성되었고, 다들 그 사실에 펄쩍 뛰었다. 내 사전에 직장과 집은 양립할 수 없다. 따라서 초반의 작업들을 어느 정도 마무리한 뒤, 다른 장소로 옮겨야 했다.

우리는 풀햄 가 208번지에 작은 사무실 하나를 발견했다. 첼시와 웨스트민스터 병원 반대쪽이었다. 칠을 다시 하고 카펫도 새로 깔아야 했지만, 천장이 높고 빛이 잘 들어오며 통풍도 잘되었다. 사무실은 'ㄷ' 자 모양이어서 장인어른은 한쪽 끝에 숨어 있고, 다른 쪽 끝에는 장인어른의 비서가 앉아 찾아오는 모든 손님을 맞이했다.

좋은 업무 절차란 레스토랑이 하나일 때는 간단할 뿐 아니라, 미래 발전의 기본 원리가 되어야 한다. 나중에는 각각의 부서로 독립될 모든 분야가 당시에는 한 사람에 의해 처리되었다.

바로 우리 장인어른이다. 장인어른과 나 사이에 불문율의 노동관이 성립된 것도 이때였다. 간단히 말해 나는 하얀 유니폼을 입고, 장인어른은 양복을 입기로 한 것이다. '고든 램지'라는 브랜드가 완벽함과 디테일을 추구한다는 사실이 널리 알려지면서, 회사 이미지에도 그런 흔적이 찍히게 되었다.

한번은 조 반스에게서 늦은 밤에 전화를 받은 적이 있다. 그녀는 예전에 같이 일한 쿼드릴 출판사를 그만두고 소스 커뮤니케이션이라는 회사를 차렸는데, 훗날 그곳이 우리의 PR 회사가 되었다.

어느 날, 그녀는 페트뤼스의 오프닝 초대장을 준비하고 발송하기 위해 회사 여직원들인 '아롱이와 다롱이'를 보냈다. 아롱이와 다롱이는 제시간에 도착했고, 초대장을 만들어 그걸 봉투 속에 넣고, 우표를 붙이느라 오후 내내 부산을 피웠다.

장인어른은 그 주위를 어슬렁거리다가 편지 무더기에서 초대장을 한 움큼 집어 들었다. 그 초대장을 살펴본 장인어른은 그들이 하는 일을 중지시키고, 두 아가씨를 사무실로 불러들였다.

자신들의 빠른 속도와 효율성을 칭찬받으리라 기대했던 아롱이와 다롱이는 장인어른의 말을 듣고 입이 딱 벌어지고 말았다. 장인어른은 자신이 살펴본 열 통의 편지 가운데 세 개는 이름의 철자가 틀렸고, 봉투는 온통 지문투성이며, 우표는 냉장고 위의 자석처럼 비스듬히 붙어 있다고 지적했다.

"이봐 아가씨들, 일을 하려거든 제대로 하란 말이야. 아니면 집에 가서 매니큐어나 칠하든가."

결국 우리의 초대장은 티끌 한 점 없이 깨끗한 봉투에 반듯하게 붙인 우표를 달고 철자 하나 틀리지 않은 상태로 발송되었다. 이것은 지나치게 깔끔을 떠는 것도, 강박증이 있는 것도 아니다. 단지 일을 제대로 하느냐, 못하느냐의 문제이다. 그리고 그것은 우표를 비스듬히 붙이지 않고 똑바로 붙이는 것만큼이나 쉬운 일이다. 하지만 그렇게 하느냐, 못하느냐가 모든 걸 말해 준다.

초대장을 받는 사람들은 자신이 초대장을 받는 500명 가운데 하나라고 해서 이름이 틀리고, 봉투가 지문투성이고, 우표 속의 여왕이 자신을 삐딱하게 바라보는 걸 이해해 주지는 않는다. 개인적으로 받아들일 수밖에 없다. 왜 내 초대장은 이 모양이지? 내가 별로 중요한 손님이 아니라는 거야?

한 가지는 확실하다. 아롱이와 다롱이는 그후로 일을 제대로 했고,

조 반스는 내게 한밤중에 전화를 걸어 내 사무실이 주방만큼이나 완벽주의를 추구한다고 말해 주었다.

겉멋이 아닌 상식과 안목을 가지고 움직여라

월급을 주는 직원이 서른다섯뿐이고 관리해야 할 장부가 하나뿐일 때는 다른 사업 제안서도 보고, 새 책을 출판할 계획도 세워보고, 다른 레스토랑을 알아볼 시간도 있다. 페트뤼스를 오픈하면서 갑자기 우리에게는 35명의 직원이 더 생겼고, 관리해야 할 레스토랑이 두 군데로 늘어났다.

늘 바쁠 정도로 일이 많고, 상상했던 것보다 많은 돈을 벌어들이니 만족스럽냐고? 한 번도 그런 질문을 스스로 해본 적이 없다. 내게는 이 모든 게 긴 여행의 시작에 불과하다. 중요한 건 기회를 찾아내서 어떻게 하면 제한된 자원을 최대한으로 이용할 것인지 알아내는 것이다.

흥미로운 사실은 이제 우리는 풀타임으로 일하는 인사과장, 경리 사원, 경영팀을 갖춘 회사로 성장했다는 것이다. 사실 딱히 풀타임 직원이 필요한 건 아니었지만, 그런 직원들을 둔다는 건 우리가 작은 레스토랑 두 개를 가진 것에 만족하지 않고 계속 굶주린 상태라는 걸 모든 사람에게 보여주는 확실한 신호였다.

클라리지스 호텔에서 계약하자는 요청이 왔을 때 우리는 대답을 해야 했다. 우리에게는 제대로 된 사무실도 없었고, 회사가 기업적 측면에서 대단한 실적을 낸 것도 아니었다. 그러나 알아봐야 할 것들의 목록을 작성하기 시작했고, 갑자기 사무실에는 활기가 넘쳤다.

계약서에 서명하기에 앞서 인사부에서는 즉시 클라리지스 레스토랑의 예전 직원들을 이적하는 일에 착수했다. 그들 가운데 일부는 노아가 방주를 띄운 시절부터 일해 왔다는 걸 알고 있었으므로, 그들을 이적하는 과정에서 발생할 수 있는 불이익이 무엇인지 알아야 했다.

그러다 예전 직원들이 모두 그만두는 사태가 발생하자, 인사과에서는 주방과 홀에서 일할 새로운 직원들을 면접하고 뽑는 일로 업무 방향을 틀었다. 동시에 직원 훈련 프로그램도 개발되고 운영되어야 했다. 당시는 인사팀이 세 개로 늘어난 직후였다.

또한 주문해야 할 식기들의 끝없는 목록을 작성해야 했다. 거기에는 유리컵, 은식기, 자기류, 식탁보, 양념통, 유니폼, 주방 도구, 냄비, 프라이팬, 그리고 수백 개의 자잘한 물품들이 포함되었다.

우리는 필요한 물건이 뭔지 정해야 할 뿐 아니라 직접 골라야 했다. 예뻐 보이는 걸 고르는 게 중요한 게 아니라, 1년이 지난 뒤에도 예뻐 보일 물건을 고르는 게 중요했다. 수명이 긴 물건은 결국 돈을 절약해 주기 때문에 현명한 구매를 하기 위해 열심히 뒤지고 다녔다.

플래티넘 줄이 둘러진 아름다운 접시가 있다고 치자. 그 접시는 식기 세척기에 200번은 들어갔다 나와야 한다. 그 잔혹한 과정에서 플래티넘 줄이 벗겨진다면, 그런 물건은 가정용으로나 적합하다. 반면 플래티넘 줄이 없는 접시를 사면 충분히 아름다우면서도, 동작이 굼뜨고 곧 해고될 한 보조 웨이터의 손에서 최후를 맞이하기 전까지 계속 사용될 수 있다.

수명의 개념은 상식적인 요소이다. 상식은 우리에게 큰 도움이 되며, 세월이 흐르면 거기에 연륜이 더해진다. 연륜은 매사에 실용적으로 생각하는 법을 가르친다. 점쟁이에게 물어볼 필요도 없다. 주식을 상상하기 전까지는 정해진 길을 따라가면 된다.

은으로 된 골동품 찻주전자를 사려고 했던 적이 있다. 그 찻주전자가 하얀 테이블보 위에서 얼마나 멋있게 보일지 알고 있었다. 하지만 여러 개를 한꺼번에 구입하기는 쉽지 않았다. 게다가 구입하기가 더욱 어려운 이유는 찻주전자에 반드시 단열 손잡이가 달려 있어야 한다는 철칙 때문이다. 열 때문에 손잡이가 뜨거워져 못 잡는 일이 없도록 주전자의 몸통과 손잡이 사이에는 단열이 되어야 한다. 대부분의 경우, 손잡이는 아름답게 조각된 상아나 흑단이라서 사람들은 그 점을 간과하게 된다. 이는 사소하지만 매우 중요한 사항이다.

의회 개원식처럼 거창하게 오픈된 아름다운 건물들이 2년도 못 되어 그 외관이 허물어지는 걸 발견하곤 한다. 건축 잡지인 《아키텍처럴 다이제스트(*Architectural Digest*)》의 커버에 실릴 만한 건물을 짓는 데만 골몰한 건축가들은 복잡하고 더러운 대도시 한가운데 세워질 건물이라면 반드시 청소할 수 있게 해놓아야 한다는 사실을 잊어버린다.

건축가들이 왜 그런 것까지 신경 쓰겠는가? 여왕님의 테이프 커팅식이 끝나면, 그들은 엄청난 보수를 받아들고 다음 프로젝트로 넘어가면 그만이다.

런던을 거닐다 보면 수없이 많은 석조 건물들이 쓰레기더미가 되거나 비둘기의 집으로 전락한 모습을 볼 수 있다. 또는 금속 장식물에서 녹물이 계속 떨어져 건물 정면이 살려달라고 울부짖는 모습도 보인다. 이 모든 게 건축가가 앞날을 생각하지 않았기 때문이다. 10년이 지나고 나면, 건물은 받침대와 붕대로 칭칭 감기게 되고 보수 공사에 엄청난 돈이 투입된다. 최악의 경우, 눈엣가시처럼 그대로 남아 있기도 한다.

레스토랑에도 같은 법칙이 적용된다. 건물을 보존해야 하는 필요성을 고려해 최대한 관리하기 쉽게 만들어야 한다. 그렇지 않으면 건물은 방치되고 말 것이다.

개방형 주방 위로 거대하고 아름다운 캐노피가 달린 유명한 레스토랑이 있다. 지금까지 내가 그곳을 방문할 때마다 그 캐노피 위에는 항상 3센티미터 이상의 먼지가 쌓여 있었다. 그곳은 매주 청소하는 구역의 범위에서 벗어나 있어 모든 사람이 맘 편하게 잊어버린 것이다. 모든 사람, 다시 말해 손님만 제외하고.

서비스의 승패는 바로 화장실

레스토랑과 그 내부의 움직임, 시야, 손님들의 습관을 모두 합해 연구해 보면 처음부터 어떻게 설계해야 할지 분명해진다. 레스토랑 경영인은 그 모든 요소를 고려해야 한다.

남녀 화장실을 예로 들어보자. 손님 입장이 되어 고려해야 할 1,000가지 목록을 작성해야 한다. 이 목록이 일을 제대로 처리하게끔 해줄 것이다. 손님은 자신이 앉은 자리에서 화장실까지 최대한 눈에 띄지 않게 가는 노선을 찾아내고 싶어 한다. 잘 훈련된 웨이터라면 손님이 찾는 게 뭔지 알고 있다는 사실을 암시하고, 길을 안내해 줄 것이다.

손님을 감동시키는 데 이보다 더 좋은 방법은 없다. 손님이 도움을 필요로 하는 순간에 손님을 돕기 위해 웨이터는 하던 일을 모두 멈추고 달려온 것이다. 웨이터에게 물어볼 필요도 없고, '화장실'이라는 말을 쓰기를 거북해하는 손님이라면 어떻게 돌려 말할지 고민할 필요도 없다.

직원 훈련 과정에 이것을 포함시켜라. 이 정도의 서비스를 기대할 수 없는 레스토랑이라면, 손님은 분명하면서도 은밀한 화장실 표시를 찾을 것이다. 화장실 표시판을 만들어 시험해 보라.

레스토랑에서 화장실로 들어가는 문은 매우 중요하다. 부드러운 여닫이문을 고려하라. 누가 레스토랑에서 화장실 문의 손잡이를 만지고 싶어 하겠는가? 이곳은 요리학과 소화 용어로 따지면 들어간 만큼 나오는 그랜드 센트럴 역이고, 이 두 가지는 서로 공존할 수 없다.

세면대는 눈부시게 깨끗한 것을 골라라. 모던하면서도 디자이너의 감각이 번득이지만 거품 묻은 손가락으로 조종할 수 없거나, 찬물과 뜨거운 물 표시가 되어 있지 않은 이해 불가능한 수도꼭지는 피하라. 손이 덜 갈수록 좋다.

비누를 두는 건 절대 안 된다. 2분 전에 어떤 지저분한 놈이 쓴 비누이기 때문이다. 젖은 손에는 깨끗한 일회용 타월이 필요하고, 그 타월은 세면대 바로 옆에 놓여 있어야 한다. 바닥에 물을 뚝뚝 흘리며 종이타월이나 손 건조대까지 걸어갈 필요가 없어야 한다.

화장실 벽에 거울을 걸 공간을 충분히 마련해 두는 것도 잊지 마라. 전신 거울을 걸 공간이 필요하다. 화장실에서 나가면 개인 용무를 마치고 다시 퍼레이드에 합류해야 하기 때문이다. 지퍼가 내려가 있다거나, 얇은 드레스 자락이 펑퍼짐한 팬티 속에 들어가는 일이라도 생긴다면 망신스러울 것이다.

대부분의 여성들이 핸드백을 든 채 소변을 보지 않는다는 사실을 기억하라. 화장실 문에는 겉옷과 함께 가방을 걸 데가 있어야 한다. 큼지막하고 튼튼한 고리가 부착되어 있지 않은 화장실 문은 완벽하게 잠기지 않는 자물쇠만큼이나 짜증난다.

우리가 뉴욕에 새 레스토랑을 오픈했을 때 디자이너가 만든 감각적인 화장실 자물쇠는 제대로 잠기질 않아 종종 문 반대쪽의 사람과 대면하는 상황이 벌어지곤 했다. 당신이 문 바깥쪽에 있든 문 안쪽에 있든 어색하긴 마찬가지다.

불행히도 레스토랑을 찾아온 한 유명한 음식 평론가는 바지를 발목까지 내린 상태에서 화장실 문이 열리는 바람에 다른 신문사의 음식 평론가와 눈이 마주치고 말았다. 상대방이 박장대소하는 소리가 5번가 거리에서도 들릴 정도였다.

일주일 뒤, 그 평론가가 우리에 대한 기사를 쓸 즈음에 화장실의 자물쇠는 고쳐졌지만 이미 소문은 파다하게 퍼진 상태였다. 식당에 대한 기사는 심각할 정도로 무덤덤했고, 얼마나 사소한 것까지 신경을 써야 하는지 깨달았다.

무엇보다 이 안식의 신전은 정기적으로 청소되어야 한다. 내가 여기서 의미하는 건 하루 한 번이 아니다. 15분마다 한 번씩 화장실을 살펴봐야 한다면 영업 첫날부터 당번을 정해두어라.

오래전 사람들로 붐비는 레스토랑에 앉아 첫 번째 코스로 크로크 무슈를 먹고 있었다. 그런데 갑자기 한 프랑스 남자가 화장실에서 나와 수석 웨이터에게 방금 자신이 목격한 역겨운 상황을 큰 소리로 설명했다. 프랑스 사람이 그런 말을 했다는 게 좀 아이러니하다. 그 남자가 어찌나 요란을 떨던지 나는 그가 시체라도 발견한 줄 알았다. 어쨌거나 그 남자의 말은 레스토랑 안의 모든 손님에게 끔찍한 영향을 미쳐, 결국 손님들은 모두 일어나 나가버렸다. 화재경보기라도 울린 것처럼 식당 안은 순식간에 텅 비어버렸다.

시스템과 인재는 사업의 두 바퀴

이상이 우리가 사무실에서 하는 일들이다. 우리는 매사를 철두철미하게 따져본다. 손바닥만 한 사무실은 점점 커져가는 우리의 에너지를 담기에는 너무 비좁았다. 게다가 6개월 안에 고든 램지 앳 클라리지스를 여는 게 분명해지자, 더 큰 사무실이 필요했다. 버클리 스퀘어에 프라이빗 다이닝 판매를 전담하는 작은 사무실이 하나 더 있기는 하지만, 나는 회사가 분리되어 있는 게 싫었다. 우리에게 필요한 건 모든 직원이 한 지붕 아래 머물 공간이었다.

어느 날 밤, 일을 끝내고 돌아가던 길에 빅토리아 거리를 지나게 되었고, 세를 내놓는다는 푯말이 붙어 있는 조그만 사무실을 발견했다. 다음 날 아침 장인어른께 전화했고, 한 달 후에 6층짜리 건물의 세 개 층을 빌려 이사 가게 되었다.

이 사무실은 우리와 잘 맞는 구석이 있다. 현대식 건물은 아니지만 새롭게 단장되었고, 개발업자들은 이곳에 따뜻한 분위기와 약간의 개성을 불어넣었다.

이제는 각기 다른 부서로 분리할 수 있었다. 1층에는 앞으로 함께 일하게 될 새로운 인재들이 찾아오기 쉽게 인사과가 자리 잡았다. 신입사원 교육은 따로 독립시킨 교육과가 전담하기로 하고, 역시 인사과와 같은 층에 자리 잡았다. 2층은 버클리 스퀘어에서 이전한 프라이빗 다이닝 전담부, 그리고 같은 층 맞은편에는 회계사들과 재무 담당관들의 사무실이 있었다. 5층에는 장인어른의 둥지와 회의실이 있었다.

코노트의 레스토랑까지 인수했으므로 어느 때보다도 이런 사무실이 필요했다. 그러나 가장 획기적인 발전은 예약 시스템에 있었다. 지금까지 로열 호스피털 로드와 페트뤼스는 모두 자체적인 예약 장부를 가지고 있었다. 고든 램지 앳 클라리지스의 경우에는 클라리지스 호텔 깊숙한 곳에 자리한, 창문도 없고 공기도 통하지 않는 캘커타의 블랙홀 감옥 같은 곳에서 여섯 명의 예약 접수 담당자들이 맡아 하고 있었다. 그러다 우리는 스칸디나비아의 새로운 레스토랑 예약 시스템인 로고스에 대해 듣게 되었고, 수많은 테스트를 거쳐 그것을 채택하기로 결정했다.

그 시스템을 영국에 최초로 들여온 게 우리 회사라는 사실을 생각해 보면, 손으로 하는 예약 체제의 효율적인 대안을 얼마나 절박하게 찾아 헤맸는지 알 만하다. 그 시스템 덕분에 우리에게 소속된 레스토랑으로 걸려오는 모든 예약 전화는 빅토리아에 있는 사무실로 연결된다. 손님들은 이 전화를 받는 사람이 손에 연필을 쥔 채 예약 장부를 뒤적거리고 있지 않다는 사실을 전혀 모른다.

로고스 시스템 덕분에 우리는 크로스 셀링(cross-selling)이 가능해졌다. 로열 호스피털 로드에 예약하려는 전화가 걸려왔는데 빈 자리가 하나도 없다면, 예약 담당자는 페트뤼스에 자리가 있다고 권할 것이다. 그런 식으로 우리는 손님을 뺏기지 않는 동시에, 식당을 예약해야 하는 손님의 고민도 해결해 준다. 이렇게 예약 식당이 변경된 경우가 많은 걸 보면, 우리의 투자가 성공적이었다는 걸 알 수 있다.

게다가 손님의 이름이 예약 시스템에 입력되면, 모니터에는 손님이 가장 최근에 방문한 시기와 정보가 뜬다. "2004년 1월 18일, 할머니의 여든 번째 생신. 두 손녀인 엘스페스와 할리." 따라서 예약 담당자는 필요하다면 그런 정보를 이용해 손님과 친밀감을 형성할 수도 있다.

요즘에는 하루에 3,500통의 예약 전화가 걸려온다. 옛날 방식대로 예약 장부를 썼다면 대체 몇 권이나 필요했을까?

본사 사무실이 성장하면서 우리는 세 군데에서 동시에 서커스를 하는 격이 되었다. 주방, 홀, 사무실, 이 세 가지는 우리 사업에서 떼어놓을 수 없는 요소들이다. 어느 것도 다른 두 가지 없이는 유지될 수 없다. 그러나 여전히 남는 문제는 비용이다. 레스토랑 사업에 필요한 간접비에, 이제는 60명으로까지 늘어난 직원들에게 월급을 주려면 많은 돈이 들었다. 그리고 미래의 수입을 보장하지만 현재로서는 투자비가 필요한 연구와 개발도 늘 대기 중이다.

각각의 레스토랑들은 총 매상에 정비례하여 기여하고 있었다. 고든 램지 홀딩스는 명의상 그 모든 레스토랑들의 소유주지만, 사실은 각 레스토랑에 고용된 처지이기도 하며 레스토랑의 수입에 의존해 수지를 맞추고 있었다. 게다가 외부인 교육, 외식 사업 컨설팅, 내 이름을 쓸 수 있는 권리를 제공하는 데서도 수입이 들어온다.

우리는 언제나 돈이 될 만한 일을 찾아다녔고, 그로 인해 고든 램지와 고든 램지 홀딩스는 독립적으로 움직이기 시작했다. 내가 방송과 출판에 전념하는 동안, 회사는 갈수록 늘어가는 소비자들에게 브랜드를 대표했다.

레스토랑이 본사에 의해 운영된다는 개념은 효과적이었다. 레스토랑은 부담을 덜 느꼈고, 우리는 언제나 각 레스토랑의 쉐프, 메뉴, 그리고 충성스러운 단골 부대를 만드는 매력이 개별성을 띄도록 격려해왔다. 글자 하나 안 틀리고 똑같은 메뉴를 레스토랑만 바꿔서 판매하는 회사들도 있지만, 우리와는 거리가 먼 일이다. 고든 램지 레스토랑은 재료의 품질, 높은 서비스 수준 그리고 돈의 가치를 의미한다. 그것만이 우리 회사의 일원들을 하나로 묶어주는 특징이다.

우리가 비교적 단기간에 많은 레스토랑을 오픈할 수 있었던 유일한 요인은 오베르진 시절에 알게 된 실력 있는 요리사들이다. 당시 내 밑에서 일했던 좋은 사람들은 나를 떠나 다른 길로 가기도 했다. 하지만 때가 되자 내게 돌아왔고, 우리 회사에서 중요한 자리를 차지하게 되었다.

마크 애스큐, 스튜어트 질리스, 안젤라 하트넷, 마크 사전트, 마커스 웨어링은 모두 내가 쉐프로 일했던 초창기에 알게 된 사람들이고, 그들은 고든 램지 홀딩스의 성장에 결정적인 역할을 했다.

그 대가로 그들은 자신들이 이끄는 사업의 지분을 갖게 되었고, 이는 그들이 앞으로도 변함없이 성실하리라는 걸 보장해 준다. 그뿐 아니라 그들은 얼마든지 자유롭게 책과 방송을 통해 자신들의 이름을 알릴 수 있다.

우리 회사는 훌륭한 쉐프들의 충성심에 의해 세워졌다. 나란 사람은 함께 일하기 까다롭고, 또 가끔은 완고하거나 퉁명스럽게 굴지도 모른다. 하지만 멋진 사람들이 날 위해 일하고 있으며, 그것이 우리 회사가 성공한 비결이다. 내가 사업에 대해 배운 교훈은 이것이다. 제대로 된 사람들을 뽑아 그들이 회사를 꾸려가게 하라.

이제 내게는 런던에 있는 세 개의 레스토랑과 두바이의 레스토랑, 그리고 새로운 레스토랑 개시 업무를 맡지만 매달 엄청난 월급을 줘야 하는 거대한 사무실 하나가 있었다. 이 모든 것은 내가 염두에 둔 미래의 사업 확장을 위해 마련된 것이며, 그 목표를 이루기 위해 나는 두 가지 일을 해야 했다. 계속 확장하는 일과 다양한 방송 매체에서 내가 활약할 부분이 있는지 좀더 진지하게 살펴보는 일이었다.

10

모든 규칙은 깨지기 위해 존재할 뿐

한 번에 너무 많이 싸면 변기가 막힌다.

박스우드
첫 번째 카페를 차리다

로열 호스피털 로드, 페트뤼스, 고든 램지 앳 클라리지스 그리고 코노트가 고급 정찬의 수준을 올려놓고 있었다. 내가 하는 일은 고급 정찬을 제공하는 일이었고, 사람들이 내게서 기대하는 것도 그것인 것 같았다.

그런데 가끔씩 내가 이 일을 얼마나 오래할 수 있을지 궁금해졌다. 런던에서 고든 램지의 정찬이 제공되는 식당을 마냥 늘릴 수는 없기 때문이다. 사실 나 개인적으로는 비싼 음식을 거의 먹지 않는다. 지난 10년간 부담감을 느끼며 주방 열기 속에서 매일 밤 100가지의 요리를 맛보고 또 맛봤기 때문이다. 살짝 건방진 용어를 쓰자면 오트 퀴진(Haute Cuisine, 평균 15가지 코스가 나오는 최고급 정찬-옮긴이)은 물론 멋진 요리지만, 그런 요리만 매일 만들다 보니 소박하면서도 맛있는 카페 음식을 만들고 싶은 강한 욕구가 생겼다. 고기 파이나 피시 앤드 칩스 같은.

그리고 지금까지 늘 그래왔듯이 전혀 예상치 못했던 일련의 사건들 속에서 갑자기 카페를 열지도 모를 가능성이 생겼다.

나이츠브리지에 있는 사보이 그룹 계열의 버클리 호텔 전면부에는 그 유명한 장 조지(Jean-Georges Vongerichten)가 소유한 레스토랑 '봉(Vong)'이 자리 잡고 있었다. 그 레스토랑은 지난 5년간 그곳을 지켰고 계약 기간이 끝나가고 있었다. 그 무렵 사보이 그룹의 소유주는 블랙스톤이었고, 나는 존 세리알이 다시 봉과 향후 10년간 연장 계약을 하리라는 걸 알고 있었다.

그런데 일이 꼬였는지 갑자기 세리알이 장인어른에게 전화해, 봉이 자신들의 제안을 계속 거절한다면 그곳을 맡아볼 생각이 있냐고 물었다. 장인어른은 언제나처럼 단조로운 저음의 무덤덤한 어조로 이렇게 대답했다.

"그걸 말이라고 하십니까? 그거야 두말하면 잔소리죠.(You bet your sweet arse we'll be there.)"

장인어른은 언제나 'arse' 대신 미국식 영어인 'ass'를 써야 한다는 걸 잊어버린다. 상대에게 욕을 할 때 가운뎃손가락 대신 약지를 들어 올렸다가 자신이 잘못했다는 걸 깨닫고 그 손가락으로 택시 부르는 시늉을 하는 것처럼 말이다.

비전을 가졌다는 걸 제외하고 존 세리알의 가장 위대한 점이라면 단순히 임대료를 받기 위해 세를 주지는 않는다는 것이리라. 그에게 중요한 것은 그 공간을 성공적으로 만들어 자신이 경영하는 호텔의 가치를 높여줄 세입자를 찾는 것이다. 세리알은 팔기 위해 산다. 그리고 사소한 것의 가치를 알고 있다. 성공한 레스토랑은 간신히 임대료를 내는 수준의 레스토랑보다 몇백 배의 가치가 있다. 그건 삼척동자도 알 것이다.

그 통화를 한 지 닷새 후, 장인어른과 세리알은 악수를 했다. 중요한 건 그뿐이다. 이제 그곳은 우리 소유가 되었으니까. 우리는 그곳에 카페를 경영할 것이다. 아싸, 아싸, 아싸.

인테리어 디자이너는 이미 정해졌고, 내부 디자인은 거의 완성되었다. 카페는 석 달 안에 오픈될 예정이다. 심지어 디자이너 선생님께서 이름까지 지어놓으셨단다. '박스우드(Boxwood)' 카페라고. 얼마나 쿨한 이름인지.

내가 할 일이 메뉴를 정하는 것뿐이라면 얼마나 편할까? 고기 파이, 피시 앤드 칩스, 크로크 무슈, 그리고 후식으로 먹을 초콜릿 아이스크림. 하지만 간단히 끝날 리가 없었다. 지금 우리가 시작하려는 건 고든 램지가 만드는 첫 번째 카페였고, 처음으로 우리의 황금 법칙을 깨뜨렸기 때문이다.

우리에게는 레스토랑이 있고 콘셉트도 잡았고 계약도 끝냈지만, 쉐프가 없었다. 우리 사업에서는 언제나 쉐프가 출발점이었는데 말이다. 모든 법칙은 원래 깨지기 위해 존재한다는 말만이 유일한 위안이었다. 게다가 우리에게는 그 카페를 맡길 적임자가 있었다. 카프리스 홀딩스의 전 소유주가 연루된 레스토랑 계획서를 가지고 빈둥대던 스튜어트 길리스였다. 나는 스튜어트를 오랫동안 알고 지냈으며, 그의 에너지와 열정을 좋아했다. 그는 통통 튀어 오르는 공 같았고, 〈뻐꾸기 둥지 위로 날아간 새〉에 나오는 정신병동 수감자 중 한 명처럼 머리가 벗겨졌다.

오픈하기 전까지 석 달간 미친 듯이 행복했다. 메뉴를 정해야 했지만, 또한 자리에 앉아 어떤 콘셉트로 나갈 것인지도 정해야 했다. 정확히 어떻게 해야 로열 호스피털 로드와 카페 사이를 오가며 지금까지의 명성을 그대로 유지할 수 있을 것인가? 가장 좋은 방법은 우리 PR 회사인 소스 커뮤니케이션과 머리를 맞대고 언론에 뭐라고 할지 의논하는 것이다. 그렇게 하면 앞으로 나아갈 방향을 정할 수 있을 것이고, 우리에게 필요한 건 순풍뿐이다.

그런데 미국 서부에서 왔다는 인테리어 디자이너가 살살 신경을 건드리기 시작했다. 그녀는 벽이 거의 없이 툭 트인 괴상한 2층짜리 건물을 캐주얼한 레스토랑의 외관으로 바꾸어놓는 데 성공했다. 밝은 색깔을 많이 써서 쾌적한 온실 속에 들어와 있는 듯한 기분이 들었다.

문제는 그녀가 '입에 문 뼈다귀'를 내놓으려 하지 않는다는 것이다. 그녀는 테이블 세팅, 메뉴에까지 참견하더니 급기야 테이블 위에 화분을 놓아야 한다고까지 했다. 그녀가 자기 일에 열정적인 것은 아무 문제 없지만, 일단 디자이너가 우리 영역에까지 관심을 돌리면 블랙스톤 측에서 우리에게 그녀의 보수를 청구할 것이다. 우리는 그렇게 큰돈을 지불하는 데는 익숙지 않다.

여하튼 테이블에 화분을 놓는 건 있을 수 없는 일이다. 손님들이 자기 접시에 놓인 립아이 스테이크 위로 벌레와 애벌레들이 기어 다니는 걸 보고 좋아하지 않는 한 말이다.

게다가 그녀는 웨이터들의 유니폼으로 티롤 지방 사람들이 입는 가죽 반바지에 정원사의 파자마가 합쳐진 것 같은 복장을 제안했다. 그건 비실용적일 뿐더러 교황의 부활절 일요일 의상보다 더 비싼데다가 우스꽝스럽기까지 했다. 나는 디자이너에게 이 일에서 손 떼라고 했고, 더욱이 스튜어트가 영화 〈아담스 패밀리〉에 나오는 페스터 삼촌 같은 기괴한 분위기를 풍기자 그녀는 내 말대로 했다.

아주 잘된 일이었지만, 조심해야 했다. 존 세리알은 모자에서 토끼를 끄집어내는 마술사 같은 디자이너들을 위해서라면 죽는 시늉이라도 했기 때문이다. 나는 레스토랑이 성공하기 위해서는 좋은 입지 조건, 좋은 쉐프, 좋은 디자이너가 필요하다는 그의 신조를 기억하고 있다. 그거야 좋다. 그렇다고 해서 그 사람들과 같은 교회에 다닐 필요까지는 없지 않은가?

새롭게 시작하려거든 과거를 깨끗이 청산하라

박스우드가 진행되는 동안, 우리는 블랙스톤과 또다른 계약을 추진 중이었다. 바로 길 아래쪽에 있는 사보이 호텔이었다. 여러 면에서 이번 계약은 '언감생심'이었다. 나는 정말로 사보이 호텔이 탐났다. 사보이는 황홀할 정도로 매력적인 곳이면서도, 절실하게 변화가 필요했다. 사보이의 매출은 매해 15퍼센트의 비율로 하향 곡선을 그리고 있었고, 블랙스톤 측에서도 뭔가 빨리 조치를 취해야 한다는 걸 알고 있었다.

문제는 사보이 호텔 내의 식당인 사보이 그릴이 큰돈을 벌어들이고 있다는 것이다. 세리알은 사보이 그릴의 월세는 우리가 감당할 수 있는 수준이 아니므로, 그곳을 우리에게 넘길 수 없다고 솔직히 말했다. 어떻게든 소유주에게 지금 그들이 누리고 있는 것과 똑같은 이익이 돌아갈 수 있는 방식으로 계약서를 작성해야 했다. 하지만 그렇게 하자면, 월세를 제외하고 수입이 조금밖에 남지 않을 것이다.

사보이 그릴은 온통 점심에만 집중하고 있었다. 그곳은 더 시티(The

City, 런던의 금융 구역-옮긴이) 한복판에 자리 잡고 있었고, 점심에는 매우 붐볐다. 하지만 저녁에는 다들 퇴근하기 때문에 손님이 없었다.

사보이 그릴의 점심은 대기업과 정부의 실세들로 바글거린다. 손님들은 메뉴판을 보지도 않는다. 이미 메뉴를 외우고 있기 때문이다. 그들은 다른 손님들이 누구와 함께 왔는지, 또한 그들이 어디에 앉아 있는지 살펴보느라 정신없이 바쁘다. 저녁에는 손님이 30명만 와도 장사가 잘되는 것이었고, 우리는 기회가 있다고 보았다.

장인어른은 세리알과 그의 재무 담당관인 빌 스타인을 만났다. 그들이 무슨 이야기를 하고, 얼마만큼의 액수가 오갔는지는 아무도 모른다. 결국 그들은 악수를 나눴고, 장인어른은 회의 시간에 사보이 그릴이 우리 소유가 되었다고 발표했다. 끝내주는군! 우린 또 한 걸음 나아가는 것이다.

장인어른은 세리알을 좋아하는 만큼이나 세리알 옆에 빌 스타인이 있는 걸 좋아했다. 빌은 이성적인 사람이었고, 세리알 같은 몽상가는 안정을 찾을 필요가 있었다. 따라서 이 두 사람은 환상의 짝꿍이었다. 그리고 다행히도 그들은 우리를 많이 좋아하는 것 같았다.

블랙스톤은 버클리 호텔의 박스우드를 작업했던 그 인테리어 디자이너에게 다시 사보이 그릴을 맡겼다. 무척 어려운 공사였는데, 이번에도 역시 코노트와 같은 부류인 기존 고객들의 비위를 거스르지 않는 방법을 찾아야 했기 때문이다. 그녀는 그 일을 아주 훌륭히 해냈다. 박스우드와 똑같은 벽지로 천장을 도배해 몇몇 순수주의자들을 화나게 하긴 했지만.

사보이 그릴의 경우, 저녁 식사는 손해 볼 게 없지만, 점심에는 엄청난 수익이 걸려 있으므로 기존 고객들을 유지하는 일은 필수였다.

레스토랑의 총지배인은 아주 오랫동안 그곳을 맡아온 터라 우리의 성공과 실패가 자신에게 달려 있다고 생각했다. 그의 첫 번째 요구는 양복 두 벌을 해달라는 것이었고, 우리는 순순히 그의 요구에 따랐다. 그는 흑심을 감춘 채 미소를 잃지 않는 법을 배운 유쾌한 남자였다. 그러더니 몇 주 뒤에 레스토랑을 냉큼 그만두고, 도버 스트리트에 있는 브라운 호텔로 가버렸다.

그런데 애석하게도 브라운 호텔은 보수 공사를 위해 2년간 발판으로 둘둘 감겨 있을 예정이었다. 우리를 떠난 그에게는 더럽게 재수 없는 타이밍이었을 것이다. 그가 우리 고객을 데려갈 계획이었다면, 그 고객들이 식사할 수 있는 새 레스토랑이 생길 때까지 거의 2년이라는 시간을 기다려야 했으니까. 내게 유일한 슬픔은 그 빌어먹을 양복을 사줬다는 것이다.

이 사건에는 중요한 교훈이 있다. 새롭게 시작하려거든 과거를 깨끗이 청산하라. 당신이 근본적으로 바꾸어놓으려는 것을 고수하려는 사람을 붙잡고 있는다는 건 말이 안 된다. 당신이 미래를 창조하느라 바쁜 동안, 그는 과거를 대변한다. 양복 두 벌 값으로 배운 그 교훈은 그럴 만한 가치가 있었다.

점심은 예전과 다름없이 장사가 잘되었다. 유일한 문제는 손님들이 모두 1시 정각에 우르르 밀어닥친다는 것이다. 엄격한 시간표대로 운영되는 기숙학교의 점심시간 같았다. 우리는 주방에서 요리마다 충분한 시간을 할애할 수 있도록 손님을 15분 간격으로 받는 데 익숙해져 있다.

그러나 이곳의 손님들은 대부분 미리 만들어두었다가 커다란 냄비에 중탕해서 재빨리 내보내는 소시지 토드(밀가루 반죽 속에 소시지와

야채를 넣어 오븐에 구워 만든 요리-옮긴이)나 건포도 푸딩 같은 평범한 요리에 익숙해져 있었다. 맛은 아무래도 좋으니 빨리만 나오면 된다는 식이다.

우리가 절대 그런 식으로 음식을 만들지 않으리라는 건 여러분도 알 것이다. 레스토랑에서 제공하는 요리들을 대대적으로 개편해야 했고, 내 생각에는 성공을 거둔 것 같다. 점심 매상이 증가하기 시작했기 때문이다.

저녁 매상은 믿어지지 않을 정도로 변했다. 코노트를 연상시키는 낡은 카트와 분센 버너는 당장 버리고, 대신 아름다운 현대적 메뉴로 우아하게 변한 식당을 완성시켰다. 갑자기 모든 사람들이 사보이 그릴에서 저녁을 먹고 싶어 했고, 놀랍게도 점심 매상이 저녁에 밀려났다. 수입이 치솟았고, 우리의 위험 부담은 보상을 받은 듯했다.

수석 쉐프인 뉴질랜드 출신의 키 크고 잘생긴 조시 에밋이 엄격하게 주방을 통제하는 동안, 우리는 주방을 개축하고 재설비했다. 그의 태도와 에너지는 그를 유명인의 반열에 올려놓았고, 4년 뒤에 그는 뉴욕과 LA에서 레스토랑을 운영하게 된다.

성공적으로 방향을 선회하다

이걸로도 모자라 우리는 페트뤼스를 세인트 제임스 스트리트에서 버클리 호텔로 이전하는 일까지 추진하고 있었다. 오랜 멘토인 피에르 카프만의 라 탕 클레어를 대신해 들어가는 것이다. 이 얼마나 이상한 우연의 일치인가? 피에르는 라 탕 클레어를 로열 호스피털 로드에서 버클리 호텔로 이전시켰고, 이번에도 내가 그의 빈자리를 메우게 되었다.

블랙스톤은 데이비드 콜린스에게 새로운 페트뤼스의 디자인을 맡겼는데, 그게 좀 불만이었다. 그의 디자인을 한 번도 좋아한 적이 없기 때문이다. 아이러니하게도 그가 처음으로 맡았던 레스토랑은 15년 전의 라 탕 클레어였다. 그 레스토랑은 당시로서는 매우 예술적이고 완벽했다.

하지만 그후로 내가 본 그의 작품들은 하나같이 맨체스터 공항의 비즈니스석 이용객들을 위한 휴게실 같았다. 새롭게 이전하는 페트뤼스는 한마디로 '보르도 포도주 병 안쪽에서 바라본 풍경'과 같은 모습이 되어야 한다.

공사가 끝나고 마침내 레스토랑이 완성되자, 나는 우리가 런던에서 가장 아름다운 레스토랑을 갖게 되었음을 깨달았다. 벨벳으로 치장된 레스토랑은 붉고 모던한 분위기였으며, 파리의 패션쇼 무대만큼이나 세련되었다. 우리가 할 일은 새로운 페트뤼스를 출범시키고, 새해에 두 번째 미슐랭 별을 받게 되기를 기대하는 것뿐이었다.

멋진 홀과 프라이버시가 보장되는 룸, 먼지 한 점 없이 반들반들한 주방을 볼 수 있는 쉐프의 테이블로 구성된 페트뤼스는 초반부터 엄청난 매상을 올렸다. 세인트 제임스 스트리트에서 일할 때보다 일하기도 훨씬 쉬웠다. 우선 주방과 홀 사이에 계단을 오르내릴 필요가 없었다. 그리고 최고급 로그 가스레인지에 쉐프라면 누구나 침을 흘릴 만한 온갖 도구가 갖춰져 있었다.

그런데 마커스 웨어링은 혼자서 요리법을 연구하기 시작했고, 도움의 손길을 거절했다. 그가 내게 자신의 음식을 맛보고 충고를 해달라는 부탁을 하지 않은 적은 처음이었다. 나는 마커스가 자신만의 작품을 탄생시키려고 노력한다는 걸 알 수 있었다. 하지만 용감한 사람은 동료 쉐프들의 공짜 충고를 거절하지 않는 법이다.

재능이 있는데도, 예상대로 평론가들은 페트뤼스에 열광하지 않았다. 그들은 레스토랑의 인테리어는 마음에 들어 했지만, 요리의 복잡한 맛은 도가 지나쳤다고 평가했다. 게다가 마커스는 메뉴판의 모든 요리에 복잡한 설명을 구구절절 붙이고, 사프롱 색깔의 바탕에 고풍스러운 갈색의 필기체를 사용한 메뉴판을 만드는 바보 같은 짓을 했다. 덕분에 메뉴판은 촌스러워 보였고, 레스토랑의 희미한 불빛 아래서는 거의 읽을 수 없었다. 장님 코끼리도 코로 더듬어 읽을 수 있을 정도인, 14포인트의 흑백 바탕체로 적힌 우리 메뉴판과 정반대였다.

이는 마커스의 차별화 전략, 즉 프로로서 자신만의 정체성을 강조하고 싶다는 의미였지만 결과적으로는 오히려 고든 램지 홀딩스의 도움이 필요하다는 사실만 더욱 분명하게 해주었다. 메뉴판은 다시 작성되고 인쇄되었지만, 페트뤼스가 두 번째 미슐랭 별을 받기까지는 3년이 걸렸다.

동시에 세 개의 레스토랑을 오픈하느라 고든 램지 홀딩스, 특히 관리부장인 길리언 톰슨은 몸이 부서질 지경이었다. 우리는 너무 무식하게 많은 일을 벌이고 있었고, 점점 커지는 이 혼란이 식당에까지 영향을 미치지 않도록 해야 했다.

너무 많은 산모들로 붐비는데다 모든 아이들이 동시에 태어나는 산부인과 같았다. 문제점을 해결하기 위해 우리는 직원들을 여러 팀으로 나누었고, 그러자 점차 질서가 회복되었다. 사실 우리가 저지른 끔찍한 실수들도 무사히 넘어갔다.

페트뤼스와 사보이 그릴은 오픈 첫날부터 돈을 벌어들였지만, 박스우드는 그렇지 못했다. 스튜어트와 직원들이 열심히 노력했지만 박스우드가 돈을 벌어들일 때까지는 적어도 1년이 걸렸다. 이 카페는 우리 회사에게는 일종의 방향 선회였으며, 우리도 다른 것을 할 수 있다는 걸 보여준 첫 시도였다.

레스토랑 평론가들은 기본적으로는 그곳을 좋아했지만, 그게 카페냐 아니냐로 쓸데없이 난리를 쳤다. 카페가 뭐길래? 카페라는 것은 정식 레스토랑과 구별하기 위해 붙은 이름이지만, 그렇다고 해서 은식기나 하얀 린넨, 약간의 격식 있는 서비스가 제공될 수 없다는 말은 아니다. 그들은 뭘 기대한 걸까? 입에 담배를 꼬나문 천박한 웨이트리스와 앞치마가 기름 범벅이 된 요리사?

스튜어트의 끈기 덕분에 시간이 지나자 단골 고객들이 생겨났고, 그곳은 곧 사람들이 혼자만 알고 싶어 하는 곳이 되었다. 처음에는 그게 좋은 건지 확신할 수 없었지만, 이제는 소문이 퍼져 박스우드는 모든 사람들에게 사랑받는 공간이 되었다. 더 중요한 점은 많은 돈을 벌어들이고 있다는 것이다.

그 외에도 우리는 런던에서 블랙스톤과 또다른 모험을 시도하고 있었다. 그로브너 광장의 북동쪽 귀퉁이에 메리어트 호텔 하나가 있다. 블랙스톤은 일본인 소유주들에게서 아주 헐값에 호텔을 인수했다. 존 세리알은 장인어른에게 전화를 해서 그로브너 광장의 정면을 바라보는 호텔 레스토랑에 조엘 로뷔숑의 라틀리에를 들여오려 한다고 설명했다. 그로브너 광장에서는 호텔 입구가 보이지 않고, 레스토랑으로 올라가는 계단이 있어서 레스토랑만 독자적으로 있는 것처럼 보였다.

세리알은 조엘의 팀이 레스토랑을 오픈할 수 있도록 장인어른이 도와주길 바랐고, 솔직히 말해서 우리는 그 부탁이 전혀 기분 나쁘지 않왔다. 그리하여 조엘 로뷔숑과 그리스인 동업자는 직원들과 함께 장인어른을 만났고, 장인어른은 런던에서 레스토랑을 운영하는 즐거움에 관해 자료를 준비해 갔다.

그 미팅 후로 그들에게서는 아무런 소식도 없었다. 그러더니 다시 세리알이 전화해 그들과 말다툼, 불화, 고착 상태를 거친 뒤, 꺼져버리라고 했다는 소식을 전했다. 그것만으로도 흥미로웠지만, 진짜 흥미로운 건 따로 있었다. 세리알이 그 식당을 우리가 대신 인수할 수 있는지 물은 것이다.

제이슨 애서턴은 안젤라가 코노트를 운영하기 위해 떠난 뒤로 두바이에서 수석 쉐프를 맡고 있었다. 그는 2년간의 임기를 마쳤고, 골프 실력은 엄청나게 향상되었다. 이제는 다시 돌아와 좀더 힘든 일에 착수해야 할 때였다. 그에게 메이페어의 새로운 식당보다 더 좋은 기회가 어디 있겠는가?

제이슨은 훌륭한 쉐프였다. 그는 페란 아드리아(요리의 귀재로 불리는 천재 요리사-옮긴이)가 운영하는 스페인의 '엘 불리(El Bulli)' 같은 혹독한 곳에서도 일했으며, 지금까지 내가 만난 요리사 가운데 가장 헌신적이고 재능 있으며 열린 마음을 가진 사람이다. 그가 일하게 될 새로운 식당에 대해 우리가 의논하기 시작한 순간부터, 그는 그곳을 런던 제일의 식당으로 만들기 위해 노력했다.

존 세리알이 디자이너들과 빈둥거리는 동안, 우리는 정찬의 무거운 느낌을 피하는 대신 최고급 재료에 주안점을 두는 이 식당의 새로운 콘셉트를 세워가기 시작했다. 이곳에서는 동양 요리의 영향을 받은 프랑스풍 타파스(메인 요리를 먹기 전에 드는 한두 입 정도의 전채 음식-옮긴이) 메뉴가 제공될 예정이었다. 게다가 제이슨이 매우 강렬하면서도 힘이 넘치는 요리들을 만들어냈고, 그 요리를 맛본 나는 우리가 승자가 될 거라고 확신했다.

레스토랑의 이름은 '메이즈(Maze, 미로)'로 정해졌다. 뉴욕 출신의 디자이너가 생각해 낸 이름이었는데, 왠지 모를 호기심을 불러일으켰다. 주방은 대개의 경우처럼 둥그런 모양이 아닌 일직선으로 설계되었다. 그래서 가게 안으로 걸어 들어오는 손님들은 주방에서 벌어지는 일을 모두 볼 수 있다. 굉장히 근사한 구조였고, 이번에도 역시 쉐프의 테이블과 개인 룸이 마련되었다.

메이즈는 오픈하자마자 큰 성공을 거뒀다. 입구에는 긴 바가 있고 그 바를 따라가면 오픈 룸들이 나온다. 따라서 올 때마다 매번 다른 레스토랑에 온 듯한 느낌을 가질 수 있다. 이곳은, 뭐랄까, 미로 같았다.

블랙스톤은 조엘 로뷔숑 덕분에 우리에게로 떨어진 이 레스토랑을 매우 자랑스러워했다. 하지만 그들은 감상에 빠지지 않았고, 1년 뒤 메리어트 호텔을 스트레터직 호텔에 되팔았다.

새로운 소유주는 사업에 적응하는 데 꽤 오랜 시간이 걸렸지만 우리의 친구가 되었고, 레스토랑이 호텔 사업에 얼마나 큰 영향을 미치는지 깨달았다. 그들은 우리에게 메이즈를 더 확장시켜 호텔의 음식과 음료까지 맡을 생각이 없는지 물었다. 그리고 2008년 봄에 오픈한 메이즈 그릴이라는 새로운 개념의 레스토랑 계약서에 서명을 하게 되었다.

메이즈는 우리가 뭔가 다른 일을, 그것도 잘 해낼 수 있다는 걸 보여주었다. 두말할 나위 없이 메이즈의 콘셉트는 다른 나라에서도 쉽게 적용시킬 수 있었다. 그리하여 이미 뉴욕에서 더욱 편안한 분위기로 탄생되었다.

BORDERS.
BORDERS
signing
Gordon Ramsay
Gordon Ramsay's Healthy Appetite
Tuesday, February 10th 1:00 PM
GORDON RAMSAY'S

3부

핫 브랜드, 고든 램지

우리가 가진 브랜드의 힘을 이해하는 건 당시로서는 쉽지 않았다. 내 성격이 겸손해서 그런 것이라고는 생각하지 않는다. 이 모든 일이 너무 빨리 일어났기 때문일 것이다. 그런데 어느 날 영국의 4대 회계 회사 가운데 한 곳이 회계 감사에 대한 비용을 제시하며 찾아왔다. 나는 조엘슨 윌슨 주식회사에 근무하는 변호사 쉘든 코델에게 이 일을 상의했다.

"전혀 놀랄 일이 아니네. 그들이 자넬 찾아온 건 자네 회사의 규모 때문이 아니야, 고든. 자네 이름 때문이지. 일종의 우승컵이거든."

11

이름값 하는 사람이 되어라

브랜드를 만드는 것은 무제한의 가치를 지닌다.
대차대조표에는 나타나 있지 않지만,
누구나가 원하는 '이름'을 갖는 것이므로.

새로운 금맥
지적재산권에 눈뜨다

이제 우리에게는 성공한 레스토랑들과 커다란 본사 사무실이 있었고, 코노트는 여전히 돈을 잡아먹고 있었다. 레스토랑이 늘어남에 따라 수입도 점차 늘어났지만, 그 돈은 다시 새로운 프로젝트를 연구하고 개발하는 데 써야 했다. 이 문제를 해결할 열쇠는 거만하게 들리는 말에 있었다. '지적재산권'. 그리고 그게 정확히 무엇을 뜻하는지 배울 차례였다.

작은 뇌에 큰 뇌가 되는 법을 가르치는 학교라는 곳은 왠지 내 적성에 맞지 않았다. 나는 언제나 오래 집중하지 못했고, "너 지금 집중하고 있는 거니?"라는 말만 들으면 엉덩이가 들썩거렸다. 따라서 '지적소유권'이라는 용어는 유명한 산부인과 의사가 트라피스트 수녀원에 가는 것만큼이나 내 인생에서 고려할 대상이 아니었다. 누군가 내게 지적재산권의 진짜 의미를 설명해 주기 전까지는 그랬다.

쉐프의 관점에서 이 말이 갖는 가치를 이해하기 가장 쉬운 방법은 조리법에 빗대어 생각하는 것이다. 자신만의 조리법을 만들기란 쉽지 않은 일이다. 코카콜라는 제조법을 만드는 데 성공했지만, 혹시라도 똑같은 콜라를 반값에 만들어낼까 봐 철저히 비밀로 하고 있다.

오베르진 초창기에 나는 내가 만들어낸 요리를 메뉴판에 올렸고, 대표적인 요리가 될 만큼 잘 팔렸다. 요리사들은 음식을 맛본다는 핑계로 성공한 레스토랑에 방문하지만, 사실 그들이 원하는 건 최대한 많은 정보를 얻어내서 어떻게 하면 자신들의 메뉴판에 똑같은 음식을 올릴 수 있을지 알아내는 것이다. 그렇다고 해서 '고든 램지 협찬'이라고 쓸까? 정신이 나가지 않고서야 그럴 리가 없다. 그렇지만 나는 큰 목소리로 그것이 내 지적재산권이라고 주장할 것이다.

내가 지적재산권으로 돈을 벌어들인 건 파스타 소스에 대한 작은 팸플릿을 출간하면서부터였다. 그 대가로 500파운드 정도 받았고, 그 돈은 주말에 파리에서 다 써버렸다. 그런 책자를 낸다는 건 대단히 짜릿한 일이었다. 책자에 인쇄된 내 이름하며, 나에 관한 온갖 칭찬을 보는 일 말이다.

하지만 몇 년 뒤, 내 지식이 담긴 그 책자는 하얀색 싸구려 그릇과 색색의 파스타와 함께 포장되어 슈퍼마켓 진열대에 올라가게 되었다. 포장이라고 해봐야 아무 글자도 적히지 않은 상자에 불과했다. 글자를 적을 필요가 없었다. 상자 안쪽에는 내게 큰 돈벌이가 되어준, '고든 램지'라고 적힌 소책자가 들어 있었기 때문이다. 어쩌면 내가 서명한 계약서의 한쪽 귀퉁이에 이런 식의 판매를 허용한다는 조항이 있었는지도 모른다. 어쨌거나 이것은 지적재산권의 세계와 그걸 보호할 필요가 있다고 말해 주는 반가운 경종이었다.

정식 책들이 출간되면서 계약금과 인세도 받았다. 첫 두 책은 내 자부심이자 기쁨이며, 평생 두 번 듣기도 힘들 만큼 잘 알려지지 않은 오트 퀴진을 소개하는 데 내 모든 노력을 쏟아 부었다. 시각적으로는 아름다운 책이지만, 상업적으로는 미숙했다. 요리사들을 위한 요리책이었는데, 당시에는 무지했던 터라 이렇게 특화된 책은 구매층이 제한된다는 걸 몰랐다. 좀더 쉽게 풀이하자면, 허영심으로 나 스스로를 망치고 있었다는 걸 몰랐다는 말이다.

요리책을 사는 일반 독자들이 원하는 건 크로크 무슈나 타르트 타탱 같은 일상적인 요리를 맛있게 만드는 법인데, 복잡한 요리법에 관한 책을 출판하는 게 무슨 소용이 있겠는가?

두 번째 책이 출간되었을 때 당시 내가 소속되어 있던 출판사에서는 런칭 행사나 마케팅을 할 필요가 없다고 결정했다. 아무래도 무뇌아들이었던 게 분명하다.

하지만 사실 당시 내가 얻고 있던 약간의 명성과 관계가 있었을 것이다. 난 주로 'F'로 시작되는 거친 욕설들로 방송을 망쳐놓는 쉐프로 알려졌기 때문이다. 얼마나 어리석은 짓이란 말인가? 그 명성은 페라리를 살 수 있을 정도의 돈을 벌어들일 수 있는 모든 기회에 걸림돌이 되었다. 방송국 기자들은 바지 지퍼가 활짝 열려 있기라도 한 것처럼 나와 시선을 피했다.

종종 그렇듯이 누군가는 다른 시각을 가지고 있었고, 어느새 새로운 출판사가 등장했다. 당시 내 에이전트로부터 압력을 받은 쿼드릴 출판사였다. 에이전트들이 날 위해 뭔가 실속 있는 일을 한 것은 이것이 처음이자 마지막이었을 것이다. 장인어른이 그 무능한 에이전트들을 해고시켜 버렸을 무렵, 우리는 『사계절의 쉐프(*A Chef for All Seasons*)』라는 책을 출간할 기회를 엿보고 있었다. 이때부터 나는 에이전트란 에이전트는 모조리 치를 떨 만큼 싫어하게 되었다. 그것이 부동산 쪽이든, 출판 쪽이든, 방송 쪽이든, 그리고 내가 가장 싫어하는 도둑놈들인 헤드헌터이든 간에 말이다. 그들은 커미션에 대한 욕심이 일하려는 의지보다 훨씬 앞서 있다. 게으른 머저리들 같으니.

『사계절의 쉐프』는 사람들이 부엌에 두고 쓸 수 있는 진정한 요리책의 작가가 되게 해준 첫 번째 책이다. 쿼드릴 출판사는 사진을 넣고, 알아보기 쉽게 쓰고, 조리법을 단계별로 설명하고, 영국 내에서 책이 잘 팔리는 도시를 돌며 마케팅하는 법을 잘 알고 있었다. 이 책은 엄청나게 많이 팔렸고, 나는 돈을 벌어들이기 시작했다.

이름을 팔 때는 신중해야 한다

앞에서도 말했듯이 방송국 관계자들은 나를 두고 그렇지 않아도 줄어드는 요리 프로그램 시청자들에게 미칠 악영향에 대해 매우 조심스러워했다. 요리 프로그램은 패니 크래독이 활약했던 60년대가 황금기였고, 최근의 요리 프로그램인 〈레디 스테디 쿡(Ready Steady Cook)〉에 나오는 조리법은 매우 지루해 보였다. 1억 명의 시청자들을 사로잡을 수 있는 해결책으로 나를 생각하는 사람은 아무도 없었다.

그러나 한 프로그램 제작자는 내가 일하는 동안 카메라로 날 따라다니겠다는 아이디어를 냈다. '벽에 붙은 파리(Fly on the wall, 상대의 상황에 간섭하지 않고 침묵 속에서 관찰하는 다큐멘터리 촬영 기법-옮긴이)'라는 말까지 써가며 날 유혹했다. 그리고 이런 프로그램 제작에는 돈이 거의 들지 않았다.

〈보일링 포인트(Boiling Point)〉라는 이름의 그 다큐멘터리는 내가 장인어른과 함께 로열 호스피털 로드를 개업할 무렵에 전파를 탔다. 불쌍한 장인어른. 로열 호스피털 로드에 엄청난 돈을 투자한 장인어른은 식당이 개업하는 화요일 밤에 집에서 그 프로그램을 보고 있었다. 내일이면 엄청난 예약 취소 소동이 벌어질 거라고 확신하면서 말이다. 하지만 그 프로그램이 방영된 후에도 아무 손해도 보지 않았다. 오히려 그 반대였다. 그래도 내가 여전히 방송에 나갈 준비가 되지 않았으며, 지금은 적합한 시기가 아니라는 걸 알았다.

흥미롭게도 제대로 된 방송 출연의 기회는 4년 후에 찾아왔다. ITV에서 그들이 제작하는 새로운 형식의 리얼리티 쇼에 출연해 달라고 한 것이다. 〈미션! 정글 서바이버〉라는 제목이었다. 촬영은 3주간 호주에서 진행된다고 했고, 난 당연히 좋다고 했다. 하지만 장인어른이 반대하자 뿌루퉁해졌다.

장인어른이 비장의 카드를 내놓지 않았더라면 교착 상태는 계속되었을 것이다. 장인어른은 프로그램의 특성상 3주간 휴대폰을 사용할 수 없다는 사실을 지적했다. 나는 휴대폰 없이는 10분도 못 사는 사람이고, 따라서 그걸로 끝났다.

훗날 그 프로그램이 진짜 쓰레기처럼 변해가는 걸 보며, 그 프로에 출연하지 않은 게 내 인생에서 가장 잘한 일 가운데 하나라는 걸 마지못해 인정했다. 난 갑자기 방송국에서 관심을 보인다는 사실에 우쭐했던 것 같다. 게다가 1억 시청자들이 날 바라본다는 건 멋진 일 아닌가. 당시였다면 BBC에서 한 달에 한 번씩 방송하던 천문학 프로그램에도 기꺼이 출연했을 것이다.

지적재산권과 관련해서 큰 코를 다친 사건도 있었다. 〈보일링 포인트〉를 촬영하던 중, 내가 협찬 받은 브램리 사과로 요리 시범을 보이며 건방을 떤 것이다. 나는 점심을 먹는 아주머니들 앞에 서서 프라이팬을 잽싸게 움직이며 타르트 타탱인지 뭔지를 만들고 있었는데, 갑자기 그 망할 놈의 프라이팬에서 불길이 치솟은 것이다. 프로그램을 살리기는 해야겠고 약간 흥분했던 터라 재미있게 할 요량으로 다소 짓궂은 행동을 했다. 브램리 사과를 그래니 스미스 사과로 바꿔버리고는, 브램리 사과 캠페인 그룹의 회장을 얼간이라고 말한 것이다. 은혜를 원수로 갚은 셈이다.

2주 후, 로열 호스피털 로드의 점심시간에 웰링턴 부츠를 신은 40여 명의 브래니 사과 시위자들이 식당 앞에 나타났다. 그들은 트랙터와 수확기에서 막 내린 듯한 차림새였다. 결국 나는 얼굴을 붉히며 사과의 말과 함께 3,500파운드의 협찬금을 돌려줘야 했다. 그들은 나와는 달리 지적재산권이 보호되어야 한다는 걸 이미 알고 있었던 것이다.

로열 호스피털 로드와 페트뤼스의 초창기 시절 그리고 내 책이 여전히 요리의 나르시시즘에 빠져 있는 동안, 주요한 지적재산권 사업은 광고 수입 쪽으로 흘러갔다. 이건 매우 까다로운 분야이다. 그렇다고 해서 우리가 다른 회사의 문을 두드리고 다니며 날 그들의 아이콘으로 써달라고 설득하고 다녔다는 건 아니다.

그보다는 그런 제안을 가지고 우리에게 오는 사람들이 넘쳐났다. 문제는 그들에게는 돈이 한 푼도 없고, 나를 마지막에 기댈 곳쯤으로 생각하고 있다는 것이었다. 사업 실패라는 내리막길을 미친 듯이 내려가는 그들의 엉덩이에 붙은 불을 꺼줄 수 있는 사람으로 말이다.

첫 고객은 외모나 행동이 꼭 페티코트 레인(런던에서 가장 유명한 벼룩시장-옮긴이)에서 옷을 나르며 기구한 인생을 보낸 사람 같아 보이는, 뚱뚱한 전직 쉐프였다. 그는 내 앞에 100만 가지는 되는 쉐프 유니폼 디자인과 그를 뱅크 오브 잉글랜드의 개인 금고로 뛰어들게 해줄 거라고 믿은 사업 계획서를 내밀었다. 그러고는 부엌 테이블 위에 텅 빈 채로 놓여 있는 내 돼지 저금통이 살짝 방귀를 뀔 수 있을 정도의 로열티를 주었다.

게으른 전직 쉐프라는 점에서 그는 완전히 실패할 만한 자질을 모두 갖추고 있었지만, 말을 어찌나 청산유수로 하는지 어느새 우리에게 샘플 유니폼이 배달되어 왔다. 이탈리아인지 어딘지 '그의' 공장이 있는 곳에서 보내온 옷이었다.

두 가지 사건이 생기기 전까지는 신나는 일이었다. 첫째, 요리를 하는 동안 유니폼이 노란색으로 변했고 솔기 부분이 뜯어지기 시작했다. 둘째, 그 뚱땡이 전직 쉐프가 나지막한 목소리로 내게 상품을 출시하는 데 10만 파운드가 필요하다고 말한 것이다. 안녕, 뚱땡이 전직 쉐프. 그 말을 들은 직원들은 깜짝 놀랐고, 어쩌면 그렇게 잘 속아 넘어갔냐는 듯한 표정으로 날 한심하게 바라보았다. 나는 그들을 바라보며 이렇게 속삭였다. "장인어른이 밀어붙였거든."

덕분에 나는 큰 창피를 면할 수 있었다. 장인어른은 그 말에 신경 쓰지 않았다. 사실, 장인어른은 내가 그렇게 말한 걸 모르니까 괜찮다.

그러다 90년대 후반에는 실수로 큰 재정적 실패를 보게 되었다. 당시에 웹사이트 붐이 일어났고, 여기에 혹해 그 사업이 우리를 부자로 만들어주지 못한다는 걸 몰랐다. 예일 대학과 맥킨지 같은 거창한 이름들로 도배된 이력서를 든 똑똑한 젊은이 두 명이 우리에게 조리법

웹사이트의 후원자가 돼달라고 부탁했다. 내가 할 일은 웹사이트의 대표 주자로서 이름을 빌려주고, 조리법 1,000개를 제공하는 것뿐이었다. 복잡하고 두꺼운 계약서가 장인어른의 책상으로 배달되었고, 우리는 분주하게 조리법을 모았다. 아울러 그들은 우리에게 이 특별한 닷컴 사업이 모든 사람을 억만장자로 만들어주리라고 거듭 말했다.

우리는 계약서에 서명했고, 계약금으로 2만 파운드까지 받았다. 그들과 식사하러 나갔던 장인어른은 돌아와서 두 가지를 말했다. 첫째는 그들이 랍스터인지 뭔지 메뉴판에서 가장 비싼 메뉴를 시키더라는 것이다. 특히나 이제 막 새로운 사업이 걸음마 단계에 접어든 처지라는 걸 생각해 볼 때 장인어른은 그들의 행동이 못마땅하다고 했다. 둘째, 아무도 정확히 어디서 수입이 들어올 것인지 설명하지 못한다는 것이었다. 레스토랑을 오픈하면 음료와 음식을 제공하고, 그것에 대한 청구서를 제공하면 된다. 아주 쉽다.

그렇지만 경영학 이론과 지식으로 무장하고, 투자자들에게 엄청난 종자돈을 투자하라고 설득하며, 매일 점심으로 랍스터를 먹는 이 머저리들은 벌어먹을 수입을 어디서 창출할 것인지도 아직 알아내지 못했다.

두 달 뒤, 우리는 조리법 페이지를 재디자인하기 위해 웹사이트 오픈이 보류되었다는 통고를 받았다. 나는 지금이 작별을 고할 때라고 깨달았다. 그후로는 이 두 창시자들에 대한 소식을 전혀 듣지 못했다. 분명 그들은 그후로 다시는 점심에 랍스터를 먹지 못했을 것이다. 또 다른 대박 아이디어를 생각해 내기 전까지는 말이다. 다행히 장인어른은 조리법 1,000개의 권리를 계속 가지고 있었고, 그것들은 나중에 내 요리책에 실리게 되었다.

우리가 주로 레스토랑 두 군데에 주력하고 있던 초창기에는 이처럼 돈을 벌 수 있었던 기회가 무산되는 경우가 몇 차례 더 있었다. 큰돈을 잃었다기보다, 돈을 벌 수 있는 기회를 놓친 셈이었다.

그리고 우리는 점차로 거절하는 법을 배우게 되었다. 사업은 급속도로 성장하고 있었고, 그런 관점에서 본다면 딴 길로 빠지지 않은 게 오히려 축복이었을 것이다. 언젠가는 겪을 일이었지만, 당시 우리는 너무 많은 것을 이루려고 애쓰며 시간을 낭비하고 있었다.

우리가 또 하나 배운 것은 사업의 개념과 최종 계약서만 보지 말고, 상대방의 눈을 들여다봐야 한다는 것이다. 그들이 백일몽에 빠져 있는지, 아니면 자신들이 말하는 것에 대해 분명한 생각을 가지고 있는지 알아내야 한다. 나중에는 상대의 경영 체제까지 꼼꼼히 살펴봐야 한다는 사실도 배우게 되었다.

그래서 그들이 자기가 하고자 하는 일을 알아서 하는 사람들인지, 아니면 일을 제대로 하는지 우리가 계속 확인하고 재촉하고 밀어붙여야 하는 사람들인지 결정했다.

베스트셀러 작가로 살아가기

『사계절의 쉐프』는 회사의 출판 수입에 발동을 걸어주었다. 나는 책이란 땀과 노력을 쏟아 부을 가치가 있다는, 쿼드릴 출판사의 신념과 열정에 점차 뜻을 같이하게 되었다. 요리책은 뇌수술 안내서와 같아서 정확하고, 명확하며, 한 치의 오차도 없어야 한다. 계량이 잘못되어 있으면 수플레는 부풀어 오르지 않고, 뇌는 말라버릴 것이다.

요리책은 매우 냉철하게 구상되어야 하며 독자층이 분명해야 한다. 그렇지 않으면 디저트 가게나 빵집을 개업하려고 혈안이 되어 있거나, 달걀을 요리하는 1,000가지 방법을 알고 싶어 목매는 열혈 독자들만 책을 살 것이다.

보통 요리책에는 100가지 이상의 조리법이 실린다. 이 조리법들은 글로 쓰여야 하고 검증되어야 한다. 다시 말해, 책에 적힌 조리법을 토씨 하나 안 틀리고 그대로 따라 하면 그 요리가 만들어져야 한다. 또한 사진도 들어가야 하는데 이는 한 요리를 적어도 세 번씩 만들며 중요한 과정을 사진으로 찍어야 한다는 뜻이다. 내용을 틀리게 썼다가는 그것을 쓴 쉐프와 출판사는 책이 출판된 후 끝없는 항의 전화에 시달리게 될 것이다.

돈에 있어서라면 출판사는 믿을 수 없을 만큼 친절하다. 그렇다고 해서 그들이 돈을 많이 준다는 건 아니지만, 돈이 지급되는 방식은 놀라울 정도이다. 일단 그들은 책이 얼마나 팔릴지를 예상해 선인세를 준다. 원고를 넘기고 나면 우와! 또다시 두둑한 돈다발을 받는다. 그런 후에도 책이 팔리는 것에 따라 돈을 더 받게 된다. 책이 출판된 지 6개월이 지나고 내게 줬던 선인세를 벌어들이고 나면, 또다른 목돈을 받게 된다. 이 과정에서 모든 사람이 돈을 벌게 된다.

내가 만든 『시크릿(*Secrets*)』, 『저스트 디저트(*Just Desserts*)』, 『고든 램지가 만드는 간단 요리(*Gorden Ramsay Makes It Easy*)』는 모두 그런 식으로 진행되었다. 각각의 책들은 내게 준 선인세만큼 벌어들였을 뿐 아니라 2판, 3판을 찍을 때까지 계속 팔렸다.

채널 4의 〈F 워드(The F Word)〉는 처음으로 텔레비전 방송과 연계해 책을 출판할 수 있는 기회를 주었다. 예전에도 그런 식으로 책을 출판한 적이 있기는 했다. 하지만 그때는 프로그램 제작자의 통제하에 진행되어 책이 다른 출판사로 가게 되었고, 그 출판사는 우리의 생각에 전혀 주의를 기울이지 않았다. 그 책은 꽤 잘 팔리기는 했지만, 나는 다시는 그 출판사에 연락하지 않았다.

나는 다른 출판사를 찾아봐야 할 때라고 생각했다. 쿼드릴은 훌륭한 출판사였지만 더 큰 출판 시장이 있었고, 해외 시장을 공략할 수 있는 출판사가 필요했다. 출판 초반에 미식가들이 서점으로, 혹은 요즘 추세대로라면 슈퍼마켓으로 달려가도록 만들 만큼 마케팅의 중요성을 아는 출판사가 필요했다.

난 이 일을 장인어른과 의논했고, 언제나 쿼드릴에 충성해 온 장인어른도 어느 정도는 내 주장을 이해했다. 하지만 지금은 때가 아니라고 못박았다. 첫째로 〈F 워드〉 프로그램에 소개되었던 조리법을 묶어 만들 『선데이 런치(*Sunday Lunch*)』는 출간 예정일까지 시간이 빠듯했다. 새로운 사람들과 일하는 법을 배울 만큼 시간이 충분하지 못했다. 둘째로 이 책이 해외에서까지 팔릴 것 같지는 않다는 것이다.

장인어른의 말이 맞았다. 그래도 장인어른은 내 말을 진지하게 받아들였다. 그래서 우리는 이번 책까지는 쿼드릴 출판사와 일하기로 했다. 그들은 몇 주 만에 훌륭한 책을 만들어냈을 뿐 아니라 우리의 인세를 껑충 올려주었으며 책은 엄청난 성공을 거두었다.

돌이켜보면 쿼드릴 출판사는 수많은 사람들과 일하며 벌어졌던 상황을 잘 반영하는 경우라고 할 수 있다. 그들은 우리와 함께 성장했고, 몇몇 아이디어를 발전시키기도 했다. 예전에는 짠돌이처럼 구는 쿼드릴의 방침 때문에 열받은 적이 한두 번이 아니었다. 나중에는 책이 선인세만큼 팔릴지 아닐지 모르는 그들로서는 그럴 수밖에 없다는 걸 이해하게 되었다.

하지만 오페라의 디바처럼 거만하기 짝이 없는 내게는 실패란 있을 수 없는 일이다. 따라서 내가 마케팅에 돈을 더 쓰고 싶다거나, 1등석을 타고 다니며 사인회를 하고 싶다면 그들은 그렇게 해야 한다. 쿼드릴 출판사도 점차 그런 사실을 알아갔지만, 그때쯤에는 이미 더 크고 세계적인 출판사를 염두에 두고 있었다.

〈헬's 키친〉으로 대박을 터뜨리다

한편 〈미션! 정글 서바이버〉를 거절당한 뒤로도 미련을 버리지 못한 ITV는 불쌍한 장인어른을 계속 쫓아다녔다. 한번은 ITV의 최고 간부들과 회의실에 앉아 있었다. 그들이 내가 출연해야 하는 이유를 늘어놓고 있을 때 갑자기 장인어른의 입에서 절대 잊지 못할, 아주 민망한 발언이 터져 나왔다. "내가 생각하기에는 ITV가 테스코라면 채널 4는 웨이트로즈에 가깝죠(테스코와 웨이트로즈 둘 다 영국의 슈퍼마켓 체인점. 테스코는 비교적 저가인 반면, 웨이트로즈는 고급 슈퍼-옮긴이)."

장인어른이 무슨 의도로 그런 말을 했는지 아무도 이해할 수 없었지만, 갑자기 파리가 카펫에 똥 싸는 소리까지 들릴 정도로 조용해졌다. 우리 쪽 홍보 담당자인 조는 지붕 너머의 경치가 아름다워 눈을 떼지 못하는 척했고, 나는 내 왼쪽 신발이 너무 멋있어서 한참 들여다보는 척했다.

침묵은 영원히 계속될 듯하더니 마침내 회의가 중단되었다. 장인어른은 자신이 폭탄 발언을 했다는 걸 전혀 의식하지 못했고, 조금 더 기다리며 그들이 출연료를 올려줄지 두고 보자고 했다.

당연히 그들은 그렇게 했고, 우리는 갑자기 많은 돈을 받으며 더 많은 위험 부담을 안은 〈헬's 키친(Hell's Kitchen)〉이라는 프로그램 제작에 참여하게 되었다. 〈헬's 키친〉은 1시즌밖에 제작되지 않아서 실패작이라고 생각할지 모르지만, 내가 보기엔 대단한 성공이었다. 방송 시청률보다는 그 프로가 훗날 내게 가져다준 것들로 미루어봤을 때 말이다.

〈헬's 키친〉은 실험적인 프로였다. ITV는 그 프로그램에 많은 돈을 투자했고, 그 프로가 얼마나 지속될 수 있을지 아무도 확신하지 못했다. 하지만 결국 성공했고, ITV는 내 재능에 더 굶주려 했다. 정말이라니깐! 프로그램의 시청률이 잘 나오면, 방송국에서는 당신을 놀랍고 대단하며 시장성이 있는 사람으로 생각하고, 따라서 시청자와 광고주를 몰고 올 새로운 인재를 발굴했다고 생각한다.

그래서 장인어른은 그 후로 3년간 나와 계약하려는 ITV의 관계자들에게 시달렸다. 그들은 정말로 날 원했고, 내 서명을 얻기 위해 온갖 방법을 동원했다. 새로 제작되는 〈헬's 키친〉은 미국으로까지 건너가, 그라나다 US가 폭스 채널에 팔기로 되어 있었다. 아울러 호주에서도 방송될 예정이었다.

그들이 온갖 옵션과 돈을 벌어들일 수 있는 기회가 있는 놀라운 계획을 짜고 있는 동안, 갑자기 채널 4가 3년짜리 독점 계약권을 들고 나타났다. 처음으로 나는 100만 단위의 수표를 받게 되었다. 게다가 어떤 프로그램을 만들든지 간에 회당 출연료가 따로 지급되었다. 어느새 그라나다 US까지 끼어들어 우리는 향후 5년간의 미국판 〈헬's 키친〉 계약서에 서명했다.

ITV는 장인어른에게 몹시 화가 났지만, 그들은 내가 얼마나 큰 가치를 지니는지 보여준 다른 경쟁자에게 깨끗이 진 것이다. 2006년 2월, 내가 〈헬's 키친 USA〉의 2시즌 촬영을 마치자 ITV는 다시 흥분해서 채널 4와의 계약이 만기되는 2007년에 자신들과 계약하자고 제안했다.

이번에도 시달림을 당한 건 장인어른이었다. 그들은 장인어른이 〈터치 오브 프로스트〉(경감 프로스트가 주인공인 ITV의 추리 드라마-옮긴이)를 좋아한다는 것까지 알아내 그 드라마의 전 시즌 DVD를 보내주기도 했다. 장인어른은 뇌물은 받고 싶지 않다고 했지만, DVD는 돌려주지 않았을 것이다.

이 모든 게 날 우쭐하게 만들었으나, 이번에도 똑같은 일이 벌어졌다. ITV가 수백만 가지의 세부조항이 들어간 새로운 계약서를 작성하는 동안, 채널 4가 유유히 끼어들어 엄청난 계약금의 5년짜리 계약서를 내밀었다. 그걸로 게임은 끝났다.

우리가 가진 브랜드나 이미지의 힘을 이해하는 건 당시로서는 쉽지 않았다. 내 성격이 겸손해서 그런 것이라고는 생각하지 않는다. 이 모든 일이 너무 빨리 일어났기 때문일 것이다. 고든 램지 홀딩스는 더 큰 회계 회사가 필요했다. 그런데 영국의 4대 회계 회사 가운데 한 곳이 회계 감사에 대한 비용을 제시하며 찾아왔다. 나는 조엘슨 윌슨 주식회사에 근무하는 변호사인 쉘든 코델에게 이 일을 상의했다.

"전혀 놀랄 일이 아니네. 그들이 자넬 찾아온 건 자네 회사의 규모 때문이 아니야, 고든. 자네 이름 때문이지. 일종의 우승컵이거든."

맞는 말이다. 그게 사업에 도움이 된다면 나로서는 문제될 게 없다. 하지만 결국 그들과 함께 일하지 않았다.

내가 소유한 지적재산권은 레스토랑을 소유하기 전부터 돈을 벌어들였지만, 조리법, 방송 출연, 요리 시범, 두세 권의 책을 낸 것의 수수료에 불과했다. 그 돈은 내 차지가 되었고, 흥분할 만한 일은 아니었다. 레스토랑을 운영하기 시작하면서 그 수입은 불가피하게 회사 차지가 되어 성장을 도왔다. 그러나 지적재산권으로 인한 수입이 점점 더 커지면서, 나는 그것을 회사 수입에서 분리하기 시작했다. 계약서에 서명할 때마다 돈은 내 주머니로 들어왔다.

하룻밤 만에 우리는 돈벌이가 잘되는 알찬 회사에, 지적재산권 수입이라고 할 만한 것도 생겼다. 장 밥티스트 레퀸 같은 직원 혹은 우리 회사의 다른 쉐프들이 〈F 워드〉에 출연해 날 도와준다면 이는 회사 차원의 협조이므로 내가 그 수고비를 지불해야 할 것이다.

장인어른은 고든 램지 홀딩스 및 관계 회사들이 아직은 중소기업 정도라고 했다. 우리 회사는 가족 기업이며, 주식이 상장될 일은 없을 것이다. 그렇지만 자본을 늘리기 위해 약간의 지분을 파는 일을 고려할 때가 오기는 할 것이다.

그런 생각을 하다 보면 이 회사가 얼마만큼의 가치가 있는지 궁금해지고, 가치라는 것을 흥미로운 관점에서 보게 된다. 현재 고든 램지 홀딩스의 수익은 레스토랑과 다수의 컨설팅 그리고 어느 정도의 협찬에서 나온다. 회사의 수익은 쉽게 계산할 수 있을 정도이고, 가치를 계산하는 것도 어렵지 않다. 회사 수익에 가장 현실적으로 보이는 숫자를 곱하면 될 것이다.

문제는 우리 사업은 유정이나 금광처럼 갑자기 회사의 이익을 치솟게 만드는 요소가 없다는 것이다. 물론 내 지적재산권을 포함시킨다면 상황이 달라지겠지만. 그렇게 되면 회사의 자본을 쓸 필요가 없는 부가가치와 이익만 남는 수입을 가져올 것이다. 얼마나 똑똑한 방법인가?

12

돈에서는 냄새가 나선 안 된다

자신을 보호하고
언제나 제대로 돈을 셀 줄 아는 사람을 데리고 있어라.

세무 조사의 습격을 받다

이것은 인생에 대한, 인생 속의 인생 이야기이다. 돌이켜보면 그것은 오금 저리게 빠른 롤러코스터를 타고 깊은 절망의 구렁텅이로 들어갔다가, 다시 곧장 위로 올라가 최악의 상황에서도 한 줄기 희망을 발견한 대단한 사건이다.

여기서 말하는 검사관이란 미슐랭 검사관이 아니다. 한밤중에 경찰이나 특수 요원들이 현관문을 두드린 것도 아니다. 그보다 훨씬 나쁜 일이다. 리즈에 위치한 특수 사안 조사실에서 약속을 잡아달라는 편지가 왔다. 편지는 우리 집 주소로 배달되었다.

"섹션 29 TMA 1970의 발견 조항에 따라 당신의 2001년 소득 신고서, 그리고 섹션 9A TMA 1970의 발견 조항에 따라 2002년, 2003년, 2004년의 소득 신고서를 조사할 예정이라는 것을 알립니다. 이번 조사는 실행 코드 8에 의해 실행될 것이며, 소책자를 동봉하오니 자세히 읽어보시기 바랍니다."

솔직히 말해서, 보통 때 같았으면 이런 편지는 거들떠보지도 않았을 것이다. 하지만 장인어른에게도 이 편지의 복사본이 보내졌고, 장인어른의 표정을 본 나는 간질이라도 걸린 줄 알았다. 장인어른은 사무실 한가운데 놓인 '폭발물'이라고 적힌 소포를 발견한 사람 같았다.

보통 때의 나였다면 해외 계좌나 비자금을 조사하는 일로 사람들을 괴롭히는 세금 조사원을 저승사자에 빗댄 이야기들을 듣고 깔깔 웃으며 금방 잊어버렸을 것이다. 내게는 절대 그런 일이 일어나지 않을 거라 안도하면서 말이다.

분명히 말하건대, 이런 편지는 재정적 영혼을 정화시켜 주는 과정의 시작이다. 화가 모욕감으로 바뀌고, 모욕감이 분노로, 고래고래 내지르는 소리로 바뀌는 여정의 시작인 것이다. 이 모든 게 첫 인터뷰에서부터 이루어진다. 정부에서는 이런 편지를 받은 불쌍한 머저리들을 상담해 주는 일에 지원금을 배정해야 한다. 이것은 인권의 모욕이기 때문이다. 하지만 진보주의자들은 세금을 내고, 지구 온난화 가스의 배출량을 조사하는 일에 매달려 있느라 이 문제에 신경을 못 쓰고 있다.

1년의 대부분을 출장을 다니며 죽어라 일하고, 분수에 맞게 생활하며, 법을 잘 지켜온 사람이라면 누군가가 장부를 조작했다고 생각하리라고는 예상하지 못할 것이다. 나는 우리 회사가 모든 수입을 기록하고, 서류로 작성해 보관하고 있다는 걸 알고 있다. 동시에 사업 초반의 개인적 재정 생활은 그렇지 못하다는 것도 알고 있다. 당시에는 그럴 여유가 없었다. 돈이 들어오는 대로 써야 했기 때문이다. 한번 쓴 돈에 대해서는 까맣게 잊게 된다.

장인어른은 자신이 이 폭탄을 처리하겠다고 했고, 나는 뒤로 물러났다. 그후로 몇 주간 나는 두려움을 보고, 듣고, 냄새 맡을 수 있었다. 조사원들과의 약속이 잡혔고, 무기 제작자의 시선은 무디고 점잖은 도구로 향했다. 앞으로 다가올 조사에서 정보가 없을 경우에 필요하게 될 날카롭고 새빨간 부지깽이에 비하면 간지러운 수준이었다.

2005년 4월 7일, 두 남자가 사무실에 도착했다. 그들은 칙칙한 회색빛에 이름도 없을 것 같았으며, 하도 공손하게 구는 바람에 싸움이 시작되기도 전에 소리를 지르고 싶을 정도였다. 장인어른은 시무룩했다. 이제 막 마취에서 풀려난 치과의사에게 치료를 받는 것 같았다. 너무나 고통스러운 나머지 그 어느 때보다도 강렬한 두려움을 느꼈다.

그런데 왜 이렇게 겁을 먹는 걸까? 대체 내가 뭘 그렇게 잘못했다고? 내게는 숨겨둔 해외 계좌도 없고, 비자금도 없다. 수백만 장의 택시 영수증과 껌 종이, 기름값 영수증까지 일일이 조사하지는 않을 것이다. 그저 우리가 내지 않은 세금 몇 푼을 조사하는 정도겠지.

우리는 앞으로 우리를 즐겁게 해줄 두 사람의 명함을 받았다. 그들의 이름은 델브와 시프터였다. 회의실 의자에 앉은 두 신사는 여전히 기분 나쁠 정도로 공손하게 말했다.

"어느 때건 무례하거나 건방지다고 생각되시면 말씀해 주십시오."

놀고 있네! 벨마쉬 교도소로 가는 지름길을 알려주겠다고 넌지시 암시하는 듯했다.

"물 드시겠습니까? 그냥 물로 드릴까요, 아니면 탄산수로?"

웨이터처럼 묻자, 그들은 그냥 수돗물을 달라고 했다. 맙소사! 이 바보들은 내가 운영하는 식당에 에비앙과 바두와가 냇물처럼 흘러넘친다는 사실을 모르는 걸까? 그런데도 불소가 첨가된 밋밋한 수돗물을 달라고? 회의실의 모든 문은 잠겼고, 비서들에게는 일찍 퇴근해도 좋다고 했다. 장인어른은 자신이 받게 될 팁이라고는 기껏해야 경마장의 마권뿐이라는 걸 알고 있는 웨이터처럼 힘없이 미소를 지으며 수돗물이 담긴 유리병을 들고 왔다.

시프터가 상사였고, 그는 조용히 앉아 간간히 메모했다.

"SCO가 어떤 곳인지 아십니까?"

델브가 물었다. 난 모른다고 했고, 그에게 푸른 지느러미 참치와 노란 지느러미 참치의 차이점에 대해 아느냐고 묻고 싶어졌다.

"SCO는 다양한 방면에 걸친 조사를 담당하는 정부 기관입니다. 주로 탈세나 심각한 사기 혹은 상당한 액수의 조세 포탈 혐의를 조사하죠. 이번 조사는 실행 준칙 8조에 의거한 것입니다. 현재로서는 심각한 사기 혐의가 없습니다."

델브가 말했고, 나는 그가 '현재'라는 단어를 썼다는 걸 눈치 챘다. 지금 내 처지가 어떤지 알 수 있었다. 델브가 다시 입을 열었다.

"다뤄야 할 사항들이 매우 많습니다. 그러니 이 모든 문제에 관한 보고서를 작성하시는 게 좋을 겁니다. 그게 장기적으로 볼 때 돈이나 시간을 절약하는 길입니다. 자주 연락할 필요도 없을 테고요."

그렇게 지칠 줄 모르고 지루한 질문 공세가 시작되었다. 수년 전 협상에 의한 타결의 일부로 매각했던 주식이 당시에는 푼돈 정도밖에 되지 않았는데, 지금은 엄청난 가격으로 뛴 모양이었다. 하지만 그걸 팔지 않았더라면 집을 사지 못했을 것이다.

"수입의 상당 부분이 건물 개축에 사용됐다는 건 알고 있습니다, 램지 씨. 지금 많은 돈을 벌고 있기는 해도, 전반적인 재정 상태는 걱정스럽군요. 델브의 말로는 조사해야 할 금액이 100만 파운드 정도라고 합니다."

장인어른은 대체 어디서 그런 정보를 들었냐고 시프터에게 반문했고, 델브는 국세청에서는 수많은 정보를 얻을 수 있다고 말했다.

그들은 우리 부부가 처음으로 소유했던 배터시의 주택에 대한 이야기로 화제를 옮겼다. "어떻게 구입하셨습니까? 가격은 얼마였죠? 그 돈을 어떻게 충당하셨습니까?" 그들은 우리가 무슨 목적으로 그 집을 구입했는지, 그리고 판매 과정을 알고 싶어 했다. 이내 그들의 질문은 1995년 이후로 내가 살았던 모든 집으로 확대되었다. 매번 똑같은 질문이었다.

그 다음에는 나도 인정하는 약점인 차에 관해 집중 공격했다. 나는 과거로 돌아가 고든 램지의 인생에 있었던 차의 목록을 작성해야 했다. 나와 내 아내가 개인적으로 소유하고 있는 모든 차량의 등록 번호, 색깔, 지불한 가격 등등을 말이다. 델브는 자신이 요약한 사실을 말하고 싶어 입이 근질거리는 눈치였다. 그의 목록에는 페라리 마라넬로, 레인지 로버, BMW M3, 벤틀리가 포함되어 있었다. 그는 내가 모리스 1000만 운전하고 다닌다고 주장할까 봐 조사해 둔 자료라고 했다. 그는 나에 대한 모든 걸 알고 있다는 걸 알리고 싶어 했으며, 나는 짜증이 나기 시작했다. 벌써 30분이 지났고, 좀이 쑤실 지경이었다.

그러자 시프터가 딴소리를 하기 시작했다.

"맨체스터 SCO에 있는 저희 동료들이 요식업에 관심이 많다는 걸 램지 씨도 아실 겁니다. 몇 년 전에 대대적으로 보도되었죠. 그쪽 직원들은 지금 공급업체들이 개인에게 지불한 돈을 조사하고 있습니다. 현재 진행 중인 프로젝트이죠. 혹시 공급업자들로부터 받은 돈을 신고하고 싶은 게 있으십니까? 그렇다면 지금 말해 주시죠."

이 남자가 제정신인가? 장인어른은 즉시 거들먹거리는 태도로 나왔다. 내가 뇌물을 얼마나 싫어하는지 알고 있기 때문이다.

"나도 마찬가지지만, 우리 사위는 그런 관행을 마약 보듯 합니다. 그런 일은 절대 없다는 뜻이죠."

장인어른이 단호하게 대답했다.

세상에서 가장 괴로운 심문에 대처하는 법

지루한 조사는 계속되었고, 내 동생을 유모로 고용한 것에 대해서도 질문을 받았다. 일주일에 여섯 장에서 열두 장 정도의 불법주차 딱지를 받는 게 사실입니까? 그제야 나는 SCO의 정보 수집력이 어느 정도인지 실감할 수 있었다. 그것은 굵은 빗방울로 시작해서 이내 장대비가 되어 물에 빠진 생쥐 꼴로 만들었다. 이번엔 다시 델브 차례였다.

"이제는 지난 6년간 램지 씨의 부가 소득, 다시 말해 P60/P14에 기재된 것 이외의 소득을 살펴봐야겠군요."

그가 자신이 해온 숙제를 읊어대는 동안, 나는 의자에 등을 기댔다. 그는 내 텔레비전 프로그램을 날짜별로 말한 다음, 내가 출판한 책의 이름을 줄줄이 댔다. 그걸 어떻게 알아냈는지 모르겠지만 그렇다고 알아내기 힘든 정보는 아니다. 델브는 말을 멈추고 혀로 이를 훑으며 빨아들이는 소리를 냈다.

"그리고 2005년도 달력도 제작하셨고요. 그 계약서와 로열티 보고서 그리고 그 매출액이 어느 은행으로 입금되었는지 명확히 기재된 서류들의 복사본을 보내주시겠습니까?"

그는 총 1만 파운드밖에 안 되는 이익을 남겼던, 단 한 번의 달력 사업까지 들먹이고 있었다. 나는 나지막이 "케이맨 제도요(조세 피난처로 유명한 곳-옮긴이)"라고 중얼거렸고, 그 말을 들은 장인어른은 테이블 밑으로 내 무릎을 세게 걷어찼다. 지금은 농담할 때가 아니었다. 하지만 이 바쁜 머저리들에게 어서 나가라고 말하고 싶었다.

그들은 다시 "당신의 초콜릿 수입은……", "2004년 7월 워커스 크리스프(영국의 제과 업체-옮긴이)에 관련된 텔레비전 광고……", "싱가포르 에어라인을 상대로 한 컨설팅은……"으로 시작되는 질문으로 넘어갔다. 중동에 갈 때 싱가포르 에어라인을 이용했습니까? 당신이 BBC와 그라나다 TV에 출연하고 받은 돈을 말해 주겠습니까? 다시 살아난 시프터는 내가 브램리 사과로부터 3,500파운드를 협찬 받은 걸 알고 있다고 말했다. 장인어른은 상냥하게 미소 지으며, 그건 사실이지만 내가 그 회장을 모욕하는 바람에 그 돈을 다시 돌려줘야 했다고 말했다.

"그렇다면 미국에서 〈헬's 키친 USA〉의 출연자 가운데 한 명이 당신을 상대로 소송을 한 것에 대해 말해 봅시다."

시프터가 무덤덤하게 말했다.

"그건 기밀 유지 조항이기 때문에 말할 수 없습니다."

장인어른이 대답했다.

"그럼 누가 합의금을 냈습니까?"

그들은 조금도 누그러들지 않은 채 물었다.

"합의금은 프로그램 제작비에서 지불되었습니다. 그러니까 제발 거기에 대해서는 더 이상 물어보지 말아주십시오."

장인어른이 말하자, 그들도 한발 물러섰다.

델브는 두바이 크릭 호텔에 있는 베르, 미국 급식업체인 아라마크와 우리 회사의 제휴, 고든 램지 스킬 센터에 관한 보고서를 보고 싶다고 했다. 마지막 조항은 정말로 날 화나게 했다. 그곳은 사내 트레이닝 부서였고, 지금 하는 이야기와 아무 상관이 없었기 때문이다. 나는 스킬 센터는 수입원이 아니므로 이번 조사와 무관하다고 설명했다.

그들은 내 의견을 받아들였는지 프라이빗 다이닝 시설로 넘어가면서 우리가 그 방면의 수입을 따로 기록하고 있는지 확인하고 싶어 했다. 그리고 그 수입이 모두 기록되고 있다는 증거를 내놓을 수 있냐고 직접적으로 물었다. 당연히 소득은 모조리 기록되고 있다.

장인어른은 꺼질 줄 모르는 그들의 의심을 완전히 불식시키고자, 우리가 운영하는 호텔 내부 레스토랑의 경우에는 호텔 측이 우리에게서 벌어들이는 수입이 레스토랑 매출에 바탕을 두고 있다는 점을 지적했다. 따라서 호텔 소유주에게는 우리의 매출 기록을 볼 수 있는 권리가 있으므로 레스토랑의 수입은 이중 감사를 받는 셈이었다.

두 꽁생원들은 미리 숙제를 해온 게 분명했다. 단지 참견하는 수준이 아니었다. 어떤 질문은 오래 침묵하다 대답이 나왔고, 어떤 질문은 곧바로 대답이 나왔다. 후자의 경우에는 그들은 아무 말 없이 메모만 했다. 똑똑한 방법이다. 그들이 내가 하는 말을 믿고 있다는 것을 확인하고 싶은 마음에 조금이라도 더 떠들어댔기 때문이다.

마음 한구석으로는 소송 사건이 있었을 때 장인어른이 해줬던 충고에 따라야 한다는 걸 알고 있었다. 장인어른은 "질문에 최대한 간략하게 대답하고, 더 이상은 아무 말도 하지 말게"라고 말했다. 그런데 난 그런 일에는 젬병이다. 나는 언제나 3차원의 컬러 화면으로 상황을 설명하고 싶다. 하지만 아무리 떠들어대도 그들이 어떻게 받아들이는지에 대한 단서는 조금도 주어지지 않았다. 그들은 더 열심히 끼적일 뿐이다.

이제 그들은 코노트와 클라리지스 레스토랑의 경영 방식을 비교하기 시작했다. 두 레스토랑의 직원 수와 규모 측면에서의 매출에 관해 물어보는 것으로 보아 회계 장부를 본 게 분명했다.

"어떻게 좌석이 125개나 되는 클라리지스의 레스토랑에서는 125명의 직원이 일하는데, 좌석이 65개밖에 없는 코노트의 레스토랑에서는 138명이나 되는 직원이 일하는 겁니까?"

그들은 코노트가 다수의 유령 직원을 고용했으며, 가상 인물에게 지급되는 월급이 사실은 우리 소유의 계좌로 흘러 들어가고 있다고 의심하는 것 같았다. 머리깨나 썼군, 친구들. 하지만 난 적어도 그런 방식으로는 일하지 않는다네. 코노트의 레스토랑은 좌석이 65개밖에 없지만 룸서비스, 바, 직원 식당, 세 개의 프라이빗 다이닝룸을 포함한 호텔 전체의 음식과 음료를 책임진다.

심문이 시작된 지 세 시간쯤 지나, 내 엉덩이는 이미 완전히 마비되어 아무 느낌도 없었다. 그런데 갑자기 괴상한 말을 했다.

"보통 이쯤 되면 저희는 채무자에게 내야 할 돈의 일부를 지급해 달라고 요구합니다. 우리 조사에 협조하고 있다는 걸 증명하고, 계속 붙는 이자 비율을 최대한 줄이기 위해서죠. 하지만 실제 채무 액수가 그다지 많은 것 같지 않으니 돈 내는 건 다음으로 미루도록 하죠."

시프터가 말했다.

그들은 떠나려 했고, 우리는 석 달에서 넉 달 안으로 '보고서'를 준비해 두겠다는 데 동의했다. 또한 그들이 공손했으며, 이번 미팅이 성공적이었다는 사실에도 동의했다. 그들이 물었기 때문에 그렇게 대답했을 뿐이다. 나는 완전히 새로운 세상을 보았고, 이제 이 모든 걸 장인어른이 처리하도록 맡겨두고 다시 내 세상으로 돌아간다고 생각하니 기뻐서 죽을 지경이었다.

이 일이 넉 달 안으로 모두 끝나리라 확신한 나는 두 명의 용감무쌍한 여행자들에게 작별을 고했다. 그때 그 보고서를 작성하는 데 2년 반이나 걸리리라는 걸 알았다면 그렇게 호들갑스럽게 작별 인사를 하지도, 안전한 여행이 되기를 바란다고 말하지도 않았을 것이다.

그후로는 장인어른이 심문관이 되었다. 이제 초창기 재정 상태를 파악하는 사람은 장인어른이었다. 장인어른은 코드 8 시나리오를 꿰뚫고 있는 세금 전문 변호사를 고용했다. 놀랍게도 그 변호사의 전직은 특수 사안 조사실의 국세청 세금 조사원이었다. 장인어른은 타나에게 다락에서 옛날 문서들을 찾아보라고 했다. 다행히 타나는 물건을 모조리 쌓아두는 타입이어서 예전 청구서며 은행 잔고 증명서, 쓰고 남은 가계 수표첩들이 몇 상자나 나왔다. 이 모든 걸 좀더 면밀히 검토하고, 순서대로 정돈하고, '수입', 'TV 출연료', '여행 경비' 등으로 해독하기 위해 사무실로 보냈다. 이 자료들은 신중히 분리되어야 했고, 그를 뒷받침해 줄 만한 서류도 찾아내야 했다.

문제는 그렇게 과거나 들여다보고 있을 만큼 시간이 남아도는 사람이 누가 있냐는 것이다. 무엇보다 장인어른에게 죄송했다. 장인어른은 매일 산더미 같은 서류들에 둘러싸여 모든 문제를 해결해야 했다. 그 일은 영원히 끝나지 않을 기세였고, 다른 업무까지 방해하고 있었다.

한 가지 사실만큼은 불 보듯 분명했다. 과거 재정 기록들을 순서대로 정리하고 보관해 이런 사태에 대비해 둬라. 그렇지 않으면 여러분도 나 같은 일을 당하게 될 것이다.

우리는 지난번 조사에서 거론되었던 요점들을 요약한 편지 한 통을 받았다. 거기에는 40개 사항이 적혀 있었다. 그것으로도 모자라 모든 계좌의 잔고 증명서와 집, 아파트, 자동차의 구매와 판매에 관련된 모든 서류를 달라는 요청까지 있었다. 정말로 화나는 건 이제는 이 조사가 고든 램지 그룹에 속한 모든 회사로까지 확대되었다는 것이다.

그러다가 일이 재미있게 풀렸다. 회계사에게서 편지 한 통이 왔는데, 다름 아닌 델브였다. 그는 국세청을 떠나 '적합한 일'을 시작할 거라고 했다. 세금 조사를 전문으로 하는 대형 회계 회사 가운데 한 곳에서 일할 예정이었다. 장인어른은 델브가 일한다면 분명 좋은 회사일 거라고 생각했다. 예전에 델브는 세금 문제가 있는 고객을 대변해 주던 이 회사와 함께 일한 적이 있었다. 그러니 그 회사에는 델브가 매력을 느낄 만한 점이 있는 게 분명했다.

그래서 며칠 후, 우리는 이 회사에 우리 사건을 맡기기로 했고, 이내 사방에 보수를 지불했다. 델브는 더 이상 우리 사건에 관여하지 않았다. 시프터가 외롭지 않아야 할 텐데.

서서히 장부상의 불일치가 나타나기 시작했다. 많은 액수는 아니었지만 출처를 알 수 없는 돈이 내 통장에 등장했고, 예금 입금장의 보관 용지에는 아무것도 적혀 있지 않았다. 당시에는 이 돈을 심각하지 않게 생각했다는 증거였다. 이는 큰 실수였다.

세무 조사는 강도를 더해 갔고, 이제는 코드 9의 단계로 넘어갔다. 이 단계에서는 '사기'라는 말이 언급되었기 때문에 겁이 나지 않을 수 없었다. 예금 입금장의 보관 용지에 빈칸이 나타나고 이 돈이 어디서 나온 것인지 설명하지 못하면, 나는 이자와 벌금을 포함해 40퍼센트의 세금을 내야 한다. 그것도 지금 당장 할부로. 이런 상황이 얼마나 계속

될지 까마득했다.

이제는 새 회계 회사가 국세청 노릇을 했다. 그들은 사소한 것도 그냥 넘어가지 않았고, 시간도 남아돌았다. 그들이 내 일, 내 회사 일까지 깊이 파고들수록 수임료도 올라갔다. 그 회사에는 각 분야의 전문가들이 모여 있었다. 부가가치세 전문가, 소득세 전문가, 주식 평가 전문가, 청구서 발송 전문가 등등.

예전에 내가 훨씬 철없던 시절, 에드위나 커리(마거릿 대처 시절의 보건 장관으로 당시 총리였던 존 메이저와 불륜 관계였음을 폭로했다-옮긴이)에게 이런 말을 한 적이 있다. "당신은 우리 총리랑 자더니 이젠 나까지 덮치려는 겁니까?"

지금 내가 딱 그 심정이었다. 생전 처음 보는 사람들이 우리 아이들이 은행 계좌를 가지고 있는지, 아내에게 생활비를 얼마나 주는지, 그들에게 말해야 할 비밀 은행 계좌는 없는지 묻고 있었다. 아예 내 거시기 크기까지 물어보시지? 사실 그 순간에는 꽤나 줄어들어 있었다. 국세청과 시시덕거리는 것보다 성욕 감퇴에 효과적인 건 없으니까.

이 조사가 일종의 건강 검진이라면 그건 좋다. 몇 장의 비행기 티켓이 회사 비용이 아닌 내 비용으로 지불되었어야 한다는 점을 제외하고는 화날 일도 없으니까. 그것이 개인 재산과 회사 재산의 차이점이다.

그리하여 2년 반 만에 수십 페이지의 보고서가 작성되어 시프터와 그의 새 동료에게 보내졌다. 그들은 그걸 읽고, 검토하고, 확인하더니 국방비를 훨씬 넘는 액수를 제안하기 시작했다. 우리는 항의했고, 그들은 반박했다. 그러다 마침내 액수가 정해졌다. 금액의 대부분은 이미 국세청의 은행 계좌에 들어 있었다.

드디어 그들이 내 인생에서 사라졌고, 안도의 한숨을 내쉴 수 있었다. 아울러 완벽하게 설명이 가능한 은행 계좌보다 중요한 건 없다는 굳은 확신을 갖게 되었다. 그들이 또 올 경우에 대비해서 말이다.

세무 조사를 받던 중에 파란만장한 삶을 산 억만장자를 만나 세무 조사에 대해 이야기하게 되었다. 그는 몇 년 전에 나와 비슷하게 기습 공격을 당한 적이 있었고, 6년 뒤 국세청에 600만 파운드의 수표를 써줬다고 했다. 그 이야기를 들으니 내 고충은 하찮게 느껴졌다. 그래도 국세청 직원들이 날 계속 감시하고 있다는 사실을 알고 있다. 일단 그들이 개입되면, 반드시 뭔가 찾아낼 것이다. 내 말을 믿어라.

이 경험을 통해 내가 배운 교훈이 있다. 기업이 크든 작든 언제나 회계 장부를 정확히 해두라는 것이다. 그러려면 수백 파운드가 들고, 매일 빠지지 않고 해야 한다. 그러나 그렇게 하지 않으면 수천 파운드를 물게 될 뿐 아니라, 생활이 파탄 나고 골치가 지끈거리며 눈알이 빠질 듯이 아플 것이다.

그후로 장인어른은 지적재산권으로 인한 수입이 들어올 때마다 언제나 수표를 두 개로 나눠서 준다. 하나는 내 수입의 60퍼센트에 해당되는 금액이고, 나머지는 40퍼센트에 해당된다. 60퍼센트에 해당되는 수표에는 이렇게 적힌 포스트잇이 붙어 있다. "이건 자네 걸세. 원하는 대로 쓰게." 또다른 수표에는 이렇게 적혀 있다. "이건 자네 돈이 아닐세. 하지만 내기 전까지 금리가 높은 계좌에 넣어두고 관리하게. 자네는 이자를 얻고, 국세청에서는 돈을 갖게 될 거야."

이 일을 한 번의 재미있는 소동 정도로 생각할까 봐 우리가 얼마나 중대한 조치를 취했는지 말해 주겠다. 델브는 우리 회사에서 납세 관리자로 일하고 있다. 알고 보니 그는 좋은 사람이었고, 평생 첼시를 응원했지만 한 번도 경기를 구경한 적이 없었다. 이제는 보게 될 것이다.

13

내 수프 속에는 여자들이 있다

함께 일하는 여자 동료를 무시하는 건 매우 위험하다.
까딱하다간 어마어마하게 큰 손실을 볼 수도 있다.

안젤라와 조, 대단한 여자들

주방에서 여자들의 역할은 늘 농담거리가 되곤 한다. 채식주의자들처럼 그들 역시 언제나 천박한 빈정거림의 대상이 되곤 해서 분개한 여성들로부터 항의 편지가 한 보따리씩 오게 만든다. 혹은 여자들은 한 달에 3주만 일한다는 내 발언과 같은 신문 기사들이 실리기도 한다. 모두 어리석은 짓이다. 사업에서 여자를 무시했다가는 큰 코 다친다는 걸 나는 뼈저리게 배웠다. 지금까지 나는 동급의 남자들을 여지없이 때려눕히는 여자들을 만나왔고, 그들은 가끔씩 내 사업에서 결정적인 역할을 했다. 물론 내 가정생활에서도 그렇다.

안젤라 하트넷이 그 첫 번째 예였다. 그녀에게는 자수성가하려는 불굴의 의지가 있었고, 재능이 있다. 그녀는 자신이 여자라는 점을 이용하지 않는 한 성별 대결은 옆으로 밀쳐둔다. 그녀는 오베르진 초창기 시절에 내 밑에서 일했고, 17시간의 근무 동안 그녀에게 쏟아진 모든 스트레스를 견뎌냈다. 남자들과 동등한 대우를 요구하고, 편안한 삶을 거부한 건 그녀 자신이었다. 그녀는 근무가 끝나기 전에 먼저 집에 가도 좋다는 특혜를 거절했다. 죽어라 배웠고, 주방 이외의 분야에 대한 가르침도 모조리 흡수했다. 돈에는 콧방귀를 뀌었지만, 그래도 제대로 벌고 싶어 했다. 돈이 그녀의 삶을 지배하지는 않았지만 삶의 중요한 부분이 되었다.

내가 안젤라를 언급하는 이유는 그녀가 여성 사업가로서 너무도 훌륭한 본보기이기 때문이다.

앞에서 은행가들이 페트뤼스에서 와인 값으로만 4만 4,000파운드를 써버린 일화를 기억할 것이다. 그 사실은 호주의 일간지에 실렸고, 순식간에 전 세계로 퍼졌다. 우리 식당의 홍보를 위해서는 잘된 일이지만, 한편으로는 우리가 손님들을 이용한 것처럼 보일 수 있었다. 이는 손님들뿐 아니라 우리의 명성에도 치명타를 입힐 것이다. 따라서 모든 회사 직원들이 손님의 신분을 밝히지 않겠다고 맹세했는데도, 그들의 신분은 곧 밝혀졌다.

이 일을 바로잡는 힘든 업무를 맡은 게 조 반스였다. 키가 크고 우아한 여성인 조는 소위 말하는 가정교육을 잘 받고 자란 여자였다. 그녀는 남자들의 세상에서 자신의 입지를 굳히느라 많은 시간을 싸울 필요가 없도록 애초에 남자로 태어났어야 할 드문 여자이다. 물론 세상과의 싸움에서 거의 진 적이 없었다.

나는 조가 쿼드릴 출판사의 홍보부에서 일하던 2000년에 그녀를 처음으로 만났다. 돈의 세계에서 열성적인 여성의 또다른 본보기이자, 쿼드릴의 전무인 앨리슨 캐시가 조를 데리고 로열 호스피털 로드에서 점심을 먹으며 그녀에게 고든 램지의 초창기 세계를 소개해 준 것이다. 당시 나는 첫 책만으로 날 포기해 버린 콘란 옥토퍼스 출판사와 회복 불가능한 사이가 된 뒤, 쿼드릴로 옮겨간 상태였다. 쿼드릴에서는 『사계절의 쉐프』를 준비 중이었다.

두 여자는 점심을 먹으며 내게 인사했는데, 솔직히 말해서 그날의 일이 별로 기억나지 않는다. 하지만 조에게는 그날이 결정적인 순간이었다고 한다. 그녀는 그날 이후로 다른 작가들의 업무는 중단하고, 내 책의 홍보에만 집중했다고 말해 주었다. 분명 그날의 요리가 무척 마음에 들었나 보다.

조는 중요한 책들을 출판했고 인테리어 서적에서부터 원예서, 자기계발서, 착한 마녀들에 관한 책에 이르기까지 온갖 책의 홍보를 도왔다. 그러나 그녀가 진정으로 원하는 일은 요리책과 그걸 만드는 쉐프들을 홍보하는 일이었다. 헤드라인과 쿼드릴을 거치며 그녀는 워럴 톰슨, 토로드, 노벨리, 카를루치오와 같은 위대한 쉐프들과 함께 일했다.

그녀는 내 책을 위해 지칠 줄 모르고 일했고, 판매량은 5,000부에서 5만 부로 치솟았다. 가끔씩 만난 앨리슨은 크림 단지에 빠진 고양이처럼 행복한 표정이었다. 반면 조는 고든 램지 브랜드의 일원이 될 준비를 하고 있었다. 그녀는 『사계절의 쉐프』를 위한 홍보 투어를 준비했다. 당시에는 나도 2주씩 주요 도시를 돌며 책 사인회를 할 여유가 있었다. 조는 이른 아침부터 늦은 밤까지 사인회 일정을 빡빡하게 짜놓았고, 책은 날개 돋친 듯이 팔려 나갔다.

조가 세부 사항을 의논하기 위해 풀햄에 있는 손바닥만 한 우리 사무실에 처음 찾아왔던 때가 기억난다. 당시 장인어른은 출판 쪽에 관여하고 있지 않던 터라 사무실 한쪽 구석에 박혀 있었다. 하지만 풀이 죽은 가엾은 비서를 호통쳐대는 조의 까다로운 목소리가 계속 들려왔다. 장인어른은 더 이상 참지 못하고, 이케니의 여왕인 보아디케이아(로마의 지배에 반대해 반란을 일으킨 이케니 부족의 여왕-옮긴이)가 대체 어떻게 생겼는지 보려고 밖으로 나갔다. 장인어른은 대뜸 "당신 대체 누구요?"라고 물었지만, 그 순간 자기 앞에 서 있는 여자가 보통내기가 아니라는 걸 알았다.

그후로 사무실에서는 가끔씩, 주로 금요일 오후에 한바탕 싸움이 벌어지지만 싸운 뒤에는 언제나 화해의 저녁을 먹는다. 조는 이렇게 말했다. "날 죽이지만 않는다면, 어떤 상대든 날 강하게 만들 뿐이에요."

그러던 중, 조는 정말로 멍청한 짓을 저질렀다. 쿼드릴을 그만두고, 레스토랑만 전문으로 하는 PR 회사에 들어간 것이다. 그녀는 책 마케팅보다 레스토랑 PR을 하고 싶어 했고, 이것이 출판사를 그만둘 수 있는 기회라고 생각했다.

그녀는 우리 회사의 식당들을 맡아 일하고 싶어 했고, 분명 그녀의 새 상사도 그렇게 되기를 바랐을 것이다. 나는 로열 호스피털 로드와 페트뤼스의 오프닝을 그 PR 회사에 맡겼고, 그들은 두 레스토랑의 오프닝 성공 여부는 자기들의 손에 달렸다고 생각했다.

나는 월말마다 그들이 보내는 청구서를 보고 화가 머리끝까지 나곤 했다. 거기에는 1,000개의 택시비 영수증, 복사비, '기타 등등'이 첨부되어 있었다. 이 PR 유령들은 눈에 보이는 일은 하나도 하는 것 같지가 않았다. 조는 그런 내 마음을 눈치 챘다. 그러고는 똑똑하게도 장인어른과 나 같은 사람에게 PR 회사의 중요성을 설득하기 위해서는 전혀 다른 방법으로 접근해야 한다는 걸 깨달았다.

어느 날 조는 자신의 새 상사와 우리 사무실을 찾아왔다. 그 새로운 상사는 이런 자리에 청바지 차림이 어울린다고 생각하는 여자였다. 그들이 보장하는 것과 그 전략에 대한 프레젠테이션을 진행하는 동안, 나는 조의 얼굴에 점차로 퍼지는 불편함을 보았다. 그들은 각자 맡은 부분을 발표하고 작별 인사를 한 뒤 떠났고, 나는 저 회사가 우리에게 적합할지 생각했다.

사실 프레젠테이션은 괜한 헛수고였다. 내가 함께 일하고 싶은 사람은 조였고, 그녀는 새로운 동료들을 껄끄러워하는 게 분명했다. 그래서 조는 그 어느 때보다도 현명한 일을 했다. 그 회사를 그만두고, 자기 회사를 차린 것이다.

그녀는 평생지기였던 니키 핸콕과 4,000파운드의 자본금만으로 소스 커뮤니케이션스를 차렸다. 그들은 아스날의 낡은 인쇄 공장 위층에 있는, 난방도 되지 않는 사무실로 이사했고, 우리 레스토랑의 PR을 맡아도 되겠냐고 물었다. 우리는 즉시 그녀에게 PR 업무를 맡기는 계약을 체결했다. 덕분에 조는 사업 초창기부터 매달 수익을 올릴 수 있었다.

좀 부끄러운 말이지만, 수수료를 협상할 때 우린 꽤 인색하게 굴었다. 그래도 조는 받아들였고, 오늘날까지 우리 사업의 총체적인 PR은 그후로 성장을 거듭하고 있는 소스 커뮤니케이션스가 맡아 하고 있다.

사업을 막 시작했을 때 그들의 책상은 이케아 중고품이었고, 사무실 난방은 각자 푸파 점퍼를 입는 것으로 대신했다. 그들은 《가디언》지에 첫 직원을 뽑는 조그만 광고를 냈고, 600통의 이력서를 받았다. 그때 뽑힌 직원인 에이미는 아직까지 그곳에서 일하며 만만치 않은 3인자가 되었고, 고든 램지 앳 클라리지스의 쉐프인 마크 사전트와 결혼했다.

이제 소스 커뮤니케이션스는 창립 6주년을 맞았고, 직원도 15명으로 늘어났다. 그들은 레스토랑 PR 업계에서 가장 성공했으며, 최근에는 음식과 음료 부문까지 영역을 확장했다.

나는 그들이 성공하리라고 확신한다. 그들에 대한 내 신뢰가 대단하다 보니, 2년 전 고든 램지 홀딩스는 소스 커뮤니케이션의 지분 10퍼센트를 매입했다. 우리는 기꺼이 더 많은 지분을 사고 싶었지만, 조와 니키는 10퍼센트 이상은 허락하지 않았다.

조가 우리를 위해 해주었던 몇몇 일들은 획기적인 사건이 되었다. A. A. 질이 미국 여배우 조앤 콜린스를 데리고 로열 호스피털 로드에 왔을 때 내가 그들을 쫓아냈던 사건(A. A. 질은 《선데이 타임스》의 칼럼니스트로 고든 램지에 대해 훌륭한 요리사지만, 인간은 2류라고 평한 적이 있다-옮긴이), 페트뤼스에서 은행가들이 와인에 4만 4,000파운드를 써버린 사건, 메이즈에 100파운드짜리 하얀 트뤼플 피자가 등장한 사건, AA의 CEO가 페트뤼스의 등급을 별 다섯 개에서 별 네 개로 강등시켜(나중에는 취소되었지만) 우리가 분노했던 사건, 이 모든 사건들은 어느 PR 회사라도 휘청거리게 만들 만한 일들이다.

하지만 조 반스에게는 어림없다. 그녀는 이 사건을 다룬 기사들의 잘못된 부분을 바로잡았고, 정정 기사가 실렸다.

레스토랑을 마케팅하는 그녀의 언론 전략은 각 레스토랑의 쉐프들이 각자 주체성을 지키도록 하는 것이다. 그들은 고든 램지라는 나무에서 뻗어 나온 가지들이며, 소스 커뮤니케이션스는 그들 모두가 대중에게 알려지도록 열심히 노력했다.

안젤라 하트넷이 코노트를 오픈했을 때는 두 명의 카메라 기자들이 그녀를 담기 위해 따라다녔고, 그녀의 이야기는 BBC의 〈트러블 앳 더 톱(Trouble at the Top)〉에 소개되었다. 안젤라는 스튜어트 질리스, 제이슨 애서턴, 마커스 웨어링과 함께 언론의 잦은 노출을 즐겼고, 방송 출연과 책 계약이 잇따랐다.

이는 고든 램지라는 브랜드가 다른 쉐프들의 이름을 희석시키지 않은 채 세워졌다는 의미를 일깨워준 매우 똑똑한 전략이었고, 우리 직원들은 내가 100개의 주방에서 동시에 요리하는 척해야 할 필요가 없었다.

조가 그토록 독보적인 성공을 거둔 이유는 뭘까? 그건 단순히 성공해야겠다는 의지와 결단력, 끈기만으로는 불가능하다. 이는 기본 요소에 불과하다. 조를 마케팅의 귀재로 만든 것은 고객의 브랜드가 요구하는 바를 정확히 이해한 데 있다. 설사 고객은 그게 무엇인지 깨닫지 못했을지라도 말이다. 그녀는 유머 감각, 진지함, 자신의 회사와 우리 회사에 대한 열정으로 똘똘 뭉쳐 있다.

물론 나는 그녀가 절망감에 눈물 흘리는 것도 보았고, 일을 성사시키기 위해 시련을 겪는 것도 보았다. 어쨌든 그녀는 그 모든 것을 뛰어넘었다.

린디와 길리언, 불굴의 여인들

조는 내게 또 한 명의 놀라운 불굴의 의지를 가진 여인인 린디 레딩을 연상시킨다. 나는 그녀가 일하던 회사인 앱솔루트 테이스트를 통해 그녀를 알게 되었다. 앱솔루트 테이스트는 세계 정상의 카 레이스인 포뮬러 원의 피트 레인(달리던 경주차가 정비, 급유 등을 위해 드나들 수 있도록 만든 통행로-옮긴이)에서 출발한 이벤트 기획 회사이다.

맥클라렌 팀의 회장인 론 데니스는 중요한 광고주에게 음식을 제공하는 일을 맡은 린디를 보게 되었다. 대회가 끝나자, 론은 린디에게 맥

클라렌을 위해 일해 달라고 설득했고, 그녀가 설립한 케이터링 회사는 맥클라렌과 제휴하게 되었다. 그리하여 린디는 쉐프에서 비즈니스 우먼으로 변신했다. 린디는 에너지가 넘치고, 엄청나게 열정적이며, 나는 우리 두 회사가 점차로 많은 일을 벌일 때마다 흡족하다.

조와 마찬가지로 린디 역시 앞에 나서지 않고, 언제나 일을 잘 해내는 데만 관심이 있다. 그것이 내 마흔 번째 생일 축하 파티를 기획하는 일이건, 개인 항공사에 호사스러운 식사를 제공하는 일이건 간에 말이다. 그녀는 사회가 여성들이 계획한 바를 이루지 못하도록 막기 위해 세워둔 장벽을 그냥 깨부수는 여자이다.

2002년 우리는 매해 페트뤼스의 주방에서 실시되는 장학금 시상식의 대학 부문 결승전을 준비하고 있었다. 이 대회에는 영국에서 쉐프로 일하고 있는 모든 젊은이들이 참가할 수 있다. 각 지역별 요리 콘테스트로 이어지는 다양한 시험을 거쳐 마침내 최종 결승전을 치르고, 올해의 가장 훌륭한 인재에게는 고든 램지 장학금이 수여된다. 이미 직업 전선에 뛰어든 쉐프들 외에 대학에 재학 중인 학생들도 참가할 수 있는데, 그들은 특별 그룹으로 분류되고 승자는 다른 지역의 승자와 경쟁할 수 있는 와일드카드를 얻게 된다. 큰 규모의 잼버리 대회지만, 다만 빌어먹게 힘들 뿐이다.

우리는 시험 감독관으로 일할 젊은 여자 한 명을 뽑았다. 그녀의 이름은 길리언 톰슨이었다. 저녁 시간이 끝나가자, 다들 프레젠테이션을 위해 위층으로 올라갔다. 장인어른은 언제나 다른 사람과 반대로 행동했고, 그래서 이번에도 혼자 아래층으로 내려갔다. 그리고 거기서 설거지를 하고 부엌을 청소하던 길리언 톰슨을 발견했다.

장인어른은 길리언에게 대체 여기서 뭘 하냐고 물었다. 부엌에는 그런 일을 맡은 일꾼들이 따로 있는데 왜 위층에 올라가서 파티를 즐기지 않는단 말인가? 우리는 일의 화려한 면에는 관심이 없고 그저 일을 제대로 해내는 데만 관심이 있는, 23세의 미래의 스타를 만나게 된 것이다.

그로부터 2~3일 후, 우리는 그녀에게 일자리를 제안했다. 그게 무슨 일이었는지는 중요치 않다. 우리는 그저 그녀를 붙잡고 싶었다.

길리언의 위대한 재능은 스스로 무엇이 필요한지 대략적으로 파악해 그걸 처리한다는 것이다. 당시 우리는 막 고든 램지 앳 클라리지스를 오픈한 상태였고, 몇 달간의 계획 세우기, 직원 교육시키기, 물품구매와 죽어라 일하는 과정을 거치고 나니 썩 괜찮은 레스토랑이 탄생했다. 뿐만 아니라 앞으로 일할 체계도 잡을 수 있었다.

이는 훗날 코노트, 사보이 그릴, 박스우드, 버클리로 이전한 페트뤼스, 메이즈와 뉴욕에서 시작해 지구촌으로 뻗어나간 지점들을 오픈할 때 길리언이 사용해야 할 체계였다. 매번 그녀는 그 체계를 약간씩 조정했고, 각 지점마다 고려해야 할 특별 사항들이 조금씩 다르다는 걸 깨달았다.

오프닝은 오프닝일 뿐이다. 화려한 런칭 파티가 끝나고 나면, 그 다음에는 레스토랑 운영이라는 진지한 사업에 착수해야 한다. 시간이 흐르며 길리언은 어느 누구에게도 뒤지지 않는 경영팀을 만들어냈다. 그녀는 전혀 거부감이 들지 않는 방식으로 회사의 모든 일에 참여했고, 빨리 배웠으며, 그것을 자신의 영역에 더해갔다.

한번은 장인어른이 매년 있는 보험 갱신을 위해 길리언을 데리고 브로커를 만나러 갔다. 각 레스토랑의 보험 정책을 검토하는 시간이었다. 우리 사업의 프로필은 해마다 변화하고 있고, 그 변화를 재평가해야 했다. 장인어른과 브로커가 두 시간 넘게 열심히 토론하며 회의를 끝내려 하자, 길리언이 왜 예전의 페트뤼스 자리에 새로 생긴 레스토랑인 '플러(Fleur)'에 대한 보험 조항은 없냐고 물었다. 기묘한 침묵이 흐르다가 두 사람은 깜빡 잊었다는 걸 인정할 수밖에 없었다. 그 다음 해부터 사업 보험 갱신은 길리언이 맡아 처리했다.

길리언은 스물아홉 살이고, 회사 경영의 핵심적인 부분을 맡고 있다. 그녀는 자신의 팀을 만들었고, 거기 속한 팀원들은 각기 다른 활동을 책임지고 있다. 그녀는 내가 좀더 많은 이익을 낼 수 있도록 날 대신해 뛰어주는 사람이다. 장인어른은 내게 사업을 하면서 길리언 같은 사람을 세 명만 거느릴 수 있다면 운이 억세게 좋은 거라고, 그러니 절대 그녀를 놓치지 말라고 했다.

그녀는 사업가 체질은 아니다. 단지 정해진 일과와 규율을 알고, 일을 제대로 해내지 못하는 불쌍한 머저리들에게 계속 압력을 가한다. 새로운 직원이 들어오면, 나는 그들이 길리언을 끔찍하게 싫어하는 일부터 시작하게 될 거라고 설명한다.

그녀는 어미 닭이 아니라 한 마리의 매가 되어 당신을 지켜볼 것이다. 그러나 일단 그녀의 신임을 얻으면, 그녀도 감시의 눈길을 거두고 부드러워진다. 그녀와 일했던 사람치고 그녀를 미워하는 사람은 한 명도 없다. 그리고 다들 그녀의 일하는 방식이 옳다는 걸 받아들이게 된다. 길리언의 부하 직원이 된다면, 그녀가 '나약함'이라는 놈을 쫓아내줄 것이다.

나는 그녀가 호텔의 우유부단한 총지배인들을 어떻게 다루는지 두세 번 본 적이 있었는데, 그녀는 정말 상대를 극도로 두려움에 떨도록 만들 수 있다. 이건 절대 과장이 아니다.

초창기에 장인어른과 나는 길리언이 정말 특별한 사람이라는 걸 깨닫고, 그녀에게 저녁을 대접하기로 했다. 왜 그랬는지는 모르겠지만 우리는 반즈(부유층이 사는 런던 교외-옮긴이)까지 나가서 그곳에 있는 이탈리안 레스토랑 '리바(Riva)'에 갔다.

나는 메뉴판을 보는 길리언을 바라보며 그녀가 뭘 먹고 싶어 할지, 우리는 뭘 먹으면 좋을지 고민했다. 우리는 그녀에게 하고 싶은 말이 있었다. 그녀가 회사에서 아주 잘해 주고 있으며 그녀에게 큰 기대를 걸고 있지만, 그녀의 성격 중 거친 모서리는 좀 다듬어주었으면 좋겠다는 말이었다. 젠장. 그런 말을 하는 건 위험한 급류 속에서 수영하는 것만큼이나 힘든 일이었다.

길리언은 의자에 등을 기댄 채 우리의 충고를 기꺼이 받아들였다. 닭고기로 만든 프리카세를 계속 먹으며, 우리가 요구하는 성격 개조에 동의한다는 듯 고개를 끄덕였다.

물론 길리언은 그 이후로도 전혀 바뀌지 않았다. 그럴 필요가 없었다. 그녀는 성격이 드센 스코틀랜드인이고, 절대 날 속이지 않는다. 하지만 그녀의 할아버지나 장애인인 삼촌 이야기가 나오기만 하면, 갑자기 콘택트렌즈를 다시 끼고 와야겠다며 나가버린다. 난 3년 전에서야 그녀가 콘택트렌즈를 끼지 않는다는 걸 알았다. 남자들은 가끔씩 멍청하다. 그 사실을 잊어서는 안 된다.

이상하게도 우리 회사에는 어느 부서든 여직원들이 빠지지 않는다. 주방에도 정말로 실력 있는 여성 인재들이 있고, 사무실 직원의 80퍼센트가 여자인 것 같다. 내 어리석은 발언이 신문에 실리기는 했어도, 나로서는 여자들과 일하는 게 조금도 문제되지 않는다. 출산 휴가도 흔한 일이 되어버렸다. 그래도 남자 직원이 출산 휴가를 요구한다면, 익숙해질 때까지 시간이 좀 걸릴 것 같다.

14

웰컴 투 마이 홈

집안일을 다룰 때는 직장에서와 똑같은 규칙이 필요하다.
하지만 명심하라.
인부들은 다른 행성에서 온 사람들이다.

차 대신
집으로 눈을 돌리다

갑자기 돈을 벌기 시작했을 때 사람들이 제일 먼저 사는 게 뭘까? 아마도 자동차일 것이다. 차를 살 때 유일한 필요조건은 그것이 지금 가진 차와 다르기만 하면 된다는 것이다.

다시 말해 새것이고, 빠르고, 크고, 사람들에게 사업이 잘되고 있다는 걸 알릴 수 있는 거라면 뭐든지 좋다. 차를 타고 다니는 건 곧 선언이다. 이는 당신이 목표를 이루었다는 뜻이고, 세상 사람들에게 성공을 떠들고 다니기에 멋진 차만큼 좋은 건 없다.

그러나 차를 산다는 건 단지 대중들에게 선언하기 위해서만은 아니다. 당신을 바라보는 모든 사람에게 한껏 뽐내는 바보짓보다 훨씬 좋은 건 차를 몰 때의 강렬한 짜릿함이다.

자동차 판매상들은 고객에게 차를 소개해 주고, '결혼식'을 주관하며, 서류에 적힌 여섯 개의 서명이 결혼식의 증인이 된다.

진짜 유혹은 결혼식이 끝난 후부터 시작된다. 가죽 의자의 냄새는 보닛 밑에서 들리는 V12 소리만큼이나 날 미치도록 흥분시킨다. 차와의 즐거운 섹스는 발이 페달을 밟는 순간부터, 우리가 명령하는 그대로 이루어진다.

새로운 파트너에게서 들리는 쾌감의 가르릉 소리는 우리를 더욱 열정적으로 만들며, 연료는 새하얗게 달궈진 동력실의 깊은 곳 어딘가에서 폭발한다.

그러나 이 쇠붙이와의 결혼에서 나는 정절을 지키는 데 약하다. 육체적 쾌감이 크다 보니 언제나 더 빠르고, 더 만족스러운 차가 곧 나올 거라고 생각한다.

이는 너무도 어리석으며 강박적이고, 돈도 많이 든다. 나도 안다. 나는 차를 사서 한동안 타고 다니다가 새 차로 교체했고, 그럴 때마다 금전적인 손해를 봤다. 갑자기 차의 가치가 떨어져서 '동의 변제'라는 기묘한 구절을 들먹이는 직원에게 변상했기 때문이다.

그런데 뭔가가 아주 짜증나기 시작했다. 내 사업은 잘되고 있고, 나는 많은 명성을 얻었다. 그런데 내가 진정으로 가진 건 무엇인가? 돈은 들어오는 족족 다시 나갔다. 쓸데없는 물건에 사용되는 게 아니라 (음, 차는 제외하고), 모두 사업에 다시 쓰였다.

사업이 확장됨에 따라 레스토랑들이 새로운 자본을 왕성하게 끌어들였는데도 우리는 여전히 전셋집에 살고 있었다. 부동산은 조금도 늘어나지 않았다.

우리는 첫 아파트를 샀다가 팔아버렸다. 레스토랑은 늘어나고, 분명 이윤을 올리고 있었는데도 그 이윤은 모조리 회사 금고로 직행했다.

나는 그 사실에 화가 났고, 장인어른에게도 슬슬 화가 나기 시작했다. 일이 이렇게 된 건 모두 장인어른의 책임인 것 같았다. 장인어른은 이미 메이페어에 아파트와 건물을 가지고 있었다. 그런데 나는 이렇게 죽어라 일하는데도 아직 다른 사람의 집에 살고 있다!

우리는 이야기를 나눴고, 장인어른은 내가 무엇 때문에 화가 나 있는지 알고 있었다. 그렇지만 나 역시 장인어른의 말이 옳다는 걸 알고 있었다.

사업이 우선이고, 게다가 사업은 아직 초창기였다. 우리 회사는 자기 자본으로 운영되고 있었으며, 은행에 진 빚은 거의 없었다. 그런데도 나는 만족스럽지 않았고, 바꾸고 싶었다. 당시에는 집을 찾으러 다니고, 구입하고, 보수하는 일이 레스토랑을 운영하는 것만큼이나 많은 땀과 상상력을 요구하며 세부적인 것에까지 신경을 써야 한다는 걸 전혀 몰랐다.

집을 사는 것처럼 뭔가 하겠다고 마음을 정했으면 재빨리 행동으로 옮겨야 한다. 그리고 인생사가 늘 그렇듯이 갑자기 좋은 기회가 우리 앞에 등장했다.

우리는 큰 집이 필요했다. 아이들이 뛰놀 수 있는 큰 정원이 필요했고, 내 차들을 보관할 차고도 필요했다. 또한 우리가 무슨 일을 하고 있으며 어떤 수준으로 사는지 사람들에게 보여줄 필요도 있었다. 그리하여 완즈워스(템스 강 남쪽에 있는 런던의 자치구-옮긴이) 한복판에 있는 거대한 저택을 찾아냈다.

지은 지 100년이 된 그 건물은 최근 30년간 네 가구가 살며 연립주택으로 이용되었다. 각 가구는 독립적으로 생활할 수 있도록 모든 설비가 갖춰져 있었고, 이 건물이 아주 오랫동안 보수된 적이 없다는 건 누구라도 알 수 있었다.

타나는 에이전트에게 전화해 저택 밖에서 만나기로 약속을 잡았다. 나긋나긋한 목소리의 한 슬론 족이 미니 쿠퍼를 타고 나왔다. 그녀는 자신의 고귀한 '혈통'이 이 저택의 가격을 몇천 파운드는 더 높일 거라고 확신하고 있었다.

타나는 그 여자와 함께 집집마다 돌아보며 세입자들이 어떻게 사는지 살펴봤다. 건물 안에는 쓰레기로 넘쳐나는 쓰레기통, 고양이들, 정돈되지 않은 침대가 있었고, 희석된 썩은 오줌내가 진동했다. 벽지는 종이가 벗겨지고 있었고, 굽도리는 암갈색으로 칠해졌으며, 천장에는 알전구들이 달려 있었다. 세입자들이 공동으로 사용하는 정원은 넓고 길었지만, 오랫동안 잔디를 깎지 않은 것 같았다. 설상가상으로 현재 그 정원은 고장 난 냉장고, 유모차 두 개, 더럽고 썩은 온갖 종류의 소파들이 버려진 쓰레기장이 되어 있었다.

그 무렵에는 마침 해가 져서 주위가 점점 어두워지고 있었고, 거의 하루 종일 비가 왔으며, 나뭇가지에서는 낙엽이 떨어진 지 오래였다. 축축하고 을씨년스러운 11월의 오후, 타나는 이 저택이 우리 가족을 위한 집이라는 걸 확신했고 내게 보러 오라고 전화했다.

우리는 종이가 벗겨지는 벽지와 고양이 오줌 너머를 볼 줄 아는 대단히 뛰어난 능력을 가지고 있다. 우리는 이 저택이 우리가 필요로 하는 모든 것(넓은 공간, 잠재성)을 가지고 있다는 걸 단번에 알았다. 우리 외에 이 집을 원하는 사람은 아무도 없을 것이다. 그건 우리만의 착각이었지만. 이 슬론 족 아가씨는 우리가 집을 원할 경우에 직면해야 하는 장애물을 설치해 두었던 것이다.

우리는 그녀에게 이 집을 사고 싶으니 당장 계약을 추진하자고 말했다. 내가 주방에서 배운 것 한 가지는 뭔가 해야 할 일이 있으면, 주위에 그 일을 할 수 있는 사람이 있는지 확인해야 한다는 것이다. 본인이 그 일을 할 수 없다면, 그 일을 할 수 있는 사람을 찾아내야 한다.

그래서 타나는 장인어른에게 전화했다. 이 집이 우리를 위한 집이고, 무슨 수를 써서든 사야 한다고 설득하기 위해서였다. 그래서 한 시간만 짬을 내서 뭘 좀 봐줄 수 있겠냐고 물었다. 장인어른은 이번에도 우리가 차를 사려고 하는 줄 알았지만, 딸의 부탁이었기에 완즈워스까지 가겠노라고 했다.

"빌어먹을 완즈워스가 대체 어디 붙어 있는 동네냐?"

가끔씩 장인어른은 짜증날 만큼 옹졸해진다.

"아빠, 그냥 차에 올라타서 풀햄 남쪽으로 내려오세요. 한 시간 뒤에도 사무실은 그 자리에 그대로 있을 거라고요."

장인어른은 어리둥절한 표정으로 도착했고, 타나는 집을 안내했다.

타나가 아직 떡잎 단계인 우리의 계획을 설명하는 동안, 두 사람은 집 안과 고양이, 배설물들 사이를 돌아다녔다. 아내는 장인어른이 관심을 보인다는 걸 알 수 있었지만, 도시의 쓰레기장으로 변해버린 정원에 들어갈 때까지 비장의 무기는 숨겨두었다. 그 정원 끝에는 긴 벽이 있고, 거기에는 문이 있었다.

타나는 문을 열고, 가장 놀라운 비밀의 정원을 공개했다. 그곳은 총 18에이커로 10명의 이웃 저택들과 함께 사용하는, 사방에 담이 둘러진 공동 정원이었다. 조깅 트랙, 테니스 코트, 아름다운 숲, 그늘진 구석과 3미터 높이의 나무들이 있었다. 런던에 이런 곳이 있다는 게 믿어지지 않았다. 하지만 사실이었다.

이제 공은 장인어른에게 던져졌고, 장인어른은 자신을 바라보는 일행들이 뭔가 강한 반응을 기대하고 있다는 걸 알아챘다. 장인어른이 할 일은 그저 터치라인을 향해 달려가는 것이다.

"얼마냐?"

잠시 침묵이 흘렀다. 의미심장한 침묵이라기보다는 충동 구매한 부츠의 반응을 기다리는 침묵에 더 가까웠다. 타나는 이 집에 관심 있는 사람들이 생각보다 많은 것 같다고 설명했다. 사실 너무도 관심이 많아 네 가구의 세입자들을 대표하는 에이전트는 이 집을 입찰에 내놓았다.

다시 말해 우리가 알 수 있는 건 권장 가격뿐이고, 그 다음에는 가격을 정해 입찰해야 한다. 가장 높은 가격을 써낸 사람이 집을 갖게 되고, 에이전트를 제외하고는 누구도 다른 입찰자가 어떤 가격을 써냈는지 알 수 없다. 권장 가격은 무려 275만 파운드였다.

나는 내가 지게 될 엄청난 빚을 생각했다. 1파운드 동전으로 275만 파운드를 일렬로 세워놓는다면 65미터가 될 것이다. 장인어른이 알아야 할 또다른 사실은 입찰 마감은 다음 주 화요일이고, 오늘은 목요일이라는 것이다. 그러니 서둘러야 했다.

장인어른의 좋은 점은 일단 뭔가를 하겠다고 마음먹으면 즉시 행동에 옮긴다는 것이다.

"정말로 이 집을 사고 싶은 거냐?"

장인어른의 질문에 우리는 자동차 선반 위에 놓인 플라스틱 강아지 인형처럼 고개를 끄덕였다.

"그렇다면 입찰가를 285만 10파운드로 해라."

그것은 권장 가격보다 10만 파운드 높은 가격이었고, 누군가 똑같은 가격을 써낼 경우를 대비해 10파운드를 추가했다. 다음 단계는 은행에 전화하는 것이다. 성질이 불같은 스코틀랜드인인 아이언 스튜어트가 로열 호스피털 로드를 오픈하도록 도와준 이래로, 우리는 계속 그와 함께 일했다. 아이언이 뱅크 오브 스코틀랜드에서 좀 덜 알려진 싱어&프렌드랜더라는 사립 은행의 지점장으로 가면서 우리도 거래 은행을 바꾸었다.

장인어른은 아이언에게 우리가 입찰할 경우, 275만 파운드를 대출받을 수 있는지 물었다. 아이언은 그 건물을 고치는 데 돈을 얼마나 쓸 예정이며, 그 돈은 어디서 구할 건지 물었다. 장인어른은 10만 파운드 정도 들 것 같다고 했고, 그 돈은 이미 은행에 있다고 말했다.

아싸. 아이언은 당장 긴급대출위원회를 소집하러 달려갔다. 그에게 이건 좋은 장사가 될 수 있었고, 그는 이것이 은행에 이득이 될 일이라는 걸 알고 있었다.

다음 날 우리는 은행으로부터 대출 승낙을 받았고, 장인어른이 말한 가격으로 입찰했다. 이제는 이틀간 기다리며 결과를 지켜봐야 했다. 결과를 기다리는 일은 쉽지 않았다.

입찰에 성공한다면 우리는 들어가 살 수도 없고, 전혀 돈이 되지 않는 집과 65미터로 늘어선 빚더미를 안게 된다. 실패한다면 적어도 은행이 내게 엄청난 금액을 빌려줄 준비가 되어 있다는 사실을 확인한 셈이다.

타나는 화요일 아침 10시에 그 슬론 족 아가씨에게 전화했지만, 오늘은 그녀가 쉬는 날이라는 대답만 들었다. 정말 열심히 일하는 아가씨 아닌가? 잠시 후, 그 아가씨의 상사가 전화해 오후 4시쯤에는 결과를 알 수 있을 거라고 말했다. 그래서 우리는 기다렸다.

마침내 전화가 왔고, 그 집이 우리에게 낙찰되었으며 계약서만 작성되면 그 집은 우리 소유라고 했다. 나는 너무나 기쁜 동시에 무서워 죽을 지경이었다. 입찰에 참여해 본 사람이라면 내 심정을 알 것이다. 혹시 우리가 가격을 지나치게 높이 적어내지는 않았나? 아니면 우리의 바람대로 딱 필요한 가격만큼을 적어냈을까?

어쩌면 10파운드만 더 많이 냈어도 충분했을지 모른다. 우리로서는 그 해답을 영원히 모를 테고, 이제 중요한 건 이 집이 우리에게 적합한가 하는 것이다.

그후로 며칠간 서명해야 할 서류들이 쌓여갔고, 난 첫 번째 충격을 받게 된다. 이 집은 285만 10파운드에 팔렸는데 정부에서 추가로 4퍼센트를 요구한 것이다. 이 얼마나 빌어먹게 뻔뻔스러운 짓인가. 나는 아무 이유 없이 정부가 그 돈을 낭비할 수 있도록 11만 4,000파운드를 내야 했다. 그 집을 사면서 이미 40퍼센트의 세금을 물었는데도 그것만으로는 충분하지 않았나 보다.

그 다음으로는 인지세를 내야 했고, 부가세 중에 얼마나 돌려받게 될지는 신만이 아실 것이다. 이래서 진짜 부자들이 모나코로 도망가는 거다.

레스토랑 공사보다 어려운 우리 집 복구 프로젝트

계약이 끝날 무렵, 우리는 그 집으로 인부들을 보냈다. 일당 120파운드를 받는 폴란드 일꾼들로 구성된 군대와 감독관은 수십 년간 다른 사람들이 이곳에 살았던 지난 흔적을 제거하기 시작했다. 버려야 할 물건들을 집 밖으로 실어 나르는 수레는 빌 틈이 없었고, 마침내 건물은 모든 장식이 완전히 벗겨졌다.

방은 동굴처럼 텅 비었다. 마룻바닥까지 떼어내고 나니 갑자기 새로운 몸을 기다리는 4층짜리 해골만 남아 있었다.

이식이 시작되기 전에 나는 설계도를 그리고, 건축 신청서를 준비하고, 비용을 정하고, 프로젝트를 관리하는 전문가 집단들을 만나야 했다. 내가 어딘가에 창문을 내고 싶다고 하면, 그들은 그렇게 해주었다. 건축가, 견적사, 구조 공학자들이 다 함께 모였고, 나는 이 프로젝트의 통제권이 내 손에서 빠져나가는 걸 느꼈다.

장인어른이 이 집의 수리 비용에 쓸 거라고 말했던 10만 파운드에는 0이 하나 더 붙었다. 우리가 하는 일이 잘 아는 분야가 아닐 때 그런 일이 생기는 법이다.

나는 그게 싫었다. 인부들마다 실력이 천차만별이라는 걸 이미 알고 있었기 때문이다. 더 나쁜 건 총책임자라는 사람이 소심하기 이를 데 없어서 타일이 똑바로 붙여지지 않은 걸 보고도 아무 말도 안 한다는 사실이다. 한 초짜가 그린 외벽의 렌더링이 완성되었을 때 나는 우리 식당의 패스트리 쉐프를 데려와도 그보다는 더 잘하겠다고 협박해야 했다.

이 집을 복구시키면서 나는 인생의 교훈을 얻게 되었다. 우리가 잘 아는 분야가 아닐지라도 모든 걸 '전문가'들에게만 맡겨두지 마라. 그들에게 잘난 자격증이 있을지는 몰라도, 그 자격증 어딘가에 '상식'이라는 단어도 새겨져 있을까?

십중팔구는 아닐 것이다. 그들은 그저 자신들이 받은 훈련과 앞선 지식이라면 어떤 배든 폭풍 속으로 내보낼 수 있다고 짐작할 뿐이다.

내게는 그 정도로는 어림없다. 당신이 상대하는 사람이 누군지 빨리

깨닫고 생각을 고쳐먹는 게 좋다. 수평적 사고 능력이 있다면 더욱 좋다. 그래서인지 미국과 소련 간의 우주 경쟁 이야기 가운데 내가 가장 좋아하는 일화는 미 항공우주국이 무중력 상태에서 잉크를 미는 추진력이 있는 볼펜을 만들려고 했던 이야기이다. 납세자들의 돈 수십억 원과 엄청난 자원을 쏟아 부은 끝에 마침내 미국은 그 볼펜을 만들어 내는 데 성공한다. 반면 러시아는 그 문제를 검토한 뒤, 그냥 연필을 쓰기로 결정했다.

그렇다고 해서 '전문가들'이 잘못되었다는 건 아니다. 내 말을 오해하지 말기를. 그들은 많은 프로젝트에서 중추적인 역할을 한다. 하지만 과연 내가 제대로 된 전문가를 고용했는지 확인해야 한다. 그들이 일을 잘 해내고 있다면, 계속 붙잡아둬라.

조금씩조금씩 일이 진행되기 시작했다. 내 눈에는 빌어먹을 짜증나는 문제들만 보였지만, 집은 점차 모습을 갖춰갔다. 그 과정은 1년이 넘게 걸렸고, 나는 느리지만 꾸준한 진전 상황을 살피기 위해 매주 현장을 방문했다.

타블로이드지에 우리 집 공사에 대한 이야기가 언급될 때마다 내게 온갖 편지가 산더미처럼 배달된다는 사실을 알고 나는 깜짝 놀랐다. 알루미늄 홈통에서부터 바에서 쓸 수 있는, 내 이름을 새겨 넣은 컵받침에 이르기까지 모든 분야에서 지원자가 나타났다.

2004년 8월, 우리는 그 저택에 들어가서 살 수 있었다. 이제 그곳은 집이었지만, 아늑한 가정이 되기 위해서는 3년이라는 시간이 더 필요했다. 내가 할 일은 그저 돈을 내는 것이다.

집 뒤에는 괴상한 콘크리트 벙커가 있었다. 그곳은 제거해야 할 목록에서 1순위를 차지하고 있었는데, 갑자기 그곳을 업소용 주방으로 만들면 좋겠다는 아이디어가 떠올랐다. 그곳에서 내 책과 텔레비전 프로그램에 관련된 사진을 찍고 촬영을 할 수 있을 것이다.

나는 계획 신청서를 제출했다. 찰스 황태자가 옛 친구의 얼굴에 붙은 끔찍한 부스럼이라고 말했을 법한(찰스 황태자는 현대식 건물을 가리켜 그렇게 비난한 적이 있다-옮긴이) 곳을 아름답게 고친다고 했으니 정부에서도 딴죽 걸 수 없었을 것이다. 찰스 황태자가 말한 옛 친구가 누군지는 아무도 모르지만, 어쨌거나 나는 순순히 허가를 받을 수 있었다.

주방 디자인은 현대적이어야 하며, 촬영을 위해 많은 빛이 필요하므로 거대한 온실처럼 지어져야 했다. 접근하기 쉽게 집과 이어져 있어야 하고, 석 달 안에 지어져야 한다.

나는 그곳을 레스토랑의 주방처럼 꾸미기 위해 가스레인지계의 롤스로이스에 해당하는, 크롬으로 도금된 아름다운 프랑스산 로그를 들여놓았다. 조리대는 섬처럼 주방 한가운데 놓여 어느 각도에서든 접근할 수 있었다.

동네 인테리어 회사에서 내부를 디자인했고, 갑자기 그곳은 벽에 매달린 주석 프라이팬들과 칼꽂이에서부터 만돌린에 이르기까지 상상할 수 있는 모든 도구로 가득 차게 되었다. 그야말로 꿈의 주방이었다. 나는 완성된 주방을 바라보며 이곳을 과연 쓰게 될 일이 있을지 의아해했다.

하지만 그곳은 내 생명의 은인이 되었다. 출판과 방송 분야에서 내가 뻗어나가기 위해 꼭 필요한 기지였다. 요리책에서는 사진이 큰 비중을 차지한다. 그런데 내게는 사진작가들이 제대로 사진을 찍기 위해 필요한 넓은 공간을 갖춘 주방이 있으니 아무 문제 없었다.

방송 프로그램 제작자들도 이 주방을 사용했고 거기다 정원까지 사용 범위를 넓혀, 정원에 채널 4의 〈F 워드〉에 필요한 칠면조와 돼지들을 직접 키우게 되었다.

결국 아무리 노력해도 집과 일을 완전히 분리하는 건 불가능하다. 집을 짓는 일이나 레스토랑을 경영하는 일은 둘 다 정신을 바짝 차리고 있어야 한다. 특히 인부들이 연루되어 있을 경우에는.

4부

꿈은 타협하지 않는다

뉴욕에서 현재와 같은 위치에 오르기까지 길고 힘겨운 싸움을 해왔다. 뉴욕에서의 사업이 성공할까? 성공하고말고. 피라니아 같은 언론은 날 어떻게든 먹어치우려 하고, 노조는 탐욕스러우며, 전반적으로 우리가 훌륭하다는 걸 인정하기 싫어하는 여론이 존재할지라도 말이다. 우리는 성공하기 위해서 미국에 왔다.

15

천신만고 끝에 뉴욕을 접수하다

가끔씩 당신이 원하는 것이
당신을 많이 힘들게 할 것이다.
고통을 감수할 만큼 자신이 그것을
간절히 원하는지를 분명히 하라.

완전히 낯선 곳에서 시험에 들다

내가 한 번이라도 뉴욕으로 진출하는 것에 대해 생각해 보고, 꿈꿔 보고, 집착해 본 적이 있냐고?

그거야 두말하면 입 아프지. 뉴욕이란 도시는 레스토랑 경영자들에게는 자석 같은 매력을 지니고 있다. 오죽했으면 우리 집 냉장고에 자석으로 된 자유의 여신상이 붙어 있을까.

나는 뉴욕에서 일을 하고 싶었고, 장인어른과 단골들도 내가 그러길 바랐다. 그들은 "뉴욕에도 식당을 오픈할 건가요?"라고 묻지 않고, "언제 뉴욕에 식당을 오픈할 건가요?"라고 물었다.

블랙스톤 역시 뉴욕에서 일을 벌이고 싶어 했다. 고향 사람들에게 마술봉을 휘두르는 능력을 증명해 보이고 싶었던 것이다. 그런 그들에게 맨해튼 한복판인 53번가와 7번가 사이에 세워진 56층짜리 낡은 리가 로열 호텔보다 완벽한 곳은 없었다.

블랙스톤에 있는 우리의 마법사 세리알은 그 호텔을 발견하고 완전히 흥분한 상태였고, 그도 나처럼 다른 사람과 기쁨을 나눠야 직성이 풀리는 성격이었다. 그것도 당장.

그리하여 블랙스톤 측에서 그 호텔을 매수하기로 결정한 지 10초 만에 그는 장인어른에게 전화해 콜럼버스의 범선이 출발한 이래로 신이 주신 가장 멋진 기회를 보러 우리 두 사람이 뉴욕에 오기를 바랐다. 정말로 흥분되는 일이었다. 그리하여 뒈지게 추운 2005년 겨울, 우리는 뉴욕으로 향했다.

우리는 정오에 도착해 콜럼버스 서클에 있는 만다린 오리엔탈 호텔에 여정을 풀었고, AOL 타임워너 센터 안에 있는 카페 그레이에서 간단히 점심을 먹으며 옛일을 회상했다.

이 거대한 쌍둥이 건물이 아직 설계 단계에 있던 1999년, 우리는 이곳의 개발업자들과 이 건물 안에 페트뤼스를 오픈하는 것에 대해 회의를 했다. 그러나 그들이 제시한 월세를 보고 그 계획을 철회하기로 했던 것이다.

지금 이곳을 둘러보니 옳은 결정이었다는 생각이 들었다. 밤이면 비행기 격납고처럼 보이는 건물 안에서 레스토랑을 운영하는 장 조지 봉게리슈탱이나 토머스 켈러 같은 사람들에게도 힘든 결정이었을 것이다. 두 사람 모두 연륜 있는 레스토랑 경영자들이다.

장 조지는 뉴욕 곳곳에서 식당을 영업하고 있고, 토마스 켈러는 미국 서부에서 프렌치 런드리로 큰 성공을 거둔 상태이다. 하지만 나로서는 다른 상점은 모두 문을 닫은 밤에 레스토랑 손님들이 에스컬레이터를 타고 3층이나 올라가려면 번거롭지 않을까 의문이다.

존 세리알은 리가에서 우리를 기다리고 있었다. 호텔 로비에 발을 들여놓으며 나는 이 남자가 대단한 몽상가라는 걸 다시 한 번 깨달았다. 그곳은 형편없었다. 처음에는 아파트로 지어졌던 이 건물은 9·11 사건이 터지기 직전에 호텔로 개조되었다.

이는 곧 이곳을 호텔로 바꿀 때 부족한 공간을 해결하기 위해 분명 상당히 절충했으리라는 의미였다. 아파트를 지을 때는 식료품 저장실이라든가, 청소도구를 보관할 곳, 투숙객들에게 서비스를 제공하기 위해 건물 깊숙한 곳에 자리 잡아야 할 주방 등을 고려하지 않기 때문이다. 게다가 호텔 바로 옆에 아비스 렌터카 가게가 있어서 호텔의 매력을 더욱 떨어뜨리고 있었다.

그걸로도 모자라 주방으로 내려가보니 지옥이 따로 없었다. 그곳은 말로 다 할 수 없을 정도로 불쾌했고, 콘크리트 뼈대만 남기고 내부를 완전히 들어내야 했다. 그러자면 엄청난 돈이 들 것이다. 그런데도 존 세리알은 투탕카멘의 은행 통장이라도 발견한 사람처럼 이 악몽 같은 곳을 칭송하고 있었다.

언제나처럼 블랙스톤이 호텔과 레스토랑 개조를 맡고, 주방 개조비는 우리가 담당해야 한다. 그러려면 최소한 200만 달러가 필요한데, 그것도 충분할지 확신할 수 없었다.

위층의 레스토랑도 별로 나을 게 없었다. 어둡고 음산하며, 전기 스위치가 어디 달려 있는지조차 찾을 수 없었다. 마침내 스위치를 찾아내 불을 켜봐도 달라지는 건 없었다. 너무나 참담했고, 이번에도 역시 모든 걸 부수고 깨끗한 백지에서 다시 시작해야 했다.

"난 모르겠어요, 세리알. 정말 괜찮을까요?"

나는 그렇게 말했지만, 세리알은 내 말에는 아랑곳하지 않았다.

"살다 보면 대담해져야 할 때가 있다네. 배짱을 가져, 고든. 배짱을 가지라고. 프랑스에 이런 말이 있지. Courage, mon ami.(힘을 내게, 친구.)"

우리는 존 세리알의 장밋빛 안경을 낀 채 호텔의 나머지 부분을 둘러보았다. 맨 꼭대기의 펜트하우스에서 바라본 역동적인 전망을 제외하고는 우리를 흥분시킬 만한 게 거의 없었다. 하지만(여기서는 매우 의미 있는 단어이다) 이곳은 맨해튼 한복판이다. 우리는 블랙스톤 사람들의 열정에 전염되어 함께 일하기로 했고, 어떻게 이 도시를 접수할 것인지에 대해 이야기했다.

다음 날 아침, 장인어른과 나는 일찍 일어나 반바지에 티셔츠를 입고 센트럴 파크 외곽을 따라 조깅했다. 다들 우리가 외계인이라도 되는 것처럼 바라보았고, 그제야 지금이 영하 2도이며 우리가 7월의 프랑스 남부에 있는 듯한 옷차림이라는 사실을 깨달았다. 너무도 흥분한 탓에 추위조차 느끼지 못한 것이다. 그게 바로 열정의 힘이다.

주방을 짓는 것은 우리 몫이고, 기존의 배설물 더미를 치우는 건 블랙스톤 몫이다. 그런데 그들이 그 일을 너무도 열심히 하는 바람에, 순식간에 타일이 다 뜯기고 에어컨의 배수관 끝이 잘리고 코노트를 지을 때를 연상시키는, 콘크리트 냄새가 풍기는 거대한 고층의 빈 공간만 남게 되었다.

주방 설계 디자이너와 납품업자를 찾는 건 생각만큼 쉽지 않았다. 우리는 미 항공우주국의 백수 기술자가 설계한 주방을 고든 램지에게 제공하려고 안달하는 사람들이 세상 어디에나 있을 거라고 착각했다. 게다가 우리가 아는 모든 주방 디자이너들은 캘리포니아에 있었다.

그런데 캘리포니아는 뉴욕에서 런던만큼이나 멀리 떨어져 있었다.

이는 그들의 조언이나 설계, 측량이 필요할 때마다 그들이 LA에서 날아와야 한다는 뜻이었다.

그래서 우리는 45개의 좌석이 있는 정식 레스토랑과 85개의 좌석이 있는 캐주얼한 분위기의 레스토랑, 560개의 객실을 책임질 룸서비스, 250명의 하객을 수용할 수 있는 연회장, 이 모든 곳의 음식을 담당할 수 있을 정도로 큰 주방을 설계하느라 서부에서 온 친구들과 바쁜 나날을 보냈다.

이는 지금까지 우리가 해본 일 중에 가장 큰 규모였다. 설계 단계에서부터 주방을 지을 회사, 그리고 주방과 관련된 모든 것들을 지을 또 다른 회사도 결정해야 했다. 잘린 배수관과 파이프를 들여다보며 어떻게든 이것이 작동하도록 만들어야 했다.

마침내 공사가 시작되었고, 우리는 바로 옆에서 진행되는 호텔 공사와 전쟁을 치렀다. 레스토랑이 지어지는 동안 객실도 지어졌고, 로비도 대대적인 수술에 들어갔다.

이 모든 게 동시에 진행됐으며, 그동안에도 호텔은 영업을 계속했다. 누군가 말했듯이, 블랙스톤은 절대 수입원을 차단하지 않는다. 손님과 직원들 모두에게 끔찍한 불편을 가져온다 할지라도.

뉴욕은 언제나 도전이 될 것이다. 아니, 좀더 정확히 말하면 그 무엇보다도 우리의 결심을 시험하는 기나긴 도전의 연속이 될 것이다. 일단 일을 추진하기로 결정하고 나면, 그 다음에는 물속에서 얼마나 오래 숨을 참느냐에 달려 있다.

가장 큰 문제는 언제나 사람

뉴욕에서 주방 공사가 진행되는 동안, 뉴욕의 레스토랑 시장을 잘 아는 사람에게 도움을 청하는 것 말곤 할 일이 없었다. 우리는 이곳에 도사리고 있는 위험을 말해 줄 사람이 필요했다. 노동법, 허가증, 노조, 주류 판매 허가증, 가격 매기기, 월급 수준, 외상 조건, 은행, 그밖에 우리가 신경 써야 할 100만 가지 정도의 문제들로 뒤엉킨 정글 속을 헤쳐 나가는 법을 설명해 줄 사람.

이는 곧 해결사들의 도움이 긴급하게 필요하다는 뜻이었다. 해결사들은 대부분 지겹도록 떠들어대는 부류들이다. 그들은 새 레스토랑인 '고든 램지 앳 더 런던'의 오프닝을 돕기 위해 영국에서부터 날아와 레스토랑에서 실컷 먹어댔다.

그후로 몇 달간, 그들은 모든 질문에 대한 대답을 알아낸 것처럼 행세하며 우리를 속였다. 그래서 우리는 뉴욕에서 식당을 경영하는 게 메릴리본 하이 스트리트에서 간이식당을 여는 것만큼이나 쉽다고 생각하게 되었다.

하지만 궁금한 사항에 대해 물어보면 그 자리에서 대답을 들은 적이 없었다. 모든 질문은 뉴욕식으로 '각색'되어야 했다. 따라서 해결사들에게 직원들의 월급 수준이나 보험료에 대해 물어보면, 그제야 알아보겠다고 나섰다. 그런 정보는 머릿속에 넣어두고 줄줄 꿰고 있다가 앵무새처럼 암송할 수 있어야 한단 말이다.

그걸로도 모자라 뉴욕 레스토랑을 총체적으로 책임질 사람, 즉 총지배인에게도 문제가 생겼다. 그는 완전 사기꾼으로, 자신이 노조와 협상하고, 최고의 인재들을 찾아내고, 직원들의 월급과 팁 시스템을 정하고, 우리를 대신해 식당을 운영해 주겠다고 호언장담했다. 알고 보니 그는 탁아소에서 콩 주머니도 제대로 치우지 못할 위인이었다.

잘못된 인재를 뽑는 건 재앙이다. 그리고 우리가 중대한 실수를 저질렀다는 걸 전혀 모르는 상태에서 이미 그 사실을 깨달은 주위 사람들에게 스스로가 얼간이라고 광고하고 다니는 꼴이다.

그뿐 아니라 잘못 뽑은 직원을 해고하고, 그 자리를 대신할 사람을 찾고, 새로 뽑은 직원을 일에 적응시키고, 그러한 과정 내내 인재를 알아보는 능력에 대한 자신감이 계속 바닥을 긴다는 점에서 사업에 대단히 큰 방해가 된다.

그것이 면접을 볼 때 짜증나는 점이다. 절대 그 사람의 실체를 볼 수 없으니까. 우리가 볼 수 있는 건 마분지로 만들어진 실물 크기의 인형일 뿐이다. 금이 간 곳은 조심스럽게 이어 붙이고, 상황에 맞는 사운드트랙을 깔고, 우리가 듣고 싶어 할 쓰레기 같은 소리만 잔뜩 늘어놓는 인형 말이다.

"총지배인, 직원의 배신 행위는 어떻게 처리할 겁니까?"

"매우 단호한 입장을 취해 당장 진상을 규명할 겁니다. 어떻게 된 일인지 알아낼 때까지 적절한 경로로 질문할 것입니다. 부하 직원을 믿을 수 있느냐, 없느냐 하는 것은 매우 중요한 문제입니다. 그리고 이미 초기 단계부터 부적절한 행동이 드러날 수 있게 여러 가지로 테스트를 할 것입니다."

그러나 이건 완전히 헛소리였다. 우리는 총지배인이 타인과 대립하는 걸 싫어한다는 사실을 곧 깨달았다. 높은 자리일수록 처음부터 제대로 된 사람을 뽑는 게 중요하다. 대기업도 분명 사람을 잘못 뽑을 것이다. 하지만 며칠씩 계속되는 대기업의 인터뷰 과정을 듣고 있노라면, 역시 인재를 뽑는 최고의 방법은 이미 다른 곳에서 일하고 있는 사람들을 잘 관찰하다가 더 나은 연봉을 제안해서 낚아채는 것이다. 그래도 친구들에게는 이 방법을 쓰면 안 된다. 그랬다가는 2분 만에 주위에 아무도 남지 않게 될 것이다.

인재 등용이 우리의 성공과 실패를 결정짓는 열쇠라는 사실은 계란이 계란인 것만큼이나 명백하다. 연 날릴 사람을 잘못 뽑으면 아무리 바람이 세게 불어도 연은 절대 하늘을 날지 못한다.

그리하여 장인어른은 그를 가차 없이 잘라버렸다. 장인어른은 부당하게도 사형집행관 혹은 저승사자라는 명성을 얻었고, 따라서 장인어른이 갑자기 레스토랑에 등장하면, 이번엔 또 누구 목이 날아갈지 모두들 궁금해했다. 장인어른도 그런 일을 하는 걸 싫어했지만, 필요하다면 기꺼이 욕을 먹을 것이다.

뉴욕에서 우리에게 낯설었던 것 한 가지는 노조에 관한 것이다. 그게 아무리 어렵고 힘들지라도 더 이상 마피아를 상대할 필요가 없다는 사실이 큰 위안이 된다.

그런 점에서는 뉴욕의 마피아 조직을 소탕했던 전 뉴욕 시장 루디 줄리아니에게 감사해야 할지 모른다. 지금의 마피아들은 다른 사업으로 생계를 유지하고 있을 것이다. 살다 보면 직업을 바꾸는 일도 생기는 법이다. 누가 알겠는가?

나는 마피아들이 각 레스토랑에 어떤 빨래방을 쓸지 정해주었다는 이야기들을 들으면 겁에 질리곤 했다. 테이블보가 깨끗하게 세탁되지 않을까 봐서가 아니다. 혹시라도 매상이 떨어진다거나 냅킨이 사라지기라도 하면 누구 신세가 가장 고달파지겠는가? 빌어먹을. 영화 〈대부〉를 생각하자 갑자기 소름이 끼쳤다. 물론 영화일 뿐이지만, 어쨌거나 생선과 함께 처박혀 잠들게 될 사람은 내가 아니다. 그건 확실하다.

대부분의 노사 협상은 블랙스톤 측이 처리했지만, 우리는 직원 월급으로 엄청난 비용이 나간다는 걸 깨닫기 시작했다. 월급이 많아서가 아니라, 24시간 운영되어야 하는데 하루에 7시간 30분 이상 일하지 못하는 직원들로 꾸려가야 하다 보니 직원 수가 늘어났기 때문이다. 장인어른은 뉴욕에서 가장 강력한 노동조합 가운데 하나로 우리를 도와주게 된 로컬 식스의 두목을 만나러 갔다.

제일 좋은 양복과 넥타이를 차려입고, 구두코까지 반질반질하게 닦은 장인어른을 기다리고 있던 건 머리부터 발끝까지 완벽한 옷차림을 한 남자였다. 혹시라도 트럭에 치여 병원에 실려 갈 경우, 또는 운이 좋아 여자라도 낚을 경우를 대비해 양말과 팬티 색깔까지 맞춰 입고 다닐 듯한 남자였다.

매끈한 바지에는 칼날 같은 주름이 잡혀 있었고, 넥타이는 한 치의 오차도 없이 반듯했으며, 손목에는 빅벤만 한 롤렉스 시계가 빛나고 있었다. 그 남자 옆에서 있으니 한낱 부랑자가 된 기분이었다고 장인어른은 말했다.

노조 사무실이 있는 건물은 낡고 지저분했다. 그러나 장인어른이 덩치 큰 남자들의 호위를 받으며 사무실 전용 엘리베이터를 타고 5층으로 올라가자, 그곳에 노조 왕국이 펼쳐졌다. 텍사스 주 크기만 한 노조 두목의 책상은 그의 가족, 친구들, 주지사, 상원의원과 함께 공식 석상에서 찍은 100만 개쯤 되는 사진들로 뒤덮여 있었다. 어딘가에 교황과 함께 찍은 사진도 있을 것이다. 외교적인 방문이었는데도 장인어른은 운전대를 잡은 사람은 자신이 아니라는 걸 단번에 알 수 있었다.

몇 달 후, 우리는 영업을 시작했다. 주방은 웅웅거리고 호텔 전체가 요란하게 쿵쾅거리는데, 나는 그냥 주방 안을 걸어다니고 있었다. 그때 룸서비스 전화가 울렸다. 나는 전화를 물끄러미 바라보았다. 장인어른이나 내가 우리 소유의 레스토랑이자 사업체, 회사, 영역의 일부인 주방에서 그 전화를 받았다가는 15명의 룸서비스 담당 직원들이 회사를 그만둘 것이다. 내가 일을 빼앗았다는 구실로 말이다.

저 전화는 어떤 손님에게 햄버거가 신속하게 배달되지 못했다는 뜻일 테지만, 노조가 먼저 노조원들을 보호하고 있으니 나로서는 어쩔 도리가 없었다. 빌어먹을. 어떻게 이런 일이 있을 수 있을까?

별 두 개짜리 레스토랑?
이제 감탄사를 자아내게 할 때

시간이 흘렀고, 건축 일정은 엉망진창이 되었다. 아무도 언제 호텔이 오픈하게 될지 몰랐지만, 다들 예상하고 있듯이 원래 예정일인 2006년 7월이 아닌 것만은 확실했다. 인테리어 디자이너는 아직도 창작 중이었고, 준비 기간이 12주에서 14주 정도 걸리는 물건들은 절반이나 주문조차 하지 않았다.

이건 언제나 겪는 악몽이다. 이 창조적인 천재들은 아무도 눈길조차 주지 않을, 서랍 안에 까는 종이를 어떤 톤의 핑크색으로 할 것인지 걱정하느라 주방 공사를 늦추고 있었다. 폭탄이 떨어진 것 같던 곳이 건축 부지로, 다시 공사 현장으로 바뀌었다. 각 단계가 진행될수록 점차적으로 건물이 모습을 갖춰갔다.

문제는 슬슬 직원들을 뽑아야 하는데 시기를 잘못 선택했다는 것이다. 인부들은 월요일까지 직원들이 교육받을 장소는 먼저 공사를 마치겠다고 약속했다. 하지만 월요일이 되자, 주말에 석면인지 수도관인지가 발견되어 공사가 2주 늦춰졌다고 했다. 정말 고맙수다, 여러분.

지출이 늘어날수록 나는 끔찍한 절망감을 맛보았다. 지금 위기에 처한 걸까? 나더러 미쳤다던 꼴 보기 싫은 놈들의 말이 모두 맞은 걸까? 내가 절망했냐고? 그렇다. 하지만 일시적인, 새벽 3시에만 왔다가 찾아가는 절망감이었다.

완공이 다가올수록 주방 공사비는 올라갔다. 뉴욕의 모든 인부들이 이곳에 모여 있었고, 그들은 자신들의 도움 없이는 우리가 완전 엿먹게 된다는 걸 알고 있었다. 우리가 돈을 더 내놓으면, 그들은 또 문제점을 찾아냈다. 그러면 우리는 돈을 더 내놓았다…….

그러다 마침내 갑자기 근사한 주방이 모습을 드러냈다. 타일로 장식된 넓은 벽, 화이트락 PVC로 마감된 표면, 스테인리스스틸, 프랑스에서 온 아름다운 가스레인지 로그. 미국에 로그를 들여온 건 우리가 처음이었고, 그것은 눈부시게 멋졌다.

냄비가 수프로 가득 차고, 서른 명의 쉐프가 분주하게 음식 준비를 하자 주방은 살아났다. 그곳은 내가 알기로 세상에서 가장 넓은 주방이었고, 많은 돈을 벌어줄 것이다. 물론 오랜 시간이 지난 후에야 말이다.

레스토랑의 홀도 멋진 모습을 갖추기 시작했다. 디자이너에게 너무 가혹하게 군 건 아닌가 생각될 정도였다. 그렇지만 오픈한 지 한 달이 지난 후에 화장실 자물쇠가 제대로 작동하지 않자, 그런 평가를 재고하게 되었다. 제대로 잠기지 않는, 공학적인 자물쇠라는 건 나로서는 도무지 이해할 수 없다. 대체 그 빌어먹을 빗장은 왜 그 모양인가?

우리는 런칭 파티를 준비하고, 뉴욕의 최고 명사들이 '고든 램지 앳 더 런던'을 방문하게끔 해야 했다. 초대장은 뉴욕 사교계를 잘 아는 에이전시에 의해 어느 누구도 빠지는 사람이 없도록, 그리하여 누구의 심기도 거스르는 일이 없도록 신중하게 작성되었다. 나는 긴장돼 죽을 지경이었다. 레스토랑에 식탁도 테이블도 없고, 게다가 식사도 서빙하지 않는 상태에서 손님들을 감동시키기란 쉽지 않기 때문이다. 파티에는 샴페인이 흘러넘쳤다.

예전에 장인어른이 뉴욕의 말라깽이 아가씨들을 사교계의 엑스레이라고 표현했는데, 이제야 그 이유를 알 수 있었다. 그 여자들이 모두 여기 있었고, 주방이 그녀들을 끌어들였다. 그곳에서 진짜 공연이 펼쳐지고 있었다. 사진 기자들이 사방에 깔렸고, 다들 카메라에 찍히고 싶어 했다. 내가 용기를 내어 주방으로 들어가자 즉시 사람들이 몰려들었다. 나는 연예 전문 잡지 《헬로!》나 《OK!》에서 막 튀어나온 유명인사들의 얼굴을 볼 수 있었다.

파티가 즐겁기는 해도 중요한 건 금전등록기가 땡 하고 울리기 시작하는 내일이다. 우리는 테이블에 앉아 먹고 마실 손님이 필요했고, 그 전까지는 돈을 버는 게 아니다. 파티는 밤 11시 무렵에 끝났고, 내일 아침 식사 영업을 위해 필요한 모든 걸 준비하기 위해 밤새 미친 듯이 일했다.

일을 시작하기 전, 나는 이번 일에 참여한 모든 사람들을 데리고 이웃에 있는 식당 밀로스로 데려가 잠시 숨을 돌렸다. 그곳은 맛있고 소박한 생선을 손님이 원하는 대로 구워, 약간의 올리브 오일 말고는 아무것도 곁들이지 않은 채 내놓는다. 우리 모두의 마음은 연처럼 하늘 높이 떠 있었고, 힘든 일은 모두 끝났다고 생각했다.

이 얼마나 멍청한 생각이었는지.

왜 그랬는지 아주 멍청한 짓을 저지르고 말았다. 우리는 식당을 연 이래로 음식평론가들에게 주의를 기울인 적이 없다. 그러나 뉴욕에서는 숨을 죽이고《뉴욕 타임스》의 음식 평론가 프랭크 브루니가 오기를 기다렸다.

미슐랭은 정찬 분야에서 우리가 대표하는 것의 척도였고, 그들은 언제나 우리를 자랑스럽게 만들어주었다. 그래서 우리가 전혀 모르는 누군가가 우리에 대해 좋은 기사를 써주기를 기대하고 있었다.

분명한 건 그 평론가가 언론에 넘쳐나는 떠들썩한 PR에 개의치 않을 거라는 사실뿐이다. 우리는 순전히 허영심에서 그가 당연히 좋은 기사를 써주리라고 생각했다. 그렇게 기다리고 또 기다렸다.

그는 우리 식당을 다섯 번 방문한 뒤, 우리에게 별 네 개 만점에 별 두 개를 주었다. 우리는 10분 동안 실망했다가 뉴욕에서 다른 별 두 개짜리 레스토랑의 수준을 알아보았고, 앞으로 열심히 노력하기로 했다.

어쨌거나 그후로 두 달간 예약이 꽉 찼기 때문에, 우리가 뉴욕의 별 두 개짜리 레스토랑 가운데 가장 좋다는 생각으로 스스로를 위로했다. 내가 우연히 듣고 곰곰히 생각한 말이 있는데, 고든 램지의 요리는 감탄사가 나오지 않는다는 것이었다. 흥미로운 말이었다. 우리가 감탄사를 자아내는 일을 하는 줄 몰랐기 때문이다. 그게 뭔지는 알 것 같지만, 접시에 담아내기는 힘들 것이다.

이는 레스토랑의 성공 요건을 알아내는 것과 비슷하다. 정해진 법칙은 없다. 법칙은 언제나 깨지게 마련이고, 성공을 보장하는 게 무엇인지 아무도 모른다. 새로운 영화를 개봉할 때도 마찬가지 아닌가?

값비싼
수업료를 치르다

직원들에게 지급되는 보수는 매우 높았다. 녹색 달러 단위로 말하자면, 매주 20만 달러에 달했다. 요즘 같은 시대에 뉴욕에서 주급을 받는다는 게 믿어지지 않았다. 서로가 서로를 믿을 수 없다거나, 한 달이나 버틸 만한 돈이 없어서 매주 조금씩이라도 나눠 받아야 하는 것 같았다. 부시 대통령도 주급으로 받을까?

우리는 즉시 이 문제를 해결해야 했다. 모든 노동조합원들이 시간당으로 급여를 받는다면, 직원들의 근무 시간을 조종해서 노동이 필요하지 않은 시간에는 쉬게 해야 했다. 초과 근무 수당은 엄청났고, 거기에 초점을 맞추기로 했다.

어찌 된 일인지 이곳의 수석 쉐프인 닐 퍼거슨은 사안의 긴박함을 깨닫지 못했다. 그는 우리의 첫 번째 선택이었다. 우리가 그를 선택한 이유는 지난 3년간 코노트에서 안젤라 하트넷과 함께 일했던, 가장 훌륭한 쉐프 가운데 한 명이었기 때문이다.

문제는 뉴욕에서는 온갖 장애물을 넘으며 엄청나게 큰 규모의 음식과 음료를 취급해야 하는데, 닐은 필요에 따라 무자비해지기에는 사람이 너무 좋았다.

장인어른이 뉴욕을 방문하자, 닐은 자신이 뉴욕에 맞는 사람이 아니라는 사실을 인정하며 순순히 자리에서 물러났다. 대신 우리는 그의 오른팔인 조시 에밋에게 눈을 돌렸다. 키 크고 잘생긴 뉴질랜드인인 조시 에밋은 지난 3년간 우리를 위해 사보이 그릴을 운영해 주었다. 그는 일이 진행되는 상황을 지켜보고 있다가 기회를 잡기 위해 뛰어들었다.

몇 주 후, 더 런던은 전반적으로 달라지기 시작했다. 시간 외 근무는 사라졌고, 직원들에게 지급되는 주급은 일주일에 14만 5,000달러로 떨어졌다. 음식 이윤을 남기는 일에도 착수해 시행착오를 거듭한 끝에 만족스러운 이윤을 남기기 시작했다.

이 일은 아무리 훌륭한 쉐프도 그저 쉐프로만 그칠 수 있음을 보여주는 전형적인 사례였다. 이런 쉐프는 주방 외에서의 기술과 경영에 관해 시야를 넓혀주려고 하면 오히려 실패하게 된다. 닐의 사임은 100퍼센트 우리 잘못이다.

우리는 이 점을 충분히 고려하지 않았고, 다행히도 전혀 새로운 방식으로 일을 맡을 사람이 있었다. 우리에게는 백마를 탔을 뿐 아니라 갑옷을 입고, 거친 정책을 뚫고 나갈 쉐프가 필요했다. 사업을 성공시키고 싶다면 말이다.

이러는 동안, 내 사전에 세계 최고의 요리사로 등록된 알랭 뒤카스가 5년간의 영업 끝에 '에섹스 하우스'를 폐업한다는 비보가 들려왔다. 소문에 따르면 그가 사업을 계속한다면 노조가 개입할 거라고 했다. 게다가 현 상황에서는 돈을 벌기가 힘들다는 걸 알고 있었다. 그의 레스토랑은 아주 훌륭했기에 정말 가슴 아픈 일이었다. 나는 장인어른이 조만간 그곳을 방문하리라는 걸 알고 있다. 새로운 사원들을 영입할 수 있는 완벽한 기회이기 때문이다.

우리들에게 에섹스 하우스는 뉴욕 최고의 레스토랑이다. 소문에 의하면 에섹스 하우스의 출발은 매우 불안했다고 한다. 알랭은 엄청나게 높은 가격으로 뉴욕에 입성했고, 언론에는 거의 신경 쓰지 않았다. 그 보답으로 식사를 시작하기 전에 고를 수 있는 물의 종류가 16가지나 되고, 계산서에 사인할 때 10개의 볼펜이 올려진 쿠션을 가지고 나오는 이 프랑스 식당의 괴상함에 대한 언론의 공격이 시작되었다. 게다가 각 테이블 옆에는 여자 손님들이 가방을 놓을 수 있도록 앉은뱅이 의자까지 놓여 있었다.

이 모든 게 뉴요커들에게는 부담스러웠고, 그들은 그를 비난했다. 알랭이 명예를 회복하고, 뉴욕에게 용서를 받기까지는 2년이 걸렸다.

마침내 호텔은 완공되었다. 처음에는 건물 절반만 오픈되었는데 차라리 잘된 일이었다. 우리도 룸서비스 규율에 익숙해질 필요가 있기 때문이다. 펜트하우스까지 완공되고 나면 이 호텔의 객실은 560개가 넘을 것이고, 그러면 음식을 나르느라 정신이 없어질 것이다.

객실에는 큰 음식 수레를 둘 공간이 없어서 각 객실마다 아름답고 작은 원탁 테이블을 설치해 두었다. 그 테이블 판을 돌려 높이를 조절하면, 짜잔, 식사용 테이블이 된다. 방 밖에는 보온통에 담긴 따끈따끈한 음식이 도착해 있고, 룸서비스 웨이터가 테이블을 차리고 음식을 코스대로 나른다. 음식 수레를 밀고 들어갈 필요 없이 모든 게 동시에 진행되는 것이다.

손님들의 반응은 아주 좋았다. 그런데 느닷없이 음식 평론가인 브루니가 맨해튼의 고급 호텔을 대상으로 룸서비스 순위를 매기는 기사를 썼다. 그 순위에서 1등을 차지한 곳이 바로 더 런던이었다!

호텔을 나와 잠시 산책할 기회가 생기면 주위에 어떤 상점들이 있는지 찬찬히 둘러보곤 한다. AOL센터 지하에 있는 홀푸드(미국의 대표적인 유기농 슈퍼-옮긴이)는 아주 멋지다. 특히 점심시간이면 계산대 앞에 늘어선 사람이 100명은 된다.

미국에서는 유기농이 대세였고, 이 사람들이 유통기한이 지난 물건을 대체 어떻게 처리할지 궁금했다. 홀푸드 안에는 먹기 좋은 온갖 먹을거리들이 예쁘게 포장된 채 끝없이 펼쳐져 있었지만, 재고에 조금이라도 변화를 주기 위해서는 집으로 귀가하는 100만 명의 굶주린 보병들의 공격이 필요할 것이다.

한 층 위에는 윌리엄스 소노마(미국의 쿠킹 소품 전문업체-옮긴이)가 있다. 하나같이 우아한 물건들이지만 엄청나게 비쌀 것이다. 나는 주부들을 유혹하기 위해 아름다운 색깔과 독특한 디자인, 세련미로 무장한 주방 도구들을 바라본다. 쉐프의 입장에서 볼 때 이건 모두 낭비다. 식당의 주방에서는 그와 정반대인 멋없는 냄비와 프라이팬들이 똑같은 일을 해내고 있으니 말이다.

그렇기는 해도 나 역시 런던에 이와 비슷한 가게를 열 생각이다. 사람들을 유혹하는 커다란 주방을 전시해 놓고 말이다. 짜릿하고 섹시한 사업 아이디어가 떠오를 때마다 아드레날린의 수치가 올라가며 몸이 찌릿찌릿해진다.

다른 레스토랑을 방문하는 것도 좋아하는데, '퍼 세이(Per Se)'는 내가 가장 좋아하는 곳 가운데 하나이다. AOL센터 꼭대기 층에 위치하고 있다는 게 흠이지만 말이다. 그곳에서 아주 훌륭한 코스 요리를 먹은 적이 있는데 그곳의 주방은 보기에도 매우 아름답다. 그곳의 정찬은 더 런던에서 제공하는 것과 매우 다르다. 그들도 우리처럼 뉴욕에서 돈 벌기가 힘들다고 느낄까?

또 AOL센터에는 만다린 오리엔탈 호텔도 자리 잡고 있다. 나는 그곳에 서너 번 묵었는데 별로였다. 사무실 건물 꼭대기에 위치한 현대식 호텔들은 1년 내내 어느 층에선가 엘리베이터 공사를 하고 있게 마련이다. 그래서 가장 좋아하는 휴식처는 닉 존스의 소호 하우스이다. 약간 외진 곳이기는 하지만 맨해튼을 즐기는 데는 아무 문제 없다.

외화 벌이라는 면에서 쉐프라는 직업은 별로 도움이 되지 않는다. 나도 국제 정세를 알고 있고 그걸 받아들일 수도 있지만, 왜 그렇게 되었는지는 모르겠다. 어떻게 미국이라는 나라의 달러가 그렇게 약세이고, 조그만 영국의 파운드가 불도저보다 강하단 말인가?

전에는 그렇지 않았다. 내가 뉴욕에 주방을 짓는 동안에는 그 사실이 좋았고, 파운드의 가치는 계속 올라갔다. 하지만 그때뿐이었다. 투자금을 회수할 때가 되자, 이제는 상황이 반대로 되어 번 돈의 가치는 절반으로 줄어들었다.

그러니 당신이 미국에 사둔 건물이 있고 그걸 써야 하지 않는 한, 엄밀히 말해서 미국에서 돈을 번다는 건 의미가 없다. 다른 나라도 마찬가지다. 호주나 남아프리카 같은 곳도 기회는 많지만 화폐 가치가 떨어진다.

뉴욕에서 피 터지게 싸우며 배운 것

뉴욕에서 정신 없는 나날을 보내던 와중에 비행기 표 구입 문제를 두고 끔찍한 일이 벌어졌다. 글래스고의 레스토랑을 폐업한 뒤로는 비행기 표를 구입할 일이 많지 않았다. 두바이와 도쿄로 출장을 가면 힐튼과의 계약에 따라 언제나 그들이 비행기 표를 제공했다. 싱가포르에도 일이 있었기 때문에 싱가포르에 가는 경우에도 역시 그들이 여행 비용을 지불했다.

그런데 뉴욕에 레스토랑을 오픈하면서 가장 싼 비행기 편을 알아봐야 했다. 비행기 가득 직원들을 태워 뉴욕으로 보내야 했기 때문이다.

게다가 장인어른과 나도 사업할 곳을 알아보기 위해 비행기를 타고 세계 곳곳을 돌아다녀야 했다.

그래서 장인어른은 10년 넘게 알고 지내던 지인인 테드에게 연락했다. 테드는 능률적이었고, 공항에서 우리를 태울 리무진을 예약하는 일이나 공짜 유로스타 티켓을 찾아내는 일 등 우리의 요구 사항을 정확하게 만족시켰으므로 한 번도 그에게 실망한 적이 없었다. 비행기 티켓 요금은 탑승 전에 미리 지불했고, 다들 테드와의 거래에 만족했다.

우리 회사에서는 곧 출장 담당 매니저가 필요하게 되었고, 그래서 테드에게 그 자리를 제안했다. 곧 그는 우리 회사에서 풀타임으로 일하기 시작했고, 출장 일정이 있을 때마다 테드가 맡아서 처리했다.

하루는 재무 담당자가 우리가 여행사에 6만 파운드를 빚졌다고 적힌 계산서를 가지고 왔다. 자세히 보니 우리 직원들과 내가 전혀 모르는 사람들의 비행기 표 값이었다. 그래서 장인어른에게 드렸더니 장인어른은 테드에게 물어보겠다고 했다. 테드는 자신이 처리하겠다고 약속했다.

그러던 어느 날, 테드가 길리언을 찾아가 자신의 재정 상태에 문제가 생긴 것 같다고 말했다. 테드가 너무 걱정하자, 길리언은 즉시 그를 집으로 돌려보냈고, 장인어른의 사무실에 들러 이 뜻밖의 사건을 설명했다.

그런 뒤 길리언은 회사 안쪽 깊숙한 곳에 있는 테드의 사무실로 가서 서류가 든 그의 캐비닛을 열었다. 그 안에는 송장, 손익계산서, 경고장들이 조금 전에 그 속에 처넣은 것처럼 뒤죽박죽으로 섞여 있었다. 그 서류들을 꼼꼼히 살펴본 결과, 여섯 군데의 여행사에서 우리에게 송장을 보냈고 그 청구 금액이 지불되지 않았다는 사실이 밝혀졌다. 지난 석 달간 지불되지 않은 금액은 모두 합쳐 총 35만 파운드였다. 마른하늘에 날벼락도 유분수지.

좀더 자세히 살펴본 결과, 테드가 고든 램지 홀딩스의 이름으로 직원들뿐 아니라 다른 고객들을 위해 비행기 표를 예약했다는 사실을 알게 되었다. 그 액수가 점점 커지자, 갑자기 모든 여행사에서 우리에게 돈을 내놓으라고 했다.

사실 그들은 수주 전부터 돈을 내놓으라고 하고 있었지만, 테드가 그에 관련된 모든 우편물을 빼돌렸던 것이다. 그 우편물 가운데는 적어도 세 장의 공문서가 있었는데, 모두 고든 램지 홀딩스 앞으로 되어 있었다. 그 공문서가 세상에 알려졌다가는 대단한 홍보가 됐을 것이다.

우리는 여섯 군데의 여행사에 전화해 상황을 설명했고, 그들도 대체적으로 상황을 이해했지만 청구서를 지불하라는 요구는 그대로였다. 그래서 현재 여섯 개의 소송이 진행 중이다. 다들 상황이 조금씩 다르고, 각각 상당한 금액이 걸려 있다. 부가 비용에 지나지 않아야 할 비행기 값이 우리가 뉴욕에 진출하느라 바쁜 사이에 돈이 많이 드는 대형 사고가 돼버린 것이다.

무슨 교훈을 배웠냐고? 몇 번이고 확인하고 또 확인할 수 있는 시스템을 만들어라. 이것은 비행기 표 값을 계좌로 송금하다가 예약할 시간이 점점 줄어들면서 신용카드 결제로 바꾸면서 생긴 상황이었다. 여행사에서는 모든 표 값이 신용카드로 지불되었다고 생각하고, 신용카드 소지자들은 금액을 송금했다고 생각했다.

일이 더 복잡해진 이유는 테드가 우리에게 비즈니스석 10장을 1만 9,000파운드에 '팔았고', 우리가 그 돈을 즉시 지불해야 했기 때문이다. 정말로 그럴 만한 가치가 있었는데, 원래 비즈니스석은 한 좌석당

4,000파운드 정도 하기 때문이다. 문제는 특별 할인이 애초에 존재하지 않는다는 것이다.

우리가 비행기 표를 예매하라고 했을 때 테드는 여섯 군데의 여행사 가운데 한 곳에서 비행기 표를 주문했다. 그들은 고든 램지 홀딩스가 자신들의 새로운 고객이 된 줄 알고 좋아했을 것이다. 그러고는 우리가 이미 지불한 비행기 표 값에 대한 청구서, 그것도 전혀 할인되지 않은 금액의 청구서가 날아왔다. 그렇다, 우리는 이미 써버린 비행기 표 값을 요구받은 것이다. 젠장, 젠장, 젠장.

뉴욕에서의 매상이 오르기를 기다리는 동안, 우리는 경비를 절감하려는 차원에서 두 명의 전사를 영입했다. 한 명은 런던의 길리언 톰슨이고, 또 한 명은 에드나 커닝엄이라는 새롭게 발굴한 인재였다. 두 사람이 레스토랑의 약점은 사정없이 후려치고 장점은 칭찬해 주면서 상황은 점차 우호적으로 변하기 시작했다.

완공 날짜를 정확히 예측하지 못하는 블랙스톤은 공사 기간 동안 빈둥거리는 직원들 때문에 우리가 난처한 상황에 처한 걸 깨닫고, 레스토랑이 수입을 올리기 전까지는 월세를 받지 않기로 했다.

우리가 영입한 PR 회사는 수잔 마그리노 에이전시였다. 그들의 본거지는 뉴욕이었다. 뉴욕식 일처리에 익숙해지기까지 시간이 걸리기는 했지만, 곧 요령을 배웠다. PR이라는 건 참 재미있는 사업이다. 그 성과를 측정할 수 있는 실질적인 방법은 전혀 없다. 설사 에이전시가 훌륭해서 온갖 언론매체와 신문 칼럼에 오르내린다 하더라도, 과연 예약 장부가 가득 찬 것이 홍보의 직접적인 결과인지 아닌지는 알 수 없다. 나쁜 레스토랑은 광고를 하고, 좋은 레스토랑은 사람들의 입에 오르내리는 법이다. 그렇기 때문에 우리는 아무리 상황이 힘들어도 에이전시를 해고할 생각은 절대 하지 않는다.

뉴욕은 자리에 맞는 올바른 사람을 뽑아야 한다는 교훈을 주었다. 그전까지는 좋은 직원들이 때맞춰 나타나주었고, 자신들의 가치를 증명했다. 반면 이 도시는 우리에게 훨씬 더 힘든 문제를 안겨주었고, 그동안 우리는 정말 행복했기 때문에 그 시련을 받아들일 수가 없었다. 값비싼 수업료를 치렀지만, 우리는 굴복하지 않았고 앞으로도 그런 일은 없을 것이다. 하지만 다음번에는 훨씬 민첩하게 행동할 것이다.

뉴욕에서 현재와 같은 위치에 오르기까지 길고 힘겨운 싸움을 해왔다. 런던에서는 처음부터 우리가 했던 모든 레스토랑들이 잘되었기 때문에 아주 버릇이 없어진 상태였다. 뉴욕의 사업은 런던의 운영 자본까지 먹어치웠고, 그 액수는 대략 1억 달러에 달했다.

그런데도 뉴욕에서의 사업이 성공할까? 성공하고말고. 피라니아 같은 언론은 날 어떻게든 먹어치우려 하고, 노조는 탐욕스러우며, 전반적으로 우리가 훌륭하다는 걸 인정하기 싫어하는 여론이 존재할지라도 말이다. 우리는 성공하기 위해서 미국에 왔기 때문이다.

LONDON

16

할리우드에서 보내온 러브콜

낯선 사람들을 만나
그들을 신뢰하는 건 두려운 일이다.
하지만 가끔은 직관을 따라 사람을 믿어야 한다.

미국판 〈헬's 키친〉

2004년 아직 내가 방송계에 입문한 지 얼마 되지 않았을 때 〈키친 나이트메어〉(우리 나라에서는 〈미션! 최고의 레스토랑〉이란 제목으로 방영되고 있음)는 꽤 높은 시청률을 올렸고, ITV의 〈헬's 키친〉을 끝낸 상태였다. 〈헬's 키친〉 역시 성공을 거두었지만, 나는 그 프로가 그다지 편하지 않았다. 특히나 일정이 바쁜 유명 인사들이 초대 손님으로 나온다는 점이 그랬다.

돌이켜보면 〈헬's 키친〉은 실수의 연속으로, 촬영 도중 마찰이 생겨서 제작팀은 내일 밤에 뭘 찍어야 할지 고민했다. 대본도 없어서 프로그램 자체가 즉흥적으로 진행되었다. 인지도가 낮은 유명 인사들이 두 팀으로 나뉘어 매일 밤 관객들에게 누가 더 훌륭한 요리를 대접하는지 경쟁하는 프로는 지금까지 시도된 적이 없었다(영국판 〈헬's 키친〉은 미국판 〈헬's 키친〉과 형식이 다르다-옮긴이). 출연자들의 요리 실력은 당연히 형편없었다. 하지만 이 프로에서 중요한 건 요리보다는 유명 인사들이 히스테리를 부리고, 울고, 신경 쇠약에 걸리는 등 다음 날 타블로이드지의 헤드라인으로 나갈 만한 행동을 하는 것이었다.

프로그램이 그렇다 보니 주인공은 내가 아니었다. 따라서 미국의 그라나다 TV에서 이 프로그램에 관심을 보였을 때 나는 시큰둥했다. 그렇기는 해도 호기심이 발동해 LA로 날아갔다.

우리가 가는 곳은 할리우드였다. 아싸! 고든 램지가 할리우드로 간다! 그 사실에 우리 어머니까지 미소 지을 정도였다. 우리는 괴상하면서도 가장 인기 있다는 샤토 마몽 호텔에 머물렀고, 지금까지 만난 사람 중에 가장 덩치 큰 남자가 운전하는 검은색 허머가 우리를 어디든 데려다 주었다.

우리 둘 외에도 영국의 〈헬's 키친〉 제작자 두 명이 함께 왔는데, 빡빡한 일정상 도착한 지 한 시간 만에 폭스 스튜디오로 출발했다. 리얼리티 프로그램의 창시자로 불린다는 마이크 다넬을 만나기로 되어 있었다. 고귀하신 지위 때문인지, 아니면 늦잠을 자서인지, 그는 우리를 두 시간가량이나 기다리게 한 후에야 자신의 부대를 이끌고 등장했다.

그가 방 안에 들어선 순간부터 오랫동안 알고 지낸 친구 같은 느낌이 들었다. 그는 체구가 작고 비상할 정도로 에너지가 넘쳤는데, 이에 적응하기까지는 시간이 좀 걸렸다. 그는 한시도 가만히 있지를 못했다.

마이크는 〈헬's 키친〉의 에피소드를 모두 보았으며, 형식이 무척 마음에 들기는 해도 이 프로를 미국에서 만들 거라면 완전히 다른 방식으로 접근해야 한다고 설명했다. 미국에서는 B급이나 C급 유명 인사들은 쓰지 않는다고 했다. 이에 A급 유명 인사를 쓰거나 일반인을 쓴다는 것이다. 마이크가 생각하고 있는 〈헬's 키친〉은 진짜 쉐프들로 이루어진 두 팀이 경쟁하는 것이고, 최종 승자에게는 새 레스토랑이 선물로 주어진다.

문제는 어쩔 수 없는 나의 욕설을 폭스 측에서 어떻게 처리할 것인가 하는 점이었다. 내 욕이 계산된 것이라고 오해하지 마시길. 투덜대기 바빠서 새까맣게 타버린 양고기를 내놓는 머저리들과 같이 일해 봐라. 그런 찌질이들에게 말이 곱게 나가겠는가? 어딘가에는 그런 성인군자도 있겠지만, 적어도 내 주방에는 없다.

내가 영국에서 받았던 〈헬's 키친〉의 출연료는 상당히 높았다. 그런데 갑자기 우리 앞에 100만 단위의 액수가 놓여 있었다. 그것만으로도 충분히 높은 액수였는데, 그것은 회당 출연료였고 최소한 10회가 촬영될 예정이었다. 따라서 출연료는 천만 단위였다.

매우 이례적인 일이었다. 지금까지 전혀 시도되지 않은 새로운 형식과 미국인들에게 알려지지 않은 무명 인사를 데리고 대단한 도박을 하는 것이기 때문이다. 계약서에는 5시즌까지 선택할 수 있었다. 따라서 이 프로가 성공하게 된다면, 얼마 후 나는 다시 이곳으로 돌아오게 될 것이다.

그들은 내가 그들의 제안을 받아들이는 걸 어느 정도는 당연하게 생각하고 있었다. 갑자기 우리는 프로그램 제작사라는 아서 스미스 팀을 만나러 달려갔고, 그 다음에는 우리의 촬영지가 될 건물을 보러 갔다. 마구잡이로 지어진 텅 빈 건물로 거대한 주차장이 딸려 있었다. 건물은 전에 살던 세입자들의 쓰레기로 가득 차 있었고, 공사를 시작하기 전에 그 쓰레기를 치우는 데만도 1년은 걸릴 것 같았다. 하지만 그건 미국의 제작사가 어떻게 일하는지 전혀 모르고 하는 생각이었다.

우리는 약간 흥분한 채 영국으로 돌아왔다. ITV가 아니라 돈을 좀더 많이 주는 채널 4로 가서 내가 즐겁게 할 수 있는 프로를 만들겠다고 결심했을 뿐만 아니라, 그러면서도 여전히 미국 방송에 출연하는 이득을 누릴 수 있게 된 것이다.

나는 크리스마스 전에 폭스 사와 계약했고, 두려움 속에서 촬영이 시작되는 2005년 2월이 오기를 기다렸다. 그전까지 해야 할 일들이 산더미 같았고, 특히나 10개의 에피소드에 등장할 메뉴를 정한 뒤, 미리 준비하고 테스트해야 했다. 또한 홀 담당자들 가운데 프로그램을 위한 레스토랑 스태프를 도와줄 사람을 뽑아야 했다. 결국 나는 장 필립 수슬로빅을 선택했다. 그는 오베르즈 시절부터 나와 함께 일해 왔으며, 그 후로 미국판 〈헬's 키친〉에 고정 출연한다.

폭스와의 계약은 상업적 측면에서 매우 중요했다. 당시 우리는 미국에서 벌인 사업이 거의 없었다. BBC 아메리카에서 〈키친 나이트메어〉가 방영되고, 『사계절의 쉐프』가 출간된 게 전부였다. 미국 시장을 연구하며 어떻게 해야 그곳을 공략할 수 있을지 고심하기는 했지만, 아직 뉴욕에 레스토랑을 열기도 전이었다. 이곳은 지금까지 우리가 벌어들인 모든 것을 새 발의 피로 만들 수 있을 정도의 수입을 올릴 수 있는 거대한 시장이다.

우린 미국판 〈헬's 키친〉이 그 문을 열 수 있는 열쇠라고 생각했다. 텔레비전보다 더 좋은 방법이 어디 있겠는가?

〈헬's 키친〉 촬영 준비를 위해 1월 말에 다시 미국에 갔을 때 내 눈을 믿을 수가 없었다. 지난번에 봤던 지저분한 주차장은 알아볼 수 없을 정도로 변해 있었다. 쓰레기더미에서 두 개의 오픈 키친이 나란히 설치된 아름다운 레스토랑이 탄생한 것이다. 미국에서도 이런 작업 속도는 매우 놀라운 것이었다.

물론 그 건물 안에는 레스토랑과 주방 곳곳에 카메라들이 고정되어 있는 거대한 스튜디오도 있었다. 이 카메라들은 한쪽 벽이 여러 개의 스크린으로 뒤덮인 시청각실로 연결되어 있었는데, 미 항공우주국도 여기에 비하면 시시하게 느껴질 정도였다. 그리고 집 크기만 한 광고판에는 화염에 둘러싸인 채 지옥의 악마처럼 차려입은 내가 있었다. 정말 근사했다.

이 방송사는 내 능력을 믿고 기꺼이 도박을 할 뿐 아니라, 홍보를 위해 엄청난 예산을 아낌없이 쓰고 있었다. 나로서는 도무지 믿어지지가 않았다. 그저 겸손하게 기다리며 미국인들의 마음을 사로잡기를 바랄 뿐이었다.

총 11개의 에피소드를 촬영하는 데는 꼬박 한 달이 걸렸다. 촬영은 힘들었지만, 온갖 아이디어와 두둑한 주머니를 가진 진정한 프로들과의 작업이었다. 촬영 스태프에서부터 의상 담당자까지 모두들 놀랄 만큼 성실했다. 현장에는 이 프로그램의 원동력인 극도의 노력과 집중력이 넘쳤고, 한창 바쁠 때의 주방을 연상시켰다. 다들 뭘 해야 하는지 정확히 알고 있었고, 업무가 충돌하거나 중복되는 경우도 없었다.

대중들에게 이름을 알리고 레스토랑을 오픈할 기회를 얻기 위해 노력하는 지원자들과 함께 일하는 것 역시 색다른 경험이었다. 그들은 한 사람의 예외도 없이 모두 잘해 주었고, 영국 출연자들과 달리 가식적인 행동도 없었다.

그렇기는 해도 지원자가 프로그램에서 탈락될 때마다 분위기가 다소 험악해져, 경비원들이 달려오기 전에 주먹다짐이 벌어지는 일이 적어도 한 번은 일어나게 마련이었다. 덕분에 주말이면 정식 소송 준비를 완전히 마친 변호사들이 느닷없이 등장하곤 했다. 나? 그저 고개를 숙인 채 프로그램 촬영을 계속했다.

2월 말쯤 11개 에피소드의 촬영을 마쳤다. 이제는 폭스가 첫 에피소드를 방송해 미국인들이 이 프로그램을 좋아할지 지켜보는 일만 남았다. 나는 미국 방송계에서는 첫 에피소드가 프로그램의 미래를 결정하며, 시청률이 낮으면 즉시 방영을 중단하고 그대로 사장된다는 끔찍한 이야기들을 많이 들었다. 도마 위에 목을 내놓고 있는 마이크 다넬의 심정은 오죽할까.

수많은 영국인들이 용감하게 미국 방송계에 진출했다가 꼬리를 내린 채 돌아와야 했다. 영국에서 엄청난 성공을 거둔 상품이어도 미국에서 성공이 보장되지 않는다는 건 누구나 아는 사실이다.

마르스 초코바와 허쉬 초코바를 생각해 보라. 각자 자신의 나라에서만 성공했다. 가끔씩 〈팝 아이돌〉의 아류작들이 나오고, 약간의 변화를 준 〈아메리칸 아이돌〉이 우리 미국 사촌들에게서 큰 성공을 거두기는 했지만, 악마처럼 차려입은 나를 미국인들이 어떻게 생각할지는 미지수였다.

그동안 내가 소속된 출판사 쿼드릴은 미국의 진출 가능성으로 인해 잔뜩 흥분한 상태였다. 첫 방송이 시작되기 전에 나는 뉴욕에 있었다. 5번가를 따라 걸어가고 있는데 갑자기 버스가 요란한 소리를 내며 모퉁이를 돌아오길래 뒤로 물러섰다.

그런데 별안간 내 앞에 또다른 내가 나타났다. 버스의 한 면 전체가 폭스의 〈헬's 키친〉을 광고하고 있었다. LA에서 한참이나 멀리 떨어진 곳이었는데도 말이다. 그들이 이 광고에 대해 미리 양해를 구한 기억은 없지만, 그게 무슨 대수인가? 1년 전만 해도 내가 버스의 한쪽 면을 장식한 채 5번가를 다닐 줄 누가 짐작이나 했을까?

미국을 사로잡은 '악마의 카리스마'

마침내 프로가 시작되었고, 곧 성공을 거뒀다. 나는 매주 시청률 표를 받아보곤 했다. 미국인의 절반이 본다는 수치 하나만 적혀 있으면 좋으련만, 시청자를 연령과 인종별로 분류해 놓은 수치와 다른 방송 프로그램과 비교해 놓은 것이 수페이지에 걸쳐 적혀 있었다. 나는 그 자료를 읽는 걸 포기하고, 그저 아서 스미스와 마이크 다넬이 기뻐한다는 소식이 들려오기를 기다렸다.

그들은 기뻐했고, 쇼가 끝난 지 몇 주 후 폭스 사에서 2시즌을 만들기로 했다는 연락이 왔다. 미국인들은 편협한 민족이어서 자기 나라에서 벗어나는 법이 없다. 물론 대통령이 어딘가에 전쟁을 일으킬 가능성이 있다고 생각할 때만 제외하고.

런던의 레스토랑을 찾아오는 손님들이 가끔씩 내 프로그램을 봤다고 말해 줄 때를 제외하고, 누군가가 실제로 〈헬's 키친〉을 본다는 걸 알 수 있는 유일한 방법은 사람들이 장 필립을 알아보는 것뿐이다. 장 필립은 맡은 일을 훌륭히 해냈고, 자신의 유명세를 사랑했다.

그런데 얼마 뒤, 이 어리석은 친구는 어떻게 된 일인지 런던 남동쪽에 있는 자신의 아파트 창문에서 떨어져 16미터 아래의 콘크리트로 추락했다. 놀랍게도 장 필립은 살아남았다.

일요일 아침에 출근했던 장인어른은 램버스 카운티의 실종자 사무실에서 걸려온 전화를 받고, 사태를 수습하러 킹스 칼리지 병원으로 달려갔다. 장 필립은 온몸의 뼈가 부러졌고, 생명유지장치를 달고 있었다.

장인어른은 벨기에에 있는 그의 누나와 부모님에게 연락해야 했고, 그들은 분명 큰 충격을 받았을 것이다. 2주 뒤, 중력을 무시하는 데 실패한 이 인조인간은 침대에 앉을 수 있었다. 유일한 문제는 눈이 사시가 되었다는 것인데, 눈이 정상으로 돌아오는 데는 2주가 더 걸렸다.

미국판 〈헬's 키친〉 첫 시즌은 장인어른이 청구서를 보내는 것으로 마무리 지어졌다. 청구서를 보내자마자, 우리에게는 영국 국세청을 대신해 미국 국세청이 떼어 간 38퍼센트의 세금을 제외한 수표가 도착했다. 두 기관이 그렇게 사이가 좋은 줄은 미처 몰랐다. 물론 때가 되면 나머지 2퍼센트도 마저 삭감될 것이다.

다음 해에 우리는 2시즌을 촬영했다. 이번에는 규모도 더 커지고 상황도 좋아졌으며, 예산도 늘어났다. 다들 지난해의 시청률 덕분에 자신감을 얻고 훨씬 느긋해져 있었다. 우리 프로가 5시즌을 채울 정도로 인기가 유지될지는 의문이지만, 지금으로서는 미국인들이 두 번째 시즌을 어떻게 받아들일지 지켜봐야 했다.

참가자들은 세트장 밖에서 도전하게 되었고, 그것은 프로그램의 폭을 넓혀주었다. 이번 시즌의 경우, 최종 승자는 라스베이거스에서 새로운 리조트 호텔의 레스토랑을 맡게 된다.

18개월 후면 채널 4와의 계약이 끝난다는 걸 알고 ITV가 다시 구애를 해온 것도 2시즌을 촬영할 때였다. 그라나다 US의 사장은 런던으로 돌아가 ITV의 엔터테인먼트 부서를 맡았고, 나와 함께 일하고 싶어 했다. 하지만 그럴 가능성은 희박했다. 나는 채널 4와의 제작이 즐거웠고, 앞서도 말했다시피 그들은 더 큰 금액을 제시했다.

게다가 나는 〈키친 나이트메어〉와 〈F 워드〉의 제작 회사인 옵토멘 TV의 사장인 팻 루엘린과 호흡이 척척 맞았다. 그녀는 요리 프로그램에 관한 한 최고의 제작자였고, 〈키친 나이트메어〉의 성공으로 미루어 보아 텔레비전 드라마를 만드는 새로운 능력까지 개발한 것 같았다. 드라마의 배경으로 망해가는 레스토랑보다 좋은 게 어디 있겠는가? 게다가 장인어른은 그라나다 US의 전 사장을 별로 좋아하지 않았고, ITV와 일하고픈 마음이 조금도 없었을 것이다.

이번에도 〈헬's 키친〉은 시청자들의 인기를 얻었고, 폭스는 다시 한 번 계약을 연장하겠다고 통보했다. 그러나 이번에는 특별한 사항이 한 가지 더 있었다. 폭스는 고든 램지라는 브랜드를 확장시킬 수 있다고 생각했고, 옵토멘의 〈키친 나이트메어〉를 유심히 지켜보고 있었다. 그들은 그 프로그램을 살짝 비틀어 미국 시청자들의 호응을 얻어낼 수 있을 거라고 생각했다. 하지만 이미 〈헬's 키친〉 하나만으로도 나의 일정은 완전히 정지 상태였다.

그 해답은 그라나다 US의 새로운 회장인 데이비드 진젤에게서 나왔다. 방송계에서 경력을 쌓아온 이 호주인은 에너지와 추진력으로 넘쳐 있었고, 난 단번에 그에게 매료되었다. 그는 몇 번이고 장인어른을 찾아왔고, 우리는 이 남자야말로 미국 방송계에서 내 미래를 맡기고 함께 일할 수 있는 사람이라고 생각했다. 그는 〈헬's 키친〉의 3시즌을 마치고, 곧장 〈키친 나이트메어〉 에피소드 8개를 촬영하자고 했다.

영국의 경우, 〈키친 나이트메어〉 에피소드 하나를 찍는 데 총 10일이 걸린다. 촬영, 여행, 해설 녹음, 이틀 뒤의 재방문까지 포함되는 기간이다. 사업 계획이 실행에 옮겨지고, 식당 주인들에게는 성공하거나 무명의 세계로 사라질 시간이 주어진다. 아주 훌륭히 따라오는 사람들도 있지만, 사업에 실패하는 사례만 보여주고 끝나는 경우도 있다. 어느 쪽이든 나는 레스토랑 의사로서 환자들에게 약을 투여하고, 그들이 회복되기를 바란다.

미국에서도 이런 식으로 촬영한다면, 30일간의 〈헬's 키친〉 촬영 후 4개월이 넘는 기간 동안 또 빌어먹을 촬영을 해야 한다는 말이다. 그런 상황을 해결하기 위해 데이비드는 각각의 에피소드를 다른 촬영지에서 다른 제작팀과 사흘 만에 찍자는 아이디어를 제안했다. 따라서 내가 촬영지에 도착하면 모든 게 준비되어 있을 것이다.

어지러웠다. 이는 55일 동안 하루도 쉬지 않고 계속 촬영해야 한다는 뜻이었지만, 해볼 만했다. 이번에도 역시 에피소드당 100만 단위의 출연료가 지급되었다. 장인어른이 이 일정을 맞추려면 신년 휴가를 줄여야만 한다고 투덜대자, 그들은 '충분히 이해한다'며 25만 달러를 더 얹어주었다.

거대한 장애물이 제거되고 나자, 장인어른은 다시 계약 기간을 단축해 주지 않으면 계약에 응하지 않겠다고 버텼다. 폭스는 언제나 5시즌을 계약 조건으로 걸었고, 이는 〈헬's 키친〉 계약이 만기된 뒤에도 우리를 2년 더 폭스에 묶어둔다는 뜻이다. 〈헬's 키친〉이 지금과 같은 인기를 유지한 상태에서 〈키친 나이트메어〉까지 방송을 탄다면 나의 주가는 꽤나 올라갈 것이고, 그러면 폭스나 다른 방송사와 추후 협상을 할 때 도움이 될 것이다.

처음에는 폭스 측에서 전혀 물러서지 않았다. 그러자 우리는 떠날 것처럼 등을 돌렸다. 데이비드 진젤은 실망했지만, 상황을 이해하고 모든 준비를 잠시 정지시켰다. 〈키친 나이트메어〉의 포맷을 소유한 옵토멘의 사장 팻 루엘린도 당연히 실망했다.

하지만 우리에게는 방송 외에도 할 일이 많았고, 어쩌면 이 일을 안 하는 게 꼭 손해 보는 것만도 아닐 것이다. 일정표는 미친 듯이 빠듯할 테고, 우리가 찾아가는 레스토랑마다 다른 제작팀들이 대기하고 있다 해도 각 팀의 감독들, 세트장, 출연자들과 겨우 사흘간 알고 지낸 뒤, 다른 레스토랑으로 이동해 처음부터 다시 시작해야 한다. 그런 식으로 촬영해서 과연 제대로 된 프로그램이 나올 수 있을지도 의심스러웠다.

막판에 폭스 측은 마음이 누그러져, 〈키친 나이트메어〉 계약을 3년으로 줄였고 〈헬's 키친〉과 같은 해에 계약을 만료시키는 데 동의했다. 아싸, 아싸, 아싸. 그들은 정말로 날 원했던 것 같다. 그라나다 US에서 말해 준 바로는 폭스에서는 절대 5년 이하로 계약하는 법이 없다니 말이다.

할리우드가 가르쳐준 교훈

보류되었던 계획이 다시 진행되면서 난리가 났다. 낮에는 단 1초도 남는 시간이 없을 것이고, 데이비드는 한 치의 오차도 허용되지 않을 만큼 세세하게 일정을 짜야 할 것이다. 나는 아내에게 휴가가 줄어들 것이고, 올해에는 보상할 가능성이 없어 보인다고 말하기만 하면 된다.

왜 나만 늘 욕먹는 일을 해야 하지? 왜 장인어른이 대신 말해 주지 못하냔 말이다. 내가 장인어른에게 대신 말해 달라고 부탁했더니, 장인어른은 그저 눈썹을 치켜뜬 채 등을 돌렸다. 뭐든 한계가 있는 법이다.

〈헬's 키친〉은 마라톤의 초반부를 달릴 때처럼 순탄하게 진행되었다. 모두에게 익숙한 촬영이었고, 예산이 인상된 덕분에 아서 스미스와 그의 팀이 고안해 낸 기발한 도전과 헬리콥터 등의 비용을 충당할 수 있었다. 30일 동안 촬영을 마친 필름은 편집실로 향했고, 그동안 나는 〈키친 나이트메어 USA〉의 첫 번째 에피소드로 향했다.

첫 사흘이 지나고, 나는 폭스 측에서 영국판 〈키친 나이트메어〉를 매우 다른 시각에서 접근했다는 사실을 깨닫게 되었다. 이 프로그램은 파리만 날리는 형편없는 식당과 완전히 쓸모없고 무능한 식당 주인에 집중한다. 사흘 뒤 다들 지옥에 갔다 돌아오면 짜잔, 레스토랑은 새 단장이 되어 있고, 주인의 뇌는 완전히 개조되며, 주방 직원들은 다시 활기를 되찾고, 손님들은 흘러넘친다. 시청자를 기분 좋게 만들어주는 요소가 층층이 깔린 매력적인 이야기에 동화 같은 엔딩이다. 전형적으로 미국식인 것이다.

촬영은 계속되었다. 잠잘 시간은 부족했지만, 각 에피소드에 얽힌 동기 부여와 추진력은 낮잠 자고 싶은 마음을 싹 달아나게 만들었다. 게다가 어딜 가든 더럽게 추웠다.

시리즈의 마지막인 여덟 번째 에피소드를 끝으로 마침내 촬영이 끝났다. 나는 기진맥진한 몸을 이끌고 버진 애틀랜틱 777에 올라, 가족에게 돌아갔다.

점점 더 분명해지는 사실 한 가지는 미국은 정말 거대한 곳이고, 땅덩어리가 넓다 보니 인구도 많다는 것이다. 따라서 텔레비전이야말로 대중에게 이름을 알릴 수 있는 가장 빠른 방법이다. 하지만 수백만 개의 채널 속에서 모든 사람이 〈헬's 키친〉을 볼 것 같지는 않다.

나도 뉴욕과 플로리다에 오픈할 레스토랑을 홍보해야 했다. 계획 중인 다른 프로젝트들도 있었지만, 텔레비전에서 유명해졌다고 해서 특별히 레스토랑 사업에 도움이 되지는 않는다는 걸 알았다. 출판도 마찬가지다. 이미 국민적으로 인기를 얻는 쉐프와 주부가 있는 나라에서 요리책 판매는 고전을 면치 못할 것이다. 그러니 프로그램 제작에 집중하면서 레스토랑의 사업적 이익을 계속 면밀히 살펴야 했다. 결국은 성공할 테지만, 그러기 위해서는 시간이 필요하다. 내가 열심히 일한다는 조건하에 말이다.

〈헬's 키친〉 3시즌의 시청률은 하늘을 찔렀고, 갑자기 폭스 측에서는 미국으로 와서 2007년 말까지 시즌 4와 5를 촬영하자고 했다. 그렇게 되면 계약 기간도 단축되고, 향후의 협상을 위한 발판을 마련하기 위해서라도 모든 계약은 좋게 마무리 짓는 게 좋다.

〈헬's 키친〉의 시청률이 마이크 다넬의 예상과 정확하게 맞아떨어졌다는 걸 알고 무척 기뻤다. 지금까지 블랙스톤의 존 세리알을 믿고 일했던 것처럼 마이크의 판단을 신뢰했고, 두 사람 모두 내가 잘 해내리라고 믿어주었다.

미국은 좋은 친구가 되었고, 〈키친 나이트메어〉가 어떤 결과를 거둘지 기다리고 있다.

존 세리알과 마이크 다넬 모두 내가 할 수 있으리라고는 꿈에도 몰랐던 일들을 믿고 맡겼다. 세상 모든 사람을 믿을 수는 없다. 그런 사람은 사기를 당해도 싸다. 반면 실력 있는 몽상가들을 마주치게 되면, 가끔은 그들을 믿고 노력해 보라. 그것이 내가 할리우드에서 배운 교훈이며, 내게는 큰 도움이 되었다. 지금까지는.

5부

세상에 대한 나의 솔직한 생각

서리 방지 장갑과 산소 탱크를 준비하기도 전에 에베레스트 정상에 올라봐야 좋을 게 없다. 밑에서부터 천천히 올라가는 게 낫다. 결론은 재산을 조금씩 늘리면서 그것에 익숙해지라는 것이다. 언젠가 충분히 벌었다고 생각이 되면, 더 이상 스트레스 받지 말고 쓰는 걸 즐겨라. 오로지 돈만을 위해 돈을 벌거나, 당신의 사업이 얼마나 잘되는지 보여주기 위해 돈을 쓰지는 마라. 사업은 목표를 이루는 수단이어야 하지 의미 없는 활동을 계속하기 위한 수단이 아니다. 그보다 시간을 잘 쓰는 방법은 없기 때문이다.

17

도움의 손길을 내밀어야 할 때

자선은 제한된 자원을 사용하고
상대방의 마음을 움직여야 한다는 점에서
사업에 대해서도 엄청나게 많은 것을 가르쳐줄 수 있다.

자선 요청의 예선 통과 조건

한 달 전쯤 본사 사무실에 '타나 램지' 앞으로 편지 한 통이 도착했다. 손으로 직접 쓴 이 편지에는 앞뒤로 빼곡히 대여섯 페이지에 걸쳐 사연이 적혀 있었다. 편지를 쓴 여자는 남편과 여섯 아이들과 함께 살아온 자신의 삶을 세세히 적어놓았다.

그녀는 언론에서 우리 가족에 대한 기사와 사진을 보았으며, 타나라면 자신의 부탁이 여러 사람의 삶을 행복하게 해주리라는 걸 이해하리라 믿는다고 했다. 그녀는 가족이 함께 살 수 있는 완벽한 집을 발견했는데, 85만 파운드란다. 그러니 가능한 한 빨리 그 돈을 마련해 줄 수 있겠냐는 것이다. 그 집을 놓치고 싶지 않다나?

다행히 이렇게 대놓고 자선을 요청하는 사람은 거의 없는 편이다. 유명한 사람들 혹은 돈이 많은 사람들에게 자선 요청은 일상적인 일이다. 나로 말하자면 그런 요청이 하루에 100건 정도 들어오고, 고든 램지 홀딩스와 거기 속한 레스토랑, 우리 집 우편함은 그런 편지들로 흘러넘친다. 모든 사람이 여러 형태로 자선을 요구받지만 대부분은 돈을 기부해 달라는 부탁일 것이다.

그러나 나는 상황이 다르다. 사람들이 내게서 원하는 건 내 시간, 레스토랑의 자리, 내 서명이 들어간 책이나 조리법이다. 흥미롭게도 내게 돈을 요구하는 사람은 거의 없다. 이는 날 자선기금을 모을 수 있는 수단으로 보고 있다는 뜻이다. 그들은 기금 마련 파티에서 고든 램지 앳 클라리지스의 2인용 좌석이나, 서명이 들어간 책을 걸고 복권을 판매해 사람들이 복권을 사도록 유혹한다. 공짜는 없다는 생각에서 비롯된 것이다.

마음씨가 따뜻한 사람들이라고 해도 돈을 그냥 주는 건 내키지 않을 것이다. 그들에게 록 콘서트를 열어주거나, 모리셔스 여행권이 당첨될 기회를 주어라. 그러면 즉각적인 반응을 얻을 수 있다.

다른 우편물과 마찬가지로 자선 요청 편지도 고든 램지 홀딩스의 사무실에서 정식 직원들에 의해 처리된다. 가장 중요한 규칙은 요청을 수락하든 거부하든 상관없이 반드시 모든 편지에 답장한다는 것이다. 누군가 자선기금을 마련하려 애쓰고 있고, 그 일은 두말할 나위 없이 더럽게 힘든 일이며 대개는 아무런 보상도 없다. 답장조차 쓰지 않는 건 그 편지가 쓰레기통으로 직행했다는 뜻이고, 그건 좋은 일을 하는 사람의 기를 꺾어놓는 일이다.

그러면 누가 혹은 무엇이 가치 있는 활동이라고 어떻게 결정해야 할까? 간단한 자격 박탈 조건을 세워두면 이 악몽 같은 결정을 내리기가 훨씬 쉬워진다. 건방지고 차별적으로 들리겠지만, 어떻게든 최종 후보

명단까지 가는 길을 찾아내야 한다. 따라서 '친애하는 램지(Ramsey)씨'로 시작하는 편지는 무조건 탈락이다. 내 이름(Ramsay)을 알아보는 수고조차 하지 않고 어떻게 나를 설득하겠는가?

'친애하는 선생님 혹은 부인', '친애하는 사장님' 혹은 '안녕하십니까'로 시작되는 편지도 마찬가지다. 그들 역시 모두 예선 탈락이다. 다섯 페이지에 걸쳐 타자로 빽빽하게 친 편지는 읽는 이의 인내심을 시험하므로 일찌감치 탈락이다. 우표가 붙어 있지 않은 편지들도 성의없어 보여서 탈락이다.

예선을 통과하는 가장 큰 요인은 자선의 수혜자가 누구냐 하는 것이다. 여기서부터는 매우 주관적인 결정이 된다. 난 동물보호협회는 쳐다보지도 않는다. 개와 고양이, 당나귀를 싫어해서가 아니다. 이미 충분한 관심과 후원을 받고 있다고 생각하기 때문이다. 나는 RSPCA(호주의 동물학대방지 협회-옮긴이)에는 왜 '왕립(Royal)'이라는 말이 붙고, NSPCC(아동 학대 방지를 위한 모임-옮긴이)는 '국립(National)'이라고 하는지 늘 궁금하다.

학교는 학생들을 위해 컴퓨터를 기부해 달라거나, 체육관 시설을 고쳐달라는 식의 요청을 하게 마련이다. 이는 전적으로 학교 예산위원회의 소관이다. 게다가 사립학교의 경우 학부모들은 학교가 요청하면 기부금을 내야 할 책임이 있다. 그렇다고 해서 학교가 내게 그런 요청을 해서는 안 된다는 뜻은 아니다. 단지 내가 좋아하지 않을 뿐이다.

나는 몇 년째 마라톤에 참가하는데, 그 때문에 자선기금 마련을 위해 정신 나간 스포츠에 도전하는 사람들을 후원해 달라는 요청이 많이 들어오는 편이다. 암에 대한 공포심을 가지고 있거나, 친척 혹은 친구를 잃었거나, 그저 동네 병원에 감사의 마음을 전하고 싶어 하는 사람들이 대부분이다. 그들은 언제나 잔뜩 흥분해 야크를 타고 어떤 산을 등반할 것인지, 혹은 부엌 싱크대에서 항로를 정하게 될 강이 어디 있는지 설명한다.

유감스럽게도 이런 편지 역시 거절한다. 예전에 만났던 크리스 문이라는 사회운동가 덕분이다. 그는 끊임없이 봉사 활동을 하는데, 몇 년 전 사하라 마라톤에 참가했다가 장인어른과 알게 되었다.

자선기금 마련의 귀재인 이 사람에게서 나는 큰 영감을 받았다. 그는 예전에 할로 재단에서 일했는데, 그곳은 사람들에게 살상용 지뢰를 해체시키는 법을 알려주는 단체였다. 그런데 어느 날 크리스는 그만 지뢰를 밟아버리고 말았다. 그는 한쪽 팔과 한쪽 다리를 잃었고, 건강을 회복한 후로는 자선기금을 모으는 일을 했다.

장인어른은 90킬로미터를 달리는 남아프리카의 컴레이드 마라톤에 그를 데려간 적이 있다. 유명세 덕분에 크리스와 장인어른은 엘리트 선수들과 함께 뛸 수 있었다. 다른 주자들이 크리스에게 어떻게 그 자리를 얻었냐고 물어보자, 크리스는 이렇게 대답했다. "얼마나 비싼데요. 내 한쪽 팔과 다리 값이라니까요."

따라서 야크를 타거나 싱크대에서 항로를 설정하는 것처럼 위험한 도전은 팔 하나와 다리 하나만 남은, 스포츠 업계의 기금 마련 귀재를 만난 뒤로는 내 관심 분야에서 멀어졌다.

또한 후원 대상을 깜박 잊고 언급하지 않는 편지에도 별로 끌리지 않는다. "친애하는 램지 씨, 저희는 귀하의 레스토랑 페트뤼스에 있는 쉐프의 테이블이 저희 자선기금 파티의 복권으로 적합한 상품이라 생각합니다. 아울러 많은 자선기금을 모을 수 있는 주요 관심사가 될 것입니다. 물론 프로그램에 귀사의 협찬에 대한 감사 인사도 포함시킬 것입니다." 이게 전부이다.

그 기금 마련 파티는 일에 지친 세무 조사관에게 휴가를 보내주는 것일 수도 있고, 음식 평론가들에게 양로원을 지어주는 것일 수도 있다. 당신들은 자선 대상이 될 수 없다네, 친구들.

어떤 단체를 어떻게 후원할 것인가

까칠하게 들릴지 모르겠지만 나는 규모가 큰 자선 단체도 돕지 않는다. 그들이 훌륭한 일을 하고 있다는 건 두말할 나위가 없다. 하지만 너무 많은 곳에 기부 요청을 한다. 나는 항상 기부금이 어느 정도나 자선 사업에 쓰일지 궁금하다.

내 말을 오해하지 마시길. 성공한 자선 단체에는 전문 경영인이 필요하며, 그들도 보수를 받아야 한다는 건 충분히 이해한다. 그래도 기왕이면 기부금의 대부분이 자선 사업에 쓰인다는 걸 확인하고 싶다.

예를 들어, 나는 스트리트 스마트라는 단체를 좋아한다. 그들은 우리가 서빙하는 테이블마다 1파운드씩 추가 요금을 부과해 달라고 설득했다. 그 단체에는 직원들에게 보수를 주는 후원자들이 따로 있어 기부금의 전액이 노숙자들에게 쓰인다. 그러니 무슨 흠을 잡을 수 있겠는가? 이 단체와 운영 방식은 여러 면에서 충분히 고려되었다는 인상을 주게 될 것이다.

이 단체는 수많은 사람들에게 기부해 달라고 부탁하지 않고서도 상당한 액수의 기부금을 모으고 있다. 스트리트 스마트를 운영하는 사람들에게 가장 힘든 건 레스토랑의 주인들에게 자신들의 계획에 동참해

달라고 설득하는 일이다. 설득하고 나면, 기금을 모으는 과정은 비교적 쉽다. 그들의 기금 마련 방식은 유명한 아동 자선 단체가 공장 근로자들에게 매달 1페니씩 기부하게 했던 방법을 연상시킨다. 큰 공장인 경우에는 금세 큰돈이 모인다. 아무리 경기가 안 좋아도 그 정도의 기부금을 취소하는 사람은 없을 것이다. 그들의 취지에 반대하지 않는 이상.

그렇다고 해서 내 조건을 만족시키는 단체가 하나도 없을 거라고 생각한다면, 그건 오산이다. 세상에는 좋은 취지를 가진 수천 개의 단체가 있고, 그들의 관심은 대개 아동들과 호스피스 활동에 쏠려 있다. 그들의 활동은 감동적이지만, 한 가지 생각해 봐야 할 문제가 있다.

때로 진정한 도움을 주는 최고의 방법이 자선 대신 '사랑의 매'를 드는 것이라는 사실이다. 두말할 나위 없이 이것은 최후의 수단이 되어야 하며, 도움, 보살핌, 사랑을 준 후에만 써야 한다.

우리 집에서는 남동생 로니를 마약 중독에서 벗어나게 하려고 우리 어머니가 시도했던 수많은 일이 곧 봉사 활동이었다. 로니는 손가락으로 꼽을 수 없을 만큼 오랜 세월 동안 마약에 찌들어 있었고, 가족 모두가 이번에는 로니가 꼭 끊을 것 같다고 생각했던 적도 숱하게 많다. 나는 동생의 병원비, 치과 치료, 재활 훈련에 돈을 댔고, 취직을 시켰으며, 그러는 동안 다른 가족들은 사랑과 보살핌, 격려로 로니를 대했다. 그런데도 로니는 결국 마약 소지 혐의로 발리의 감옥에 갇히고 말았다. 더 이상 어찌 할 수 없는 때가 온 것이다.

그럴 때 유일한 해결책은 도움과 보살핌을 거둬들이고, 스스로 헤엄치게 하든지, 아니면 가라앉게 내버려두는 것이다. 이것은 사랑의 매이며, 이를 통해 봉사와 자선의 복잡함에 대한 통찰력을 얻게 된다.

돈과 사랑, 그리고 항상 곁에 있어주는 것이야말로 진정한 도움이 되지만, 먼저 이것이 상대방에게 어떤 영향을 미치는지 이해해야 한다.

간단히 말해서, 지금 남동생이 내게 돈을 달라고 한다면 십중팔구 그 녀석이 그토록 환장하는 마약을 사기 위해서이다. 따라서 동생에게 돈을 주는 건 도움이 되지 않는다.

동생에게 안 된다고 말한다면 관계는 불편해질 것이고, 그렇게 되면 건강식을 하거나, 직장을 가지라고 격려하는 등의 도움도 모두 수포로 돌아갈 것이다. 하지만 이 시점에서는 스스로 걸어 나오는 게 유일한 방법이며, 그애가 정신을 차리기를 바랄 수밖에 없다.

다행히 가끔은 자선 활동의 긍정적인 면을 보게 되기도 한다. 3년 전, 마고 화이트필드 박사라는 훌륭한 여성을 만나게 되었다. 당시 나는 그레이트 노스 런 마라톤에 참가했다. 과연 내가 완주할 수 있을지 의심스러워하며 출발선에 서 있었고, 마고는 휠체어에 탄 채 어서 출발 신호가 울리기를 고대하고 있었다. 마라톤이 끝나자 그녀는 내게 편지를 보내 스코틀랜드 척추피열협회의 후원자가 돼줄 수 있겠느냐고 물었다.

솔직히 말해서, 척추피열(Spina Bifida)이 뭔지도 몰랐다. 그녀는 척추피열이라는 병과 그 자선 단체가 병에 걸린 사람들을 어떻게 돕는지 참을성 있게 설명해 주었다. 나는 그녀의 설명에 완전히 압도당해 당장 후원해 주기로 했다.

나중에 그 단체의 기금 모금 및 행사 담당자인 데보라 로를 만났는데, 그녀는 그 단체에서 주관하는 프로그램과 기금 모임에 대해 많은 것을 가르쳐주었다. 그들은 '벽돌 한 장 쌓기' 캠페인을 실행한 결과 2005년에 가정 지원 센터와 본사 사무실을 지을 수 있었고, 나는 그들을 방문해 척추피열로 고통 받는 아이들을 만나게 되었다.

정신이 번쩍 들었다. 심한 장애에도 불구하고 아이들이 꿋꿋이 살아간다는 사실에 큰 충격을 받았다. 정말로 감동적이었다. 내게는 산을 등반하는 것과 같은 힘든 일을 이 아이들은 매일 해내고 있었다. 절대 잊지 못할 경험이었다. 나는 진심으로 겸손해졌고, 올해에는 반드시 그 모임에 아내를 데려갈 참이다.

또 하나 인상적인 점은 그 단체를 운영하는 사람들의 열정과 성실함이다. 그들은 의욕에 넘쳤고, 데보라 로 같은 사람이 많은 성과를 이룬 건 당연했다. 그곳의 직원들은 분명 자신들의 대의를 소중히 여기고 있었다.

나는 그들의 원동력이 단순한 연민인지, 아니면 이런 비극이 일어난 것에 대한 분노인지 궁금했다. 어느 쪽이든 간에 일을 성공시키겠다는 그들의 결의에는 연봉을 따지고, 승진할 기회를 엿보는 일반 회사원들에게서는 보기 힘든 힘이 있다. 동기는 일의 중요한 요소이다. 이 중요성을 간과하는 리더라면 부하 직원을 제대로 거느리지 못한다.

진정한 자선이란

한때는 거지들을 위해 주머니에서 잔돈을 찾던 시절이 있었다. 그러나 언제부턴가 그것에 대해 생각하기 시작했다. 내가 왜 돈을 주는 걸까? 당혹스러움을 감추기 위해서? 양심의 가책을 덜기 위해서? 아니면 돈을 주는 게 정말로 도움이 된다고 생각해서? 질문에 대한 대답은 '그 순간을 모면하기 위해서'였다. 그것이 거지의 무기일 것이다.

거지들의 구걸은 협박이나 다름없다. 다만 우리가 두려워하는 건 우리 자신의 반응일 뿐이다.

한 가지는 확실하다. 거지에게 돈을 준다고 해서 그 사람의 인생이 바뀌지는 않는다. 그가 차라리 일자리를 달라고 부탁했다면 모를까. 《빅 이슈》(노숙자들의 자립을 돕기 위해 만들어진 잡지로 노숙자들이 직접 판매해 수익금을 갖는다-옮긴이)를 파는 사람들을 보면, 난 기꺼이 돈을 내고 산다. 정말 좋은 아이디어이며, 그걸 파는 사람들은 어김없이 자신만의 뚜렷한 동기와 에너지를 지녔다. 그들은 자긍심을 되찾았기 때문에 사다리를 열심히 올라가는 것이다.

자선은 그 자체만으로 큰 사업이다. 우리 사회의 일부이며 분명 지대한 역할을 하고 있다. 나처럼 매일 후원 요청을 받는 사람은 가장 잘 도울 수 있는 분야에 집중해야 한다. 나는 좋은 취지를 지닌 단체를 볼 때마다 매번 주머니로 손을 뻗어서는 안 된다는 걸 배웠다. 너무 지나치면 올바른 결과를 얻을 수 없다.

자선 사업에서는 반드시 수혜자들의 자긍심이 지켜져야 한다. 어떤 이유로든 그들의 자긍심이 손상받는다면, 차라리 기부하지 않는 게 낫다. 자선 사업에는 계획이 필요하고, 후원하는 단체에 노력을 집중시켜야 한다.

척추피열을 가진 아이들이 어떤 고통을 받고, 그걸 어떻게 견뎌내는지 보고 그들을 후원하고 싶은 마음이 들었다. 내가 이 아이들을 돕는 이유는 그 아이들이 스스로를 돕는 데 내 도움이 필요하기 때문이다. 그 아이들은 엄청난 자긍심을 가지고 있으며, 또 그래야만 한다.

18

공룡들의 횡포를 고발한다

대기업, 정부, 관공서…

발잡 설치게 하는 그들에 대한 대처법을 알아두는 게 좋다.

당하기 전에.

시민을 무시하는 대기업과 정부

작은 기업이 큰 기업에 비해 좋은 점은 필요에 따라 재빨리 노선을 변경할 수 있다는 것이다. 일이 잘못되고 시장에 변화가 생길 경우, 기업이 작을수록 초반에 선로를 바꾸기가 쉽다. 5킬로미터나 간 후에야 멈출 수 있는 25만 톤의 유조선과 즉각적인 변화에 발 빠르게 대처할 수 있는 예인선을 생각해 보면 된다.

그러나 유조선이 브레이크를 걸거나 방향을 틀면 모든 것에 영향을 미치게 되고, 소형 선단은 불리해진다.

그와 마찬가지로 대기업과 정부가 장애물을 없애버리면, 결과적으로 엄청난 불공정이 발생한다. 거기에는 언제나 세 가지 동기가 있다. 돈, 정치적 필요, 어리석음. 때로는 스타 탄생을 위해 이 세 가지가 합쳐지기도 한다.

나이를 먹으면서 나는 그런 일에 화내기보다, 이런 어처구니없는 상황을 일어나게 만든 배경에 대해 생각해 보려고 노력했다. 모든 상황에는 언제나 대안이 있고, 문제를 해결할 방법이 있다. 모든 사람에게 피해를 주는 유조선 말고도 대안이 있는 것이다. 그러나 대기업은 대안을 선택하는 경우가 거의 없다.

한번은 75명으로 된 일행을 이끌고 유럽 대륙에서 영국으로 돌아가는 비행기를 탄 적이 있다. 일종의 가족 모임이었고, 내가 좋아하는 사람들이 모두 모여 함께 보낸 멋진 주말이었다. 바로 전날 밤 크뤼그 와인이 사방에 흘러넘치는 파티가 자정 넘어서까지 계속되었던 터라 다들 약간 지친 모습으로 줄을 서 있었다.

우리는 몸수색과 탑승 수속을 마치고, 수하물을 부친 뒤 출구 앞의 대기실에 앉아 런던행 비행기가 오기를 기다리고 있었다. 그런데 다섯 명이 빠져 있었다. 그들은 멀쩡한 비행기 티켓을 가지고 있었고 제시간에 도착했으나, 비행기 안에 더 이상 자리가 없었다. 미리 돈을 지불한 그들의 정식 티켓은 그들이 나타나지 않을 경우를 대비해 다시 팔린 것이다.

비행기는 그들을 남겨둔 채 이륙해 버렸다. 일행 중 세 사람은 부부와 어린 딸이었다. 아이는 서너 살쯤 되었고, 그날은 더 이상 런던행 비행기도 없었다.

나는 다음 날 저녁이 되서야 그들이 항공사로부터 받은 푸대접에 대해 알게 되었다. 내 친구들은 자신이 부당한 대우를 받았다고 느꼈고, 항공사는 그들을 전혀 배려해 주지 않았다. 중복 예약은 늘 있는 일이고, 그로 인한 피해자를 다루는 유일한 방법은 그들을 무시하거나, 성가시고 짜증나는 공항의 부랑자들처럼 다루는 것이다.

나는 우리 식당에서 가뭄에 콩 나듯이 발생하는 예약 사고를 생각해 봤다. 간혹 예약 손님이 도착했는데도 예약한 테이블이 없을 때가 있다. 그럴 때 어떻게 해야 할까? 일단 상황이 더 악화되는 걸 막아야 한다. 무능력과 실망감이라는 불편한 조짐으로 우리의 명예는 이미 더럽혀졌다.

우리가 아는 건 '소방차'를 부를 수 있다는 사실이다. 집이 불타고 있고, 필요한 건 불을 끄는 것이다. 소방관 제복을 입고서도 지금이 점심시간이라는 이유로 불이 난 현장을 그냥 지나간다면, 당신은 죽은목숨이다. 양동이를 집어 들고 불길 위로 물을 붓기 시작한다면, 사람들은 당신을 하늘에서 내려온 천사로 생각할 것이다.

따라서 우리는 손님들 앞에 서서 "당신들 참 재수도 더럽게 없군요, 머저리들!"이라고 말하지 않는다. 손님들을 다른 식당으로 보내주기 위해 택시비를 내고, 공짜 식사를 대접해서라도 문제를 해결한다.

그리하여 난 항공사의 사장에게 편지를 썼다. 최근에 75명의 친구와 가족들을 위해 왕복 비행기 값으로 2만 파운드나 썼는데도, 일행 중 일부가 중복 예약으로 인해 비행기를 못 타는 불미스러운 일이 있었다고 설명했다.

그것은 항공사의 머저리 대왕에게 보내는 개인적인 편지였고, 나는 아무 답장도 받지 못했다. 비행기 놀이를 하시느라 바쁘신 분께서 손수 전화기를 들고 내게 "미안하다"고 말해 주리라고는 기대하지도 않았다. 그래도 비서가 불만족스러운 고객의 불편한 심기를 달래주기 위해 사과 편지를 쓰는 것 정도는 기대했다.

하지만 그런 편지조차 오지 않았다. 불쌍한 시민을 무시하는 문화는 경영진에게까지 뻗어 있었다. 내 항의 편지에 대한 그들의 성의 없는 반응을 생각해 볼 때 항공사의 태도는 썩어빠진 경영진에게서 비롯되었다는 걸 알 수 있었다.

비행기를 놓쳤던 내 친구 부부는 항공사 측에 그날 밤에 머물 호텔을 잡아달라고 부탁했으나, 그들이 제공할 수 있는 것은 도시 반대편에 있는 호텔뿐이라고 했다. 물론 그것이 그나마 항공사에서 제공할 수 있는 유일한 싸구려 호텔이었다. 다른 호텔을 원할 경우에는 본인이 직접 돈을 내야 했다. 항공사의 애매한 연보에는 이런 사고에 대한 조항이 적혀 있는데도, 그들은 아무런 보상도 받지 못했다.

하지만 친구들은 결국 보상금을 받아냈다. 친구 부부는 200~300파운드 정도를 받았고, 다른 피해자들은 아무 돈도 받지 못했다. 창피하다며 보상금을 청구하지 않아서였다. 사과도 받지 못했다. 따라서 우리 회사에서는 무슨 일이 있어도 그 항공사를 이용하지 않는 게 방침이 되었다.

이것이 공기업의 빌어먹을 문제점이다. 나는 CEO와 그를 지지하는 회장들이 승객을 무시하는 태도를 바꿔야 한다고 생각한다. 이 상황에서 필요한 것은 정부가 개입해 일단 누군가가 좌석을 사 갔으면 그 사람이 오든 말든 그 좌석은 그 사람 것이라고 말해 주는 것이다. 극장이나 레스토랑이 중복 예약을 받는다면, 곧 망하고 말 것이다. 그런데도 항공사 대표들은 그렇게 하지 않으면 항공권 값을 올릴 수밖에 없다는 뻔한 변명을 늘어놓는다. 따라서 그 관행은 계속 유지된다.

진짜 문제는 이런 관행이 모든 항공사에 만연해 있다는 것이다. 우리 부부가 다른 항공사를 이용해 미국에서 영국으로 돌아올 때도 이와 비슷한 일이 있었다. 호텔에서 항공사 리무진을 타고 나왔는데 그 리무진이 탑승 수속 시간보다 딱 2분 늦게 도착했다. 그 2분 사이에 좌석은 팔려버렸고, 갑자기 비행기는 만석이 되어버렸다. 그날 오후까지 런던에 돌아가야만 했기 때문에 결국 라이벌 비행사의 1등석을 끊었고, 영국으로 돌아온 즉시 그 항공사에 청구서를 보냈다.

그들은 좌석 값을 물어주었지만, 내가 보통의 소시민이었다 해도 그렇게 해주었을지는 의문이다. 이런 탐욕의 게임을 시작하는 건 악몽이다.

하도 오래전 일이라 정확한 정황은 기억이 안 나지만, 토니 블레어가 국무총리가 된 직후였을 것이다. 당시 버니 에클레스톤(자동차 경주인 포뮬러 원을 주최하는 FOA의 회장 겸 CEO-옮긴이)이 노동당 기금으로 100만 파운드를 주었다는 소문이 돌았다. 그런데 공교롭게도 블레어가 포뮬러 원이 담배 광고를 금지해야 한다고 제안한 직후였다. 따지고 보면 별일도 아니다. 다만 블레어 나리께서 포뮬러 원이 눈물을 닦고 새 후원자를 찾도록 7년이란 기간을 줬다는 것이다. 빌어먹게도 7년이나. 여론이 들끓었고 노동당은 돈을 돌려주었지만, 별다른 조치가 취해지지 않았다. 그리고 7년이란 유예 기간도 그대로 남았다.

내게 정치란 전기 자동차만큼이나 흥미로운 분야이지만, 그걸 좋아할 수 없는 한 가지 이유가 있다. 왜 이제야 흡연 금지법을 시행한단 말인가? 흡연은 사람들을 죽인다. 그런데도 블레어가 밀폐된 공간에서 흡연을 금지하기까지는 아주 오랜 세월이 걸렸다. 그 기간 동안 얼마나 많은 사람이 죽었을까? 그것이야말로 무의미한 시간과 생명의 낭비였다. 왜 흡연 금지법의 시행이 이렇게 늦어졌는지에 대한 해답을 찾는 편이 더 쉬울 것이다.

언제나 그랬듯이 열쇠는 돈이다. 왜 그런 일이 벌어지도록 내버려두었는가는 중요한 질문이다. 아일랜드, 남아프리카, 스코틀랜드, 프랑스, 이탈리아, 심지어는 바다 건너 미국에서까지 실내에서 이 사악한 기호품을 금지하는 법안이 생기는 동안, 왜 우리는 이 머저리 총리가 시간을 끌도록 내버려뒀을까?

나는 이미 3년 전에 식당 내에서 흡연을 금지했다. 그러고 나서 내가 뜨거운 바람을 맞는 두꺼비처럼 안절부절못하자, 장인어른은 그 때문에 레스토랑의 매상이 줄어들지는 않을 거라고 했다. 나도 그 말이 맞다는 걸 알고 있었다. 그리고 한 직원이 다른 사람들의 담배 냄새에 절지 않은 채 집으로 돌아간 게 이번이 처음이라고 말하는 걸 들었을 때 내 결정이 옳았다고 확신하게 되었다.

'불합리함'이 때로 당신을 괴롭힐지라도

레스토랑을 두 개만 운영하던 초창기에 특별세금 준법 부서라는 곳에서 전화를 받은 적이 있다. 그들은 우리 회사를 방문해 '트롱크' 기록을 조사하고 싶다고 했다. 트롱크란 레스토랑과 호텔이 손님들에게서 받은 팁을 말한다. 원래 팁은 직원들 몫이다.

얼마 후, 누군가가 우리 회사에 찾아왔고, 난 첫눈에 그가 싫었다. 그는 트롱크 기록을 전부 보여달라고 하더니 우리 직원들에게 팁이 어떻게 분배되는지, 회사가 그 분배에 어떤 영향을 미치고, 누가 현금을 관리하는지 꼬치꼬치 캐묻기 시작했다. '미식가 부서' 담당자의 심문이 시작된 것이다. 이 국세청 녀석들은 너무 교묘하고 예리하다.

우리의 세금 경찰관에 따르면 우린 거의 모든 일을 잘못하고 있었다. 회사는 새로운 직원들에게 그들이 어느 정도의 팁을 받게 될 것인지 말해 줄 자격이 없단다. 그건 '팁 담당자'의 몫이었고, '팁 담당자'는 직원들 가운데 아무나 될 수 있다고 했다. 누가 얼마만큼을 가질지는 전적으로 이 담당자에게 달려 있다는 것이다.

그런 시스템이 정말로 있다면 비난받아 마땅하다. 게다가 팁은 파손한 물건을 배상하거나 레스토랑 측에서 카드 수수료를 지불하는 데 쓰여서는 안 된다고 했다. 이는 팁이 계산서에 포함되어 있고 손님이 신용카드로 계산하더라도 식당 측에서 카드 수수료를 내야 한다는 뜻이다.

이 규칙을 어긴 처벌로 우리 레스토랑의 모든 팁은 국민 보험 기금에 의해 분배된다. 이는 우리 직원들의 주머니로 들어가야 할 팁의 12.8퍼센트가 세금 조사원에게로 간다는 뜻이다. 그뿐 아니라 2만 5,000파운드의 벌금과 그에 대한 이자까지 지불해야 했다. 이 모든 걸 합친다면 빌어먹을 국세청 직원들에게는 꽤나 짭짤한 수입이었을 것이다.

수년 동안 우리는 이 불확실한 제도로 인해 고통받았고, 그리하여 로빈 후드를 불러 고용 기록을 조사하게 했다. 그리고 점차 큰 사건들이 터졌다. 한 유명한 레스토랑 체인점에 엄청난 벌금이 부과되었고, 결국 몇몇 레스토랑은 이번 조사로 인해 망하게 되었다.

3년 뒤, 우리는 다시 로빈 후드를 불러 장부를 조사하게 했다. 그는 우리 회사가 팁 분배에 관여했다는 사실을 암시하는 문서를 찾기 위해 사흘간 650개의 인사 기록을 뒤졌다. 심지어 아마릴리스의 고용 기록을 살펴보기 위해 스코틀랜드까지 다녀왔다. 하지만 어디에도 그런 문구는 없었고, 그것이 내가 그를 마지막으로 본 때였다.

그후로도 그에 관한 소식은 들을 수 있었다. 몇 주 후, 그는 국세청을 그만두었고 트롱크 시스템에 관한 세계 최고의 전문가로 회계 회사에

취직했다고 한다. 그리고 자신의 지식을 사용하는 대가로 시간당 5만 파운드를 받는다.

그가 떠난 국세청의 빈자리에는 알쏭달쏭한 시스템만 남았다. 그 시스템에는 분명한 법칙도 없었고, 닳고 닳은 회계사들도 허점투성이인 그 시스템에 골탕을 먹곤 했다. 점차로 고위 회계사들이 국세청에 그 시스템을 재고하도록 압력을 가했고, 마침내 그들은 개선의 여지가 있다는 점을 인정했다.

'개선의 여지'라는 건 사실 그들이 틀렸지만 그걸 인정할 수는 없다는 뜻이다. 그걸 인정했다가는 고소를 당하게 될 게 뻔했기 때문이다. 그렇다면 2~3만 파운드의 벌금과 그 이자를 감당할 수 없어 문을 닫아야만 했던 그 많은 레스토랑들은 어쩌란 말인가? 단지 이 법칙을 제정한 사람들이 일처리를 제대로 못했다는 이유만으로 불이익을 당해야 한단 말인가?

가장 아이러니한 일은 몇 주 뒤, 전직 미식가 부서 담당자였던 로빈의 발표였다. 그는 이제 회계 회사의 대변인으로서 마침내 국세청이 이 제도를 개선하기로 한 것을 기쁘게 생각한다고 말했다. 환장하겠군. 이보다 괴상한 일이 또 있을까?

2년 전, 장인어른의 친구이자 보험 금융 컨설턴트였던 마틴이 런던 공항에서 차 사고로 죽었다. 우리 회계사이기도 했던 마틴은 에너지가 넘치고 재미있었다. 우리와 함께 일하는 걸 좋아하면서도 합리적이었고, 숫자를 다루면서도 마음씨가 따뜻한 사람이었다. 그의 죽음은 정말로 슬픈 일이었고, 장인어른은 좋은 친구를 잃었다는 상실감에 크게 괴로워했다. 마틴에게는 아내와 열 살이 안 된 어린 네 자식들이 있었기에 그의 사망 소식은 더욱 가슴 아팠다.

마틴은 버스 정류장을 향해 횡단보도를 절반쯤 걸어가다가, 그만 시속 40킬로미터로 달리던 자동차에 치이고 말았다. 그 지역의 제한 속도는 시속 8킬로미터였고, 60미터의 좁은 길이 횡단보도로 이어져 있었다. 그런데 어찌된 일인지 운전자는 마틴을 보지 못한 채 달렸고, 사고가 발생한 것이다. 일단 사고가 일어나면 아무리 슬퍼도 후속 절차를 처리해야 한다. 하지만 사고 후에 일어난 일들은 정말로 놀라웠다.

한 법률 회사가 마틴의 부인인 사라를 찾아왔고, 그들은 소송을 하기로 했다. 그들은 전문가들이었고, 사라를 변호하기 위해 뛰어난 인재들을 끌어 모았다. 사건 조사관, 법회계사, 훌륭한 왕실 변호사에 사무 변호사까지. 특히 사무 변호사는 슬픔에 잠긴 미망인을 위로하면서도 고객의 이익을 위해 재판을 진행시켜야 하는 어려운 임무를 수행했다. 운전자는 광범위하게 보험을 들어둔 상태였다. 보험 회사가 어떻게 저렇게까지 많이 보험을 들도록 허락했는지 의아할 정도였다. 다행히도 사라에게는 마틴의 회사가 계속 돌아가도록 하는 한편 아이들을 학교에 보낼 수 있는 돈이 있었다. 그런데도 그녀의 대변인들은 피고인의 보험회사에 분할 지불을 요구했다.

이렇게 요청하자 보험회사는 고작 5만 파운드를 일괄 지급하는 것 외에는 더 줄 수 없다고 주장했다. 그들은 사건의 전말을 다 파악하지 못한 상태였다. 이 사건에 관한 서류가 벌써 3미터는 쌓여 있었기 때문이다. 몇 달 뒤, 그들은 보상금을 35만 파운드로 올렸다. 이 협상은 지금까지도 계속되고 있으며, 보상금은 300만 파운드 정도로 올라갔다.

뭔가 매우 잘못되었고, 그건 운전자의 탓이 아니다. 그는 보험료를 냈고, 배상금이 얼마가 나오든 그가 알 바 아니다. 사실 그는 최종 보상금이 얼마가 될지 전혀 모를 수도 있다.

사업을 시작한 지 거의 1년쯤 되었을 때 나는 보험사 직원의 설득에 넘어가 연금을 들기로 했다. 그건 분명 회사 돈을 빼서 내 미래를 대비해 둘 수 있는, 세금 절약형 방법이었다.

그리고 보험사 직원 말 대로라면 20년간은 그 돈에 대해 아무 걱정할 필요도 없었다. 그건 어느 정도는 맞는 말일 것이다. 하지만 내가 아는 사람들 중에 연금에 투자했던 사람들치고 좋은 결과가 나오는 꼴을 보지 못했다.

그런 투자 방법의 첫 번째 문제점은 우리 돈이 먼 곳에서, 나와는 관계없는 방식으로 운영된다는 것이다. 모든 게 너무도 불확실하고, 돈이 어떻게 불어나는지 실제적으로 알지 못한다. 요즘에는 직접 개입해 부분적으로 중매인과 연결하도록 해주는 상품도 있다고 들었지만, 중요한 건 그게 아니다.

대부분의 사람들은 투자 전문가가 아니고, 매달 납입하는 돈이 미래에 실질적인 것을 제공할 수 있도록 꾸준히 불어나기를 바라는 마음에서 연금 회사를 찾아간다. 그들은 직접 금융 시장을 헤쳐나가는 걸 원치 않을 뿐더러, 그럴 능력도 없다. 세상에는 그런 일을 해줄 '전문가'들이 있는데 그들이 두 번째 문제를 안겨준다.

그들이 운영하는 펀드의 끔찍한 수익률을 보건대 전문가들은 별나라에 사는 게 틀림없다. 부동산 시장의 가치가 매해 두 자릿수로 뛰어오를 때에도 그들은 펀드에만 매달려 있다. 요즘에는 새로 취직한 젊은 쉐프들이 연금에 대해 물어오면, 부동산 중개인을 소개해 주고 그 돈으로 차라리 집을 사라고 한다. 그러고도 돈이 남으면 집을 한 채 더 사서 세를 주라고 한다. 그렇게 하면 스스로 관리할 수 있고, 금리가 올라도 부동산 시장은 전혀 위축되지 않고 성장한다.

재미있는 사실은 연금 운영자들이 방어적이라는 사실이다. 그들에게 왜 연금 수익률이 이렇게 낮냐고 물어보면, 그들은 주식 시장이 불황이라는 구태의연한 대답만 늘어놓는다. 그러다가 주식 시장이 호황이면 새로 벌어들인 돈은 불황이었던 때의 적자를 메꾸는 데 쓰여야 한다고 말한다.

퇴직할 때가 되어 연금 수익률을 물어봤다가, 형편없이 낮아 앞으로 5년간 일을 더 해야겠다고 결심하는 일이 없기를 바란다. 아니면 정부 보조금에 의지해야 하는데, 평생 재무부 금고 속에 돈을 집어넣은 대가로 받게 되는 그 적은 액수로 볼 때 또다른 의미의 망한 연금이나 다름없다. 게다가 그 경우에는 불평할 사람도 없다.

장인어른은 2년 전, SIPPS(Self-Invested Personal Pension: 자가투자개인연금) 조항에 따라 연금으로 주택가의 땅을 사려고 했다. 그런데 불과 6개월 전에 정부가 그 조항을 검토하고 방향을 완전히 틀어서 자가 운영되는 연금으로는 주택가의 토지를 구입하지 못하도록 했다는 걸 알게 되었다.

어떻게 정부가 수천, 수만 명의 평범한 시민들을 한 길로 안내하다가 뻔뻔스럽게 금세 노선을 바꿀 수 있는지 나로서는 이해할 수 없다. 그뿐 아니라 그들은 그런 짓을 저지르고도 약간의 원성을 듣는 것 외에는 아무 처벌도 받지 않는다.

그것이 정부 안팎에 있는 거대 기업을 상대해야 할 때의 문제점이다. 그동안 내가 사업을 하며 배운 교훈 가운데 하나는 그들이야말로 밤잠을 가장 설치게 만드는 장본인들이라는 것이다.

19

'사'자 들어가는 사람을 제대로 쓰려면

수임료를 받는 전문가들은 달갑지 않지만
어쨌든 필요한 존재이다.
그들에게는 까다롭게 굴되 절대 무시해서는 안 된다.

은행과 회계사, 변호사

지난 9년 넘게 수임료를 얼마나 지불했는지는 모르지만, 분명 바티칸 왕국을 사고도 남을 것이다. 그들 각자는 전문 분야가 있고 프로젝트가 커질수록 훨씬 깊고 특수화된 지식이 필요하다. 수임료를 받는 전문가들의 단점은 그 이름이 암시하는 대로이다. 즉, 그들을 고용하는 데는 엄청난 돈이 든다.

가끔 그들이 그 정도의 돈을 받을 만큼 한 일이 무엇인지, 혹은 그 특별한 정보가 우리에게 정말로 필요한지 잘 모를 때가 있다. 때때로 그들이 어두컴컴한 방 안에 앉아 야한 생각만 하며 시간을 때우는 건 아닌가 싶을 때도 있다.

하지만 한 가지는 확실하다. 절대 수임료를 아끼려는 유혹에 넘어가지 마라. 신중하게 고르되, 가능하면 믿을 만한 지인이 추천해 주는 사람이 좋다. 그렇지 않으면 크게 낭패를 보게 될 것이다.

내가 처음으로 수임료를 떼인 것은 은행이었다. 은행은 대출해 주는 대가로 수수료를 부과하는 관행이 있다. 상황을 잘 모를 때는 그런 악습에 기꺼이 동의한다. 친절하게도 우리에게 돈을 빌려주기 때문이다. 하지만 나중에는 의문이 생겼다. 사람들이 대출을 신청해 온갖 서류가 오가다가 갑자기 결정을 바꾸거나 대출 신청 심사를 통과하지 못하면 은행은 헛수고를 한 셈이다. 그러니 은행에서 이 모든 손실을 합산해 두었다가, 나중에 좀더 성공한 대출자가 나타났을 때 이 손실금을 메우기 위해 그 사람에게 모든 걸 뒤집어씌우는 게 아닐까?

피에르 코프만에게서 라 탕 클레어 자리를 산 것이 변호사와의 첫 거래였다. 첫 아파트를 사고, 또 나중에 타나와 함께 작은 과수원을 구입했을 때 양도 절차를 맡은 변호사가 있기는 했지만, 그 계약은 간단한 편이었다. 초기에 레스토랑 인도 계약에 관계된 서류라고 해봐야 두세 장이 전부이고, 누군가 이 성가신 업무를 대행해 준 대가로 뻔뻔스럽게 200~300파운드 정도를 요구할 거라고 생각했다.

그 계약이 오갈 무렵, 장인어른은 내게 조엘슨 윌슨 앤 코라는 회사를 소개해 주었다. 기업 변호사들이 모인 작은 회사로, 장인어른이 사업 초창기에 거래했던 회사였다. 나는 쉘든 코델이라는 변호사를 소개받았다. 그는 기차처럼 작동하는 두뇌에, 전기로 움직이는 것처럼 에너지가 넘치는 활기찬 사람이었다. 그는 내가 멍청한 요리사라도 된다는 듯이 쉬운 말들로 계약을 설명해 주더니, 계약서를 작성하려고 어디론가 사라졌다.

장인어른은 웨스트엔드에 있는 그들의 사무실에서 나올 줄을 몰랐고, 하루 종일 퀵서비스맨이 왔다 갔다 했다. 대체 둘이서 무슨 문서를 작성하는 거지? 며칠이 지나자 나는 '계약이 실패했나 보다'라고 생각하기 시작했고, 장인어른에게 왜 그렇게 시간을 낭비하느냐고 따졌다.

장인어른은 날 자리에 앉히더니 이번 계약이 계약서 두 장만으로 끝나지 않을 것 같다고 설명했다. 임대 계약서는 그대로였지만, 여러 가지를 확인해 봐야 했다. 그렇지 않으면 일주일 만에 가게 문을 닫거나, 매년 그 건물을 황금색으로 칠해야 할 일이 생길지도 모른다.

이 순간에 수임료를 받는 전문가들이 누구보다도 자기 자신을 보호하려 한다는 걸 깨달았다. 그들은 자신이 어두운 방에 앉아 야한 생각이나 하느라 계약서에 적힌 조그만 글자들을 보지 않았다는 이유로 고객이 1년 뒤에 자신을 고소하는 일이 생기는 걸 원치 않는다.

따라서 임대 계약이 진행된다는 사실은 변함이 없다. 우린 그저 그 조항들을 확인하는 것뿐이다. 그래서 작성된 것이 구매 동의서로, 여기에 합의한 것과 합의하지 않은 모든 사항이 나열된다. 구매 동의서의 초안이 도착하자, 우리는 그것을 훑어보았다. 거기에는 이것이 누구와 누구 사이의 동의이며 무엇에 관한 계약인지 적혀 있었으며, 분명히 정의해 두지 않으면 문제를 일으킬 수 있는 사항들을 모두 정의해 놓았다.

정말 대단한 사람들이다. 약정, 기한, 채무 변제 조항 등이 이 훌륭한 서류를 보충했다. 처음 이 서류를 검토했을 때에는 초등학교 1학년의 받아쓰기 시험보다 더 많은 빨간펜 글씨와 죽죽 그은 줄, 느낌표 천지였다. 그것 말고도 포함되어야 할 서류가 또 있었다.

그 다음에는 내게 50만 파운드를 빌려줘야 할 은행이 끼어들었다. 대출 조건을 규정한 서류는 38페이지에 달했고, 거기에는 상황이 안 좋아질 때 내가 그냥 사라지면 안 된다는 점도 분명히 명시되어 있었다. '자산 실사'라는 용어까지 등장했는데 그건 말장난에 불과했다. 피에르 코프만이 날 속일 리가 없다는 걸 잘 알고 있었기 때문이다. 숫자를 잘 다루는 또다른 전문가를 영입해 우리 회사와 함께 모든 걸 검토해야 했다. 혹시 숨겨진 빚은 없는가? 아니면 세금 조사원의 개입을 막아놓은 교묘한 계약은 아닌가? 대차대조표는 아무 문제가 없는가? 누군가 이 모든 정보들을 읽기는 할 것인가, 아니면 의료보험 공단의 건강검진 서류처럼 서랍 속에 처박혀 있을 것인가?

결과적으로 우리는 만반의 준비를 마쳤으며, 훗날 우릴 찾아와 지난 10년간 부가세를 안 낸 줄 몰랐다고 말하는 사람은 없었다.

그리하여 우리는 검토를 마쳤고, 쉘든 코델은 계약을 종결시킬 약속 날짜를 잡았다. 그 자리에 서명해야 할 서류들이 대기하게 된다. 그때쯤에는 나도 이번 계약이 서류 두 장만으로 끝나지 않을 거라는 걸 알고 있었다. 그래도 서명을 기다리고 있는 서류 더미를 본 순간, 완전히 까무러쳤다.

그리고 변호사들의 수임료 청구서를 받아봤을 때 또 한 번 까무러쳤다. 그들의 최종 청구 금액은 우리 측 사무 변호사, 은행 측 사무 변호사, 땅주인의 사무 변호사, 자산 실사를 실시한 사람들과 은행의 행정 수수료를 모두 합한 금액이었다. 5만 파운드에 달하는 수임료를 보자, 눈물이 찔끔 나올 정도로 세게 사타구니를 걷어차인 기분이 들었다. 게다가 당시는 1998년이었단 말이다. 이런 염병할!

그후로 2년 만에 우리는 다소 달갑지 않은 사업의 이러한 측면에 익숙해졌고, 수임료를 받는 전문가들과 사이좋게 지내는 법을 배웠다. 게다가 훗날 만나게 될 미국의 전문가들에 비하면 영국 전문가들은 구세군 가게의 지하 특설매장에서 일하는 신사나 다름없었다.

보험 분야는 또 다르다. 우선 보험이라는 제도가 당신에게 맞는지 여부부터 결정해야 한다. 누군가 오븐에 갇혔을 경우를 대비해 고용주 책임 보호법처럼 강제적으로 가입해야 하는 보험도 있지만, 그 외에는 날 보호할 것인지, 아니면 운에 맡길 것인지 선택할 수 있다. 나는 밤에 두 다리 쭉 뻗고 자고 싶으니 보험에 대해서는 재고의 여지가 없다. 그리고 보험의 가장 좋은 점이 뭔지 아는가? 페라리 신청서를 작성할 때 생년월일을 기입해 주는 것에서부터 주방에 불이 났을 때 손을 잡아주는 것에 이르기까지 우리를 위해 모든 걸 해주는 보험 설계사가 아무런 수임료도 요구하지 않는다는 것이다. 모두 보험 회사에서 지급된다. 이거야말로 끝내주게 대단하지 않은가?

우리에게서 수임료를 받는 다른 모든 전문가들과 마찬가지로 폴 해리슨 역시 장인어른이 예전부터 알고 지내던 사람이다. 폴은 하루 종일 골프장에 있거나, 아니면 책상에 가득 쌓인 보험 서류를 열심히 읽는 사람이다. 그에게 비행기 한 대가 고든 램지 앳 클라리지스의 한가운데로 추락해 마이크로소프트의 CEO와 두 명의 억만장자를 작살내고 카펫이 망가졌으며, 앞으로 몇 년간 식당 문을 닫아야 할 것 같다고 말하면, 그는 조용히 다음 날 아침까지 보험금 청구서를 준비해 놓을 것이다. 그러고는 보험금을 받기 위해 필요한 모든 절차를 밟을 것이다. 그것이야말로 그 상황에서 우리에게 가장 필요한 것 아니겠는가.

그리고 그런 사람이 바로 훌륭한 보험설계사이다. 보험료로 지불한 돈을 아깝지 않게 할 뿐 아니라, 숲을 볼 줄 알고 계약서에 조그맣게 적힌 조항을 둘러대며 발뺌하지 않는 사람. 그런 성품은 유전인 게 분명하다. 1970년부터 장인어른과 함께 일했던 폴의 아버지 아서도 그런 성격이었다니 말이다.

이렇게 제대로 된 사람을 찾아내면 절대 놓쳐서는 안 된다. 그런 사람을 놓친다는 건 경영을 잘못하는 것이나 마찬가지다. 그들이 갑자기 몰디브로 날아가 해변가를 배회하며 건달로 살기로 결심하지 않는 한.

회계사에는 두 종류가 있다. 비싸거나, 더럽게 비싸거나. 사업 초창기에는 회사 장부를 감사해 주는 정도의 일을 해줄 사람이 필요했다. 이는 지난 12개월간 컴퓨터에 저장해 놓은 자료를 검토하고, 감가상각 같은 양념을 뿌려주고, 세무조사원과 세액 계산에 동의하고, 한 해의 회계 장부를 마무리 짓는 일이다. 쉽고 간단하며, 그렇게 비싼 수임료를 청구할 일은 아닐 것이다.

우리가 그의 가치를 막 깨달을 무렵에 비극적인 죽음을 맞이한 마틴은 제시간에 효율적으로 우리의 필요를 충족시켜 주었다. 뿐만 아니라 고정 가격 합의제라는 훌륭한 아이디어까지 생각해 냈다. 이는 한 해 수임료를 환산해 12로 나눈 것이다. 그의 수임료는 매달 자동이체로 지급되어 우리로서는 별로 부담스럽지 않았고, 마틴은 정기적으로 보수를 받을 수 있었다. 우리의 요구가 많아지면 수임료가 올라갔고, 그럴 때는 연말에 정산하면 된다.

하지만 우리의 요구는 계속 늘어났고, 가끔씩은 다스 베이더와 같은 세무 조사관에 맞서 싸울 수 있는 사람이 필요했다. 하루는《선데이 타임스》에서 조사한 결과, 우리가 대단히 급성장을 이룬 기업이라는 사실이 밝혀졌다고 했다. 그들은 톱 100을 발표했는데, 무슨 근거로 순위를 매겼는지는 몰라도 우리가 9위를 차지했다. 덕택에 벽난로 위에 올려둘 만한 번쩍번쩍한 플라스틱 트로피와 상장을 받았다.

하루는 프라이스 워터하우스 쿠퍼(미국의 대형 회계법인-옮긴이)가 우리를 도와주고 수임료를 얼마나 떼어갈 수 있을지 알아보기 위해 찾아왔다. 냉소적으로 들리겠지만, 그들은 우리가 사소한 문제를 겪고 있던 시점에 딱 맞춰 등장한 셈이었다. 집을 수리하기 위해 은행에서 200만 파운드를 대출받았는데, 어느 시점에서 그 금액을 갚아야 했다. 기왕이면 40퍼센트의 세금을 내지 않고 말이다. 그래서 프라이스 워터하우스 쿠퍼의 새 친구들은 아이디어를 내놓았다. 아주 훌륭한 아이디어였다. 달나라에 레스토랑을 차릴 수 있을 정도의 수임료를 요구하긴 했지만, 그들 덕분에 절약한 돈에 비하면 정당한 보수였다.

나중에 우리는 지적재산권을 감사하고 상표를 확인할 때에 다시 한 번 그들에게 도움을 청했다. 이는 그들의 전문적인 일에 대해 우리가 엄청난 수임료를 지불했다는 뜻이다. 그러나 그들이 자기들 멋대로 요청하지도 않은 연간 감사에 대한 견적을 보내왔을 때는 그 가격이 적당하기는 했어도 그들과 일하지 않았다.

마틴이 죽은 뒤에는 그의 아내 사라가 스미스 스튜어트 앤 코를 운영했다. 네 명의 어린 자녀들을 키우며 사업까지 하기란 쉬운 일이 아니었을 것이다. 장인어른과 나는 그들에게 우리 회사의 감사를 계속 맡길 수 있어서 매우 기뻤다.

우리 회사를 맡은 담당자는 마분지와 증류수만 먹고 사는 사람처럼 유머 감각이라고는 하나도 없었다. 철저하게 프로 정신에 입각한 회계사지만, 바람 빠진 수플레처럼 밋밋했다. 그로 인해 나는 함께 일하는 사람과의 친밀감이 얼마나 중요한지 뼈저리게 느꼈다. 회사에 출근해 "좋은 아침"이라고 인사하는데 눈도 마주치지 않은 채 건성으로 대답하는 소리만 돌아오는 건 내가 생각하는 행복한 직장이 아니다. 우리에게는 언제나 일보다 사람이 중요하다는 사실에 경의를 표할 정도의 시간은 있다. 설사 그로 인해 금쪽같은 1~2분이 사라진다 해도.

기꺼이 전문가의 도움을 받아라

나는 장인어른이 사라의 회사에만 의존하는 걸 탐탁지 않아 한다는 걸 알았다. 특히나 회사의 급속한 성장과 더불어 세금 문제가 드러나기 시작하면서 더욱 그랬다. 마틴이 있었다면 아무 문제 없었겠지만, 지금은 상황이 다르다.

다행히 사라는 우리의 그런 마음을 눈치 채고 제프리 헨리 LLP라는 이름의 중소 회계 회사와 제휴했고, 그들은 이 제휴에 큰 관심을 보였다. 그들을 잘 아는 쉘든 코델의 도움을 받아 계약이 성사되면서, 갑자기 사라뿐 아니라 세계적인 제휴사들을 가진 법률 회사가 우리의 회계를 맡게 되었다. 이 회사는 훗날 사업 확장에 결정적인 역할을 한다.

흥미로운 사실은 제프리 LLP에서 가장 관심을 보인 대상이 분명 우리라는 것이었다. 정말 깜짝 놀랄 일이었는데, 잘나가는 법률 회사가 왜 이 제휴에 찬성했는지 의심스러웠기 때문이다. 내가 알기로 사라의 회사인 스미스 스튜어트는 분명 많은 돈을 벌고 있었지만, 그녀의 고객은 대부분 단독으로 일하는 무역업자이거나 작은 회사들이다. 따라서 제프리 LLP가 인수하고 싶은 고객들은 아니다.

스미스 스튜어트에는 오랫동안 우리를 힘들게 한 카리스마 넘치는 매니저가 있었는데, 그가 독립해 회사를 차리더니 스미스 스튜어트의 고객들을 모두 빼앗아 가버렸다. 그들은 사라를 매우 힘들게 했던 고객들이었다. 처음에는 사라도 고객을 잃었다는 사실에 망연자실했지만, 우리 레스토랑 일에 집중하고 새로운 동업자들을 위해 레스토랑 회계 부서를 강화하는 게 상황을 호전시킬 수 있는 방법임을 깨달았다.

그것이 바로 내가 배우게 된, 자원을 지키는 법이다. 우리가 하게 될 모든 프로젝트는 그것이 고든 램지 홀딩스의 창고에서 빼가는 자원과 비례해 얼마만큼의 이윤을 창출할 것인가에 따라 평가될 것이다.

우리에게 건축 분야의 하청 업자를 선정하는 일은 그리 간단하지 않다. 장인어른도 나도 그 분야에 몸담았던 적이 없어서 하청업자를 선정할 때마다 전화번호부나 주위 사람들에게 의존해야 했다. 완즈워스에 있는 집을 고치는 일을 시작으로 예닐곱 개의 프로젝트가 진행되었는데, 대부분이 엄청나게 예산을 초과하며 끝났다. 인테리어 디자이너들과 프로젝트 경영자들에게 주는 보수도 보수지만, 견적사, 구조공학자, 경계벽 설치 전문가 등의 전문가들에게 주는 돈은 엄청났다.

내가 만났던 견적사들은 자신들의 방식이 비용 절감 효과가 있다며 자신을 써달라고 했지만, 그들이 말한 방법대로 하느라 결국 최종 예산에는 0이 하나 더 붙게 되었다. 사실 건설 하청업자들이 놀라운 수준으로 잘 해내는 게 한 가지 있다면, 청구서를 정확한 날짜에 보낸다는 것뿐이다. 마음 같아서는 그후로 건설업계와 관련된 모든 프로젝트는 때려치우고 싶지만, 그렇게 하면 발전할 수 없다.

이 글을 쓰는 지금, 나는 히스로 공항의 5번 터미널에 식당을 여는 프로젝트 때문에 인부들을 고용해야 한다. 막판에 예산상의 이유로 다른 하청업자들을 찾게 된 바람에 2주 전에 시작했어야 할 공사가 이미 늦어져버렸다. '고든 램지가 5번 터미널의 오프닝을 늦추다.' 이 얼마나 멋진 헤드라인인가.

그러나 가장 많은 수임료를 챙기는 사람은 뭐니 뭐니 해도 변호사들이다. 요즘에는 사실 계약서의 세목을 점검할 때마다 그들의 도움 없이는 아무것도 할 수 없다. 법적인 문제는 90퍼센트가 조엘슨 윌슨 앤

코에서 맡는다. 전문지식과 개인적인 태도 측면에서 그들을 따라올 사람들이 없기 때문이다.

게다가 그들은 청구서를 보내기 전에 항상 장인어른께 먼저 전화하는 친절한 습관을 가지고 있다. 그들은 자신들이 우리 일에 몇 시간을 할애했고, 변호사들 간에 일이 중복되어 수임료가 올랐을지도 모르는 부분이 어떤 것인지 말해 준다. 그에 따라 그들은 청구서를 조정하고, 조정된 청구서가 괜찮은지 묻는다. 그들이 말도 없이 청구서를 보낸 적은 한 번도 없는 것 같다.

그 대신 우리는 명세서를 보여달라고 먼저 요청하지 않는다. 그 복잡한 숫자들을 점검하는 건 순전히 시간낭비다. 결과적으로 계약이라는 건 돈을 벌기 위한 뼈대에 지나지 않는다. 그게 전 세계적으로 배급되는 음료수 회사와의 계약이든, 새로운 레스토랑 부지를 사는 계약이든지 간에 말이다. 따라서 사소한 문제로 언쟁하는 것보다는 돈을 버는 일을 위해 에너지를 아껴두는 편이 낫다.

그러나 이 나라 전문가들의 수임료에 대한 불만이 무엇이든지 간에, 미국 전문가들의 수임료에 비하면 정말 아무것도 아니다. 미국이란 나라에서는 수임료 청구서가 젠장할 예술에 가까운 수준이어서, 3차원으로 작성되어 있다.

뉴욕에서 블랙스톤과 함께 일하는 동안 받은 청구서에는 매달 64페이지에 달하는 내역이 첨부되어 있었다. 내가 '3차원'이라고 말한 이유는 이 64페이지가 어찌나 정확한지 청구서에 나와 있는 피자 값만 보고도 어떤 비서가 무슨 서류를 타이핑하면서 피자를 주문했는지까지 알 수 있을 정도이기 때문이다.

궁금한 건 이렇게 비싼 전문가들이 꼭 필요한가 하는 것이다. 세상에는 많은 전문 분야가 있고, 그건 부인할 수는 없다. 하지만 대다수의 전문가들 역시 다른 분야의 전문가의 도움을 필요로 한다는 걸 알게 되었다.

예를 들어, 다리를 짓는다고 해보자. 우아하고 세련되며 심플한 라인을 만들어내는, 세계적으로 명성이 자자한 건축 기술에 대한 찬사 뒤에는 모든 수치를 검토하고 허가하는 구조공학자들이 숨어 있다. 따라서 일이 완전히 잘못되기 전까지는 공학자들이 하는 일에 대해 전혀 알지 못한다.

바로 여기서 보험의 개념이 생겨나고, 그 때문에 우리가 보험금을 내는 게 아닐까. 일단 모든 수치를 검사하고, 내력벽의 구조적 무게를 확인하고, 법적 조언을 받은 뒤에는, 일이 잘못될 경우 누군가에게 책임을 떠넘기기 위해 돈을 지불하는 것이다.

그러나 이 법칙에도 예외가 있다. 내력 계산이 잘못되어 런던 다리가 무너진다면, 엄청난 금액을 청구당하며 고소를 당하게 될 것이다. 그럴 경우에는 보험 회사에 그 청구서를 떠넘길 수 있다. 하지만 중요한 법적 조언이 잘못되었을 경우에는 완전히 엿 먹게 된다. 법적으로는 '충고를 해주었다'에 책임을 물을 수 없기 때문이다.

시간당 600파운드를 주고 왕실 고문 변호사의 자문을 구했을지라도, 법정에 서게 될 수 있다. 설사 그 사람이 1분당 10파운드를 요구할 정도로 그 분야에 대해 많이 알아도, 한 개인의 의견에 바탕을 둔 충고에 지나지 않는다.

따라서 전문가들의 도움 없이 일을 해낼 수 있을 거라는 생각은 버려라. 불가능하다. 그저 그들을 잘 지켜보다가 믿을 만한 사람이라는 느낌이 들면, 절대 놓치지 말고 꽉 붙잡아라.

20

어떻게 벌고 어떻게 써야 할까

돈에 대해 한 가지 명심해야 할 사실은
돈은 왔다가 가버릴 때는 우리에게 세금을 물린다는 것이다.
아주 큰돈만 우리 곁에 남는 법이다.

돈에 대한 나의 철학

돈에 대해 이야기하는 것이 내가 생각하는 '철학'이라는 말에 가장 가깝게 접근하는 방법이다. 돈이 하나도 없을 때는 돈을 얼마나 더 벌어야 인생이 바뀔지에 대해서만 생각하게 된다. 직장에서의 승진, 복권 당첨 혹은 인정 많은 친척의 때 이른 죽음.

이 세 가지 외의 다른 방법으로 돈을 벌겠다고 결심하는 사람들은 비교적 적은 편이다. 점점 더 많은 사람들이 돈이 뚝 떨어지기만을 바라고 있다.

나는 돈을 많이 버는 걸 목표로 삼아본 적이 없다. 참으로 유감이지만, 사실이 그렇다. 작정하고 큰돈을 번 사람들도 만나봤지만, 그런 사람은 매우 드물다. 그들이 내가 상상할 수 있는 것보다 훨씬 부유한 까닭은 목표를 이루는 데 능숙한 사람들이기 때문이다. 그들에게는 목표를 이루는 것만이 인생의 유일한 목적이었다. 톱숍의 CEO 필립 그린 경이나 암스트라드(영국의 전자제품 회사-옮긴이)의 사장이 우연히 성공을 거두었다고는 생각하지 않는다. 그들은 귀족들이 태어날 때부터 귀족이고, 타고난 군인들이 어깨에 별을 달고 있는 것과 마찬가지로 돈을 벌 운명을 타고났다.

하지만 거창하게 표현해서 내 흥미를 유발하는 '철학적' 측면은 그 돈을 어떻게 쓰느냐, 혹은 어떻게 모으느냐 하는 것이다. 나는 땡전 한 푼 없이 태어났고, 돈에 관한 한 가장 중요한 건 당신이 왕소금인가, 아니면 물 쓰듯 돈을 펑펑 쓰는 사람인가 하는 것이다.

이 질문은 오로지 우리 자신, 유전자와 어릴 때 영향을 미친 것에 달려 있다. 주위 사람들은 상관없다. 주위 사람들에 대한 당신의 반응 그리고 그들이 당신과 당신이 새로 얻은 부에 어떻게 반응하길 원하느냐의 문제이다.

당신이 타고난 왕소금이라면 평생 그렇게 살 것이다. 위대한 창조주께서 돈과 '돈을 어떻게 써야 하나' 유전자 사이의 연결 고리를 만드는데 실패한 것이다. 신께서 조지 베스트의 끝내주는 축구 실력과 맥주에 대한 사랑을 연결시키거나, 혹은 엘비스 더 펠비스(골반춤을 추는 엘비스라는 뜻-옮긴이)와 색색의 알약으로 장식한 땅콩버터 바게트 50개를 먹고 싶은 욕구를 연결시킨 것과 같은 맥락이다. 신께서도 그런 어처구니없는 실수를 하는 법이다.

나는 하룻밤에 벼락부자가 되지 않았다는 점에서 운이 좋다고 할 수 있다. 돈을 벌게 되자 제일 먼저 가계비의 지출에 대한 규제가 조금씩 풀리면서 아내는 예산을 정하지 않은 채 쇼핑할 수 있게 되었다. 충동구매를 할 수 있었고, 부엌 선반에는 앞으로 전혀 쓸 일이 없을지라도 재미로 산 물건들로 가득 찼다. 노르웨이산 이쑤시개라든가 올리브를 자를 수 있는 플라스틱 칼, 라즈베리 무늬가 찍힌 핑크색 화장실 휴지 같은 것들 말이다.

씀씀이가 커지는 데 기여한 또다른 요소는 매주 토요일마다 한 치의 오차도 없는 정확성으로 공을 골인시키며 일주일 동안 번 돈이 자신의 경력으로 번 돈의 전부라는 걸 깨닫는 축구선수와 달리, 내가 매일 사람들에 둘러싸여 있다는 것이다. 뿐만 아니라 그들을 고용하고, 그들과 이야기하고, 부요리장이나 수석 웨이터가 되겠다는 그들의 꿈을 듣는다. 그들의 동기는 돈이 아니다. 더 나은 사람이 되고 싶다는 욕망이다.

나는 3차원적인 돈에 익숙해지기 시작했고, 수입이라는 것이 칫솔에 치약 짜줄 사람을 고용할 수 있다는 의미인 영화계나 가요계 스타들을 목표로 삼지 않았다.

남자가 성공했을 경우, 갑자기 생긴 돈을 쓰기 위해 제일 먼저 달려가는 곳은 자동차 전시 매장이라고 장담할 수 있다. 자동차는 자신의 부를 과시할 수 있는 편리한 수단이다. 실제로 그 차를 살 돈이 통장에 없어도 되기 때문이다. 장인어른에게는 개인적으로 돈을 대출해 주는 사람이 있다. 호랑이 담배 피우던 시절부터 장인어른과 거래해 왔다는 그 사람은 장인어른이 필요로 하는 게 무엇이든 언제나 돈을 빌려준다. 그게 회사에 관계된 것이든, 내 차이든 간에 말이다.

이 대출업자는 로저 브래드버리라는 이름의 키 큰 대머리 신사인데, 자신이 믿을 수 있는 사람에게만 돈을 빌려준다. 장인어른은 그를 처음으로 알게 된 1976년 이후로 그의 돈을 갚지 않은 적이 한 번도 없다. 사흘 정책(전기를 아끼려는 일환으로 1970년대 영국에서 상점들이 일주일에 사흘만 연속으로 전기를 쓰게 했던 정책-옮긴이)이 실시되던 때(그 정책이 뭔지는 잘 모르겠지만)에도, 혹은 1980년대와 90년대에 금리가 두 자리 대로 치솟던 때에도, 그 외에 장인어른이 침울해질 때마다 이야기를 꺼내곤 하는 경제 위기가 닥쳤을 때도 말이다.

로저는 우리 레스토랑의 최고 단골이기도 했다. 우리를 만나지 않았더라면 평생 외식이란 건 모르고 살았을 사람이지만. 우리가 그의 삶을 좀더 풍요롭게 해주었다고 믿고 싶다. 그가 내 삶에 정기적으로 반짝이는 새 페라리를 가져다주는 것처럼.

자동차, 시계……
나를 미치게 하는 것들

나는 언제나 차라면 사족을 못 쓴다. 여자들은 명품 가방을 사고 부자들은 요트를 사지만, 난 차를 산다. 그리고 차고 청소할 때 차를 처분한다. 가끔은 주행거리가 480킬로미터밖에 되지 않고, 아직 할부가 6개월이나 남았는데도 팔아버린다.

내게는 팀이라고 하는 정말 좋은 친구가 있는데, 그는 자동차 세일즈맨이다. 우리는 매우 친해서, 페라리 신형 모델이 들어올 때마다 그는 내게 우선권을 주기 위해 전화한다. 난 한 번도 그의 제안을 거절한 적이 없다. 예전에는 장인어른에게 대신 전화해 달라고 부탁했지만, 이제는 내가 직접 로저에게 전화한다. 장인어른의 잔소리가 너무 심하기 때문이다.

하지만 사위이다 보니 나는 로저에게서 장인어른이 돈을 벌기 시작했을 때 차를 샀던 자세한 내막을 모두 듣게 되었다. 장인어른은 자신의 서른 번째 생일을 맞아 잭 바클레이 자동차 전시실에 가서 터키색 T2를 샀다가 6개월 뒤에 색깔이 더 마음에 든다는 이유로 초록색 T2를 구매했다고 한다. 또 한 번은 노란색과 검은색 팬더 드 빌을 구입해 그 차로 아이들을 학교에서 데려오곤 했다고 한다. 아내와 아내의 형제들은 아직까지도 장인어른에게 그 일에 대해 이야기하지 않는다.

내 친구 팀의 말과 달리 차는 정말로 돈이 많이 든다. 빌어먹을 돈 잡아먹는 기계이다.

내가 소유한 제대로 된 첫 번째 차는 포르쉐 911로, 오베르진에서 일하던 시절에 구입했다. 오베르진이 장사가 잘된다는 건 다들 아는 사실이었지만, 당연히 큰돈은 벌지 못했다. 그런데 갑자기 한 출판업자가 요리책을 내주겠다고 자청했을 뿐 아니라 선인세까지 주었다. 나는 그 돈을 계약금으로 내버리고, 검은색 포르쉐의 자랑스러운 주인이 되었다. 다들 내 차를 좋아했다. 나는 킹스로드를 따라 5초 만에 97킬로미터를 주파하는 속도감을 맛보고 싶어 하는 사람이라면 누구든 차에 태워주었다. 그 일은 신나게 몇 주간 계속되었고, 나는 서서히 그 조그만 괴물이 소비하는 기름값과 시내 주차 비용을 깨닫게 되었다.

게다가 매달 자동이체로 빠져나가는 할부금 2,000파운드가 통장을 고갈시켰다. 돈 내달라고 부탁하는 사람도 없고, 돈 내줘서 고맙다는 말도 듣지 못한 채 말이다. 그뿐 아니라 할부를 갚으려면 최소한 2년 반이 더 남았는데도 사람들은 더 이상 내 차에 환호하지 않았다.

결국 나는 1만 파운드를 손해 보고 그 차를 되팔았다. 비싼 수업료를 내고 뼈저린 교훈을 배웠으리라 생각하겠지만, 그렇지가 않다. 나는 가끔씩 어리석다. 앞에 나왔던 대로 내가 그 유명한 코드 8의 세무 조사를 받았을 때 장인어른은 내가 구입한 차들의 전적을 모두 밝혀내야 했다. 그 일은 엄청난 시간이 걸렸으며, 난 세무 조사원들이 그 목록을 읽으며 무슨 생각을 했을지 짐작할 수 있다. 그들은 그 목록의 마지막 장을 넘기며 분명 '이 남자는 정신과 치료를 받아야겠군. 하지만 그전에 세금부터 뜯어내자'라고 생각했을 것이다.

나는 시계도 좋아한다. 내가 늘 약속에 늦는 사람이라는 걸 생각할 때 참으로 아이러니한 일이다. 차와 마찬가지로 시계 역시 자신의 부를 뽐낼 수 있지만, 그다지 많은 돈이 들진 않는다. 나는 함께 촬영하며 날 도와준 사람들이나 생일을 맞이한 사람들에게 시계 선물을 주는 걸 좋아한다.

한번은 자선 경매에서 흥분하는 바람에 시계판 주위에 조그만 다이아몬드가 점점이 박힌 핑크색 아스프레이 시계를 사버렸다. 3만 5,000파운드쯤 줬을 것이다. 그 시계는 너무 유치해서 한 번이라도 차게 될 날이 올지 모르겠다. 자선 경매란 게 원래 그렇다. 대중들로부터 5분간 따뜻한 환호를 받은 대가로 돈을 내놓을 수 있는 사람을 뜯어먹는 기막힌 방법인 것이다. 사람들은 대체 쉐프가 뭘 하려고 다이아몬드 범벅인 시계를 사는 걸까 의아해했을 것이다. 게다가 낙찰가는 또 얼마라고? 조심하세요, 장인어른. 곧 장인어른의 환갑이 다가오고 있다고요.

나는 비행기를 탈 때는 1등석만 이용한다. 어린 시절에 일반석만 타고 다녀서 1등석을 동경해 왔다고는 말할 수 없다. 예전에는 해외 여행이라는 걸 해본 적이 아예 없기 때문이다. 유일하게 가본 나라는 프랑스였는데 그때도 포크스턴 페리를 타고 갔다. 하지만 두바이에 몇 번 다녀온 뒤, 나는 비행기의 일반석을 타는 건 실수라는 걸 금세 알게 되었다.

내가 마지막으로 일반석에 탄 것은 인도 항공을 타고 뉴욕으로 갈 때였다. 권투 프로모터 프랭크 워렌의 선수가 출전하는 시합이 뉴욕의 매디슨 스퀘어 가든에서 열리기로 되어 있었는데, 프랭크가 시합 직전에 나와 마커스 웨어링을 초대한 것이다. 시합 전에 구할 수 있는 좌석은 그것뿐이었다. 빌어먹을. 그 좌석은 일반석에서도 맨 끝으로 화장실 옆이었다. 그때가 마지막일 것이다. 시합은 프랭크의 선수가 이겼다.

비행기와의 로맨스는 싱가포르 에어라인과 함께 일하면서 싹텄다. 기내 메뉴를 상담하기 위해 싱가포르로 날아갈 때마다 나는 좌석이 12개뿐인 1등석에 앉는데, 상업적인 비행기들 가운데서 가장 좋은 1등석일 것이다. 그곳은 축구 경기를 할 수 있을 만큼 넓은데다 내가 원하는 대로 비디오를 골라서 볼 수 있고, 맥도날드 햄버거 많이 먹기 대회 결승전에 참가했다 돌아오는 듯한 뚱보 옆에 앉지 않아도 된다. 이 안락함은 돈에서 비롯된 것이다.

싱가포르 항공을 탈 경우에는 이 고마운 항공사에서 표 값을 부담하지만, 다른 항공사는 그렇지 않다. 장인어른과 내가 더 많이 해외시장을 개척하고 자비로 여행을 다니는 일이 많아지면서, 청구서는 점점 쌓여갔다.

하지만 그럴 만한 가치가 있다. 그 특혜의 대상에는 나와 아내, 그리고 우리 어머니까지만 포함되고, 아이들은 포함되지 않는다. 가족여행을 갈 때면 아이들은 일반석에 앉거나 일반석과 비즈니스석 중간에 앉는다. 아이들은 앞으로 몇 년 더 그런 경험을 해야 한다. 그러면 억울해서 스스로 돈을 벌고 싶어질 것이다.

이 가족 규칙이 깨진 적도 있기는 하다. 블랙스톤이 돈을 많이 벌게 되면서 그들은 개인 전용기를 사용하기 시작했다. 세리알은 아직 그럴 수준은 아니었지만, 필요한 상황이라면 얼마든지 이용했다. 내가 그와 처음으로 탄 개인 전용기는 뉴욕에서 플로리다까지였다.

그걸 타고 있노라니 예전에 어렸을 때 누나 다이앤이 읽어주었던 『버드나무 숲에 부는 바람』이 생각났다. 그 책에 나오는 토드는 언제나 새로운 교통수단을 보면 흥분한다. 토드는 말이 끄는 마차를 무척 사랑했는데, 지나가던 자동차의 큰 경적 소리에 말이 놀라는 바람에 마차가 옆으로 뒤집어진다. 차를 타본 건 고사하고, 차를 본 것도 처음이었다. 토드는 이제부턴 자동차로 여행하겠다고 결심한다.

물론 난 그렇지는 않다. 개인 전용기의 가격은 터무니없이 비싸기 때문이다. 하지만 그렇다고 전용기를 타기 싫다는 건 아니다. 내가 타나와 아이들, 어머니, 새아버지, 그리고 유모까지 전용기에 태운 비용을 정당화시키려 했을 때 장인어른은 미친 듯이 웃었다. 전용기가 판보로 공항을 향해 내려가 활주로 위에 안착하는 그 순간을 위해서라면 그만한 돈을 쓸 가치가 있다고 말했기 때문이다.

장인어른과 나는 싸우는 일이 별로 없다. 싸우기에는 사이가 너무 좋았지만, 사업 초창기에는 내가 가끔씩 짜증을 냈다. 회사가 성공을 거두고 있는데도 내 개인 재산은 불어난 게 거의 없는 것 같았기 때문이다.

장인어른은 우리가 번 돈을 다시 회사에 투자해야 한다고 주장하는 반면, 나는 눈에 보이는 내 몫의 보상을 원했다. 한참 억지를 쓴 끝에 마침내 나는 타나와 공동 명의로 집을 구입할 수 있었다.

그러자 이제는 다른 건물도 사고 싶었다. 솔직히 말해서, 매주 물가가 오르는 런던에서는 건물을 구입하는 게 유일한 재테크 아닌가? 그래서 우리는 다른 건물들도 사기 시작했다. 많이 산 건 아니지만, 워링턴이라는 아름다운 술집을 샀고, 로열 호스피털 로드 맞은편의 거대한 아파트도 샀다. 어머니가 멋진 집을 사는 걸 도와드리고, 부동산 개발 상황도 눈여겨보기 시작했다.

건물을 살 때마다 장인어른이 항상 함께 가주었다. 장인어른은 현금 흐름의 개념을 알고 있기 때문이다. 내가 여러 군데의 술집을 사들이고 싶어 하면, 장인어른은 나를 말리며 "이보게, 천릿길도 한 걸음부터 라네"라고 말씀하시곤 했다.

장인어른은 너무 많은 프로젝트를 벌여놓은 상태에서 무리하게 확장하는 것은 위험하다는 걸 알고 있었다. 공항 5번 터미널에 여는 식당에도 돈이 많이 들었고, 그 절반 규모의 프로젝트들도 진행 중이었다. 우리가 성공을 거두리라는 건 알고 있지만, 그래도 만약……?

우리가 코노트를 오픈하고 제대로 된 매상을 올리기 전까지의 똥줄이 타들어가는 듯하던 시절은 아직도 악몽처럼 따라다닌다. 그 레스토랑이 실패하고 원점으로 다시 돌아갔던 일을 생각하면 가끔씩 한밤중에 잠이 깨기도 한다. 다시 잠들기까지는 족히 30분은 걸린다.

돈만으로는 인생이 바뀌지 않는다

내가 돈을 낭비한 적이 있을까? 있을 것이다. 그래봐야 대다수의 사람들이 살면서 돈을 낭비한 정도밖에 되지 않는다. 엄청난 꽃값으로 돈을 날린 적도 없고, 차고에 자동차 50대가 있는 것도 아니다. 다시 생각해 보면, 그럴 만큼 부자도 못 된다.

세상에는 '유복하다'라고 할 수 있는 부자들도 있고, '다이아몬드가 박힌 티스푼'을 쓰는 부자들도 있다. 나는 은행에 있는 재산이 어느 정도인지 알고, 돈을 어디에 쓰는지도 알고 있다. 통장의 잔액이 많다면 지금의 소비 수준을 유지해도 될 것이고, 그렇지 않다면 당분간 차를 사는 건 자제해야 할 것이다.

딱 한 번 아주 멍청한 실수를 한 적이 있다. 장인어른과 내가 아는 친구의 친구가 기막힌 아이디어를 생각해 냈다고 했다. 당시는 전기 회사에서 가스를 팔고, 가스 회사에서는 전기를 팔던 시절이었다. 가격 면에 있어서는 무한 경쟁이었다. 사실 비용이 싸다는 걸 증명하고 소비자만 끌어 모을 수 있다면, 누구라도 전기와 가스를 사고팔 수 있는 듯했다.

우리가 사람들의 전기세를 50퍼센트 절약해 주고 대신 그 50퍼센트의 50퍼센트를 돌려받자는 아이디어였다. 그래서 친구의 친구는 사람들에게 가장 싼 요금에 전기를 파는 사업을 시작했다. 그가 원하는 자본금은 오직 4만 파운드였고, 우린 이게 끝내주게 좋은 아이디어라고 (내가 정신이 좀 이상했나 보다) 생각해 친구의 친구에게 그 돈을 주었다. 그 뒤로 다시는 그의 소식을 듣지 못했다. 우리의 친구도 물론 화가 났지만 그저 한쪽 눈썹을 치켜 올릴 뿐이었다. 달리 무슨 말을 하겠는가?

마흔 살 생일에 나는 지금까지 잘해주었던 사람들과 가족, 친구들을 위해 큰 파티를 열었다. 성대한 파티였고, 무리하지 않는 한도 내에서 아낌없이 경비가 지출되었다. 청구서는 엄청났지만, 이것도 지난 몇 년간 내 상황이 얼마나 바뀌었는지에 대한 축하라고 생각했다. 5년 전이었다면 가족들끼리 할리우드나 디즈니랜드로 놀러가는 것에 그쳤겠지. 하지만 관점이 바뀌면서 전에는 생각할 수도 없었던 것을 떠올리는 자신을 발견하게 된다. 그리고 솔직히 말해서 그건 매우 유쾌한 일이다. 인생이 바뀔 정도냐고? 아니다. 그렇지만 굳이 옛날로 돌아가고 싶지는 않다.

얼마를 벌어야 충분하다고 할 수 있을까? 10년 전에 우리 레스토랑에서 일했던 쉐프가 생각난다. 난 그 자식을 정말 싫어했는데, 어느 날 출근하더니 전날 밤 자기 부인이 빙고 게임에서 9만 8,456파운드를 땄다고 했다. 그는 자신이 할 수 있는 일들의 목록을 작성하고, 자신의 인생이 얼마나 바뀔지 생각하며 단꿈에 젖어 있었다.

사실 그의 인생은 바뀌는 게 거의 없을 것이다. 돈만으로는 인생이 바뀌기에 충분치 않으니, 그도 조만간 그 사실을 깨달을 것이다. 기왕이면 사직서를 제출하기 전에 깨달으면 좋았으련만.

복권에 당첨된 사람들이 1억 파운드 같은 큰돈을 어떻게 처리하는지 모르겠다. 그리고 내게 그런 상황은 매우 위험하게 들린다. 땡전 한 푼 없다가 갑자기 억만장자가 되는 급작스러운 변화는 당사자가 적응할 시간이 필요하다. 서리 방지 장갑과 산소 탱크를 준비하기도 전에 에베레스트 정상에 올라봐야 좋을 게 없다. 밑에서부터 천천히 올라가는 게 낫다. 그게 훨씬 재미있기도 하고.

따라서 결론은 재산을 조금씩 늘리면서 그것에 익숙해지라는 것이다. 언젠가 충분히 벌었다고 생각이 되면, 더 이상 스트레스 받지 말고 쓰는 걸 즐겨라. 오로지 돈만을 위해 돈을 벌거나, 당신의 사업이 얼마나 잘되는지 보여주기 위해 돈을 쓰지는 마라. 사업은 목표를 이루는 수단이어야 하지, 의미 없는 활동을 계속하기 위한 수단이 아니다. 그보다 시간을 잘 쓰는 방법은 없기 때문이다.

6부

인생과 비즈니스를 요리하는 법

혼나지 않기 위해 냄비를 열심히 닦는 거라면 깨끗한 냄비 외에는 얻는 게 없을 것이다. 내가 말하는 건 그런 게 아니다. 그 행동에 온 마음을 쏟아야 하고, 힘든 작업 환경 속에서 야근까지 해가며 오랫동안 일하는 자기만의 이유가 있어야 한다. 뭔가를 배우고 경험을 쌓기 위해서든, 무리 중에 최고가 되기 위해서든지 간에 말이다. 이것은 집착이 아니다. 자신의 일부가 되어버린, 대안이 없는 규율이다.

21

진정으로 원한다면, 당신의 모든 것을 걸어라

날 믿어라.
성실한 사람은 여름날의 시끄러운 말벌처럼 눈에 띈다.

강렬한 목적의식을 가슴 깊이 품어라

지난 10년 동안 내게 있었던 모든 일들을 돌이켜보면, 실수가 너무 많아 못마땅할 정도이다. 지금까지의 내 사업을 요약하자면, 피곤에 찌든 선생님들이 매우 애용하며 학생들에게 들려주는 구절을 빌려 와야 할 것 같다. "겨우 이것밖에 못했니?"

내가 사업에 관한 한 과거를 돌아보는 이유는 딱 한 가지뿐이다. 과거의 경험을 교훈삼아 더 나은 결정을 내리기 위해서이다. 사업의 세계에서 과거에 대한 그리움은 없다. 또한 '그때…… 했더라면'이라는 생각도 회의실에서는 통하지 않는다. 가장 큰 실수는 과거의 경험을 무시하는 것이다. 그 속에 때로는 눈물이 찔끔 나올 정도의 대가를 치러가며 얻은 가르침이 들어 있기 때문이다.

당신이 추구하는 게 성공이라면, 부지런히 일하는 게 도움이 될 것이다. 큰 성공을 거둔 사람들 중에는 최소한의 노력으로 엄청난 성과를 이룬 사람들도 있기는 하지만, 어떻게 그런 일이 가능한지 전혀 모르겠다.

나는 열심히 일해야 했고, 직원들에게 열심히 일하는 모습을 보여야 했다. 그래야 모든 사람들이 우리의 기대치가 얼마나 높은지 알 수 있다. 열심히 일하는 것은 그것만으로도 직원들과 유대감을 쌓는 가장 확실한 방법이며, 직원들 없이는 아무것도 이룰 수 없다. 사업에서 성공하려면 그들의 존경과 충성심을 얻어야 한다. 그걸 얻을 수만 있다면 당신은 매우 성공한 것이고, 성공 가도를 달리게 될 것이다.

열심히 일한다는 건 자신이 계획했던 일을 한다는 뜻이지만, 그전에 강렬한 목적의식이 있어야 한다. 혼나지 않기 위해 냄비를 열심히 닦는 거라면 깨끗한 냄비 외에는 얻는 게 없을 것이다. 내가 말하는 건 그런 게 아니다. 그 행동에 온 마음을 쏟아야 하고, 힘든 작업 환경 속에서 야근까지 해가며 오랫동안 일하는 자기만의 이유가 있어야 한다. 뭔가를 배우고 경험을 쌓기 위해서든, 무리 중에 최고가 되기 위해서든지 간에 말이다. 이것은 집착이 아니다. 자신의 일부가 되어버린, 대안이 없는 규율이다.

나는 "여러분은 진정으로 부자가 되고 싶습니까?"라는 질문을 듣고, 그 질문이 의미하는 바를 즉시 이해했던 기억이 난다. 사람들은 그 질문에 다들 "네"라고 대답하지만 중요한 사항을 지나치고 있다. 그건 바로 '진정으로'라는 말이다. 사람들은 그 질문이 단지 "여러분은 부자가 되고 싶습니까?"를 묻는 것이라고 생각한다.

'진정으로'라는 말은 부를 이루기 위해 모든 걸 바칠 준비가 되었냐는 뜻이며, 그러기 위해서는 죽어라 일해야 한다는 뜻이다.

다른 말로 하자면, 당신이 평균 이상의 성공을 이루고자 한다면 대부분의 사람들은 치를 떨 정도로 엄격한 규율을 세워야 한다.

당신에게는 돈도 명예도 없다. 가진 것이라곤 성공하고 싶다는 마음뿐이고, 어서 그 목표를 이루고 싶어 몸이 근질거린다. 일하는 동안에는 계속 지평선을 바라보며 다음 목표물을 찾아야 한다. 기회의 속삭임을 찾아낼 안테나가 필요하고, 그런 속삭임이 들릴 때가 반드시 올 것이다.

날 믿어라. 성실한 사람은 여름날의 시끄러운 말벌처럼 눈에 띈다. 그러니 누군가 다가와 인생의 다음 단계를 제안할 것이다. 제안하는 사람이 나타나면 요리조리 잘 뜯어봐야 한다. 그리고 그 사람에게 여러 가지를 캐묻는 걸 망설이지 마라.

내가 오베르진에서 일한 이유는 당시에는 그 자리가 내가 원하는 모든 걸 갖추고 있는 듯이 보였기 때문이다. 많은 일을 할 수 있는 기회였지만, 사실 거기서 이룬 것들이 몰락을 가져왔다고 해도 과언이 아니다. 내가 날로 커지는 명성을 즐기는 사이, 레스토랑 주인들은 조용히 그 명성의 열매를 즐기고 있다는 걸 처음에는 몰랐다. 훗날 가장 큰 자산이 되어줄, 충성스럽고 능력 있는 일꾼들과 함께 일하고 있다는 사실을 몰랐던 것처럼.

오베르진의 주인들은 교실 앞에 선 선생님처럼 내게 사업을 말아먹는 법에 대해 기꺼이 공짜 수업을 해주고 있었다. 손님들과 수다를 떨며 홀을 돌아다니는 것 말고는 하루 종일 직원들 앞에서 빈둥거리고, 주방이 어떻게 운영되는지 아무 관심도 없었으며, 직원들의 생일은 챙겨주지 않았다.

이런 태도는 식초처럼 내게 스며들었고, 이 조그만 레스토랑의 성공에서 비롯된 허영심은 날 숨 막히게 했다. 몸이 커져 옷이 작아졌을 때 이런 현상이 일어난다. 우리에게는 더 큰 옷이 필요하다.

오베르진 시절에 대해 한 가지 사실만큼은 절대 잊지 못할 것이다. 이런 말을 하면 내 머리가 자만심으로 가득 찬 것처럼 들리겠지만, 그 이탈리아인 주인들의 태도는 비틀즈와의 계약을 거절한 레코드 회사 비카나 마찬가지였다. 당첨된 복권을 갈기갈기 찢어버린 것이나 다름 없는 그 이야기는 다들 알고 있을 것이다.

소위 사업가라는 이 이탈리아 3인조는 내 능력을 알아보기는커녕 사타구니를 걷어찼다. 날 적절하게 대우해 주고, 아버지다운 충고를 해주고, 수입을 똑같이 분배하고, 너그러운 계약서를 작성했다면 난 평생 오베르진에 남았을 것이다. 난 젊고 빌어먹게 멍청했던 터라 그 계약서에 기꺼이 나를 팔아넘겼을 것이다.

하지만 난 그러지 않았고, 어느 정도는 운이 좋아서라고 할 수 있다. 한순간도 성공에 운이 필요하지 않다고는 생각하지 마라. 스스로 운을 만들어가는 일도 결코 멈추지 마라. 운은 성공하겠다고 결심한 사람을 따라가기 때문이다. 운은 우연히 생기는 게 아니다. 운이란 하얀 송로버섯과 같아서 킁킁거리며 찾아다녀야 한다. 일단 발견하면 땅에서 파내 조심스럽게 씻어야 한다. 찾아낸 사람에게 부를 가져다줄 것이다.

다시 그 이탈리아인 주인들의 이야기로 돌아가보자. 그들과 나 사이에는 온갖 맞고소가 뒤따랐고, 결국 쌍방 모두 엄청난 변호사 수임료만 물게 되었다. 하지만 한 수상식에서(매년 열리는 자카트 가이드 시상식이었을 것이다) 로열 호스피털 로드는 팀 자카트에 의해 최고 레스토랑으로 선정되었다.

그러자 마키아벨리 같은 성격의 장인어른이 그 이탈리아인들 가운데 한 명의 옆으로 가서 속삭였다. "이보게, 당신들이 놓친 게 누군지 보라고." 그 남자는 평생 발기 불능에 시달렸을 것이다.

좋은 인재들을 곁에 두고 그들에게 에너지를 불어넣어라

오베르진에서 나와 함께 일했던 직원들을 로열 호스피털 로드로 옮겨온 건 다시 한 번 짚고 넘어가야겠다. 함께 고생하며 우리들 사이에 형성된 유대감에 대해서는 이미 이야기했다.

우리는 추운 새벽부터 휴식 시간도 별로 없이 근무하며 함께 고생했다. 보수는 많지 않았고, 레스토랑의 '주인들'에게서 고맙다는 소리도 못 들었다. 우리는 모든 걸 함께했고, 장차 수년간 지속될 동지애가 싹텄다. 직원들 모두가 오베르진을 그만두고 나를 따라 미지의 영역으로 발을 들여놓게 만든 게 그것 말고 달리 뭐가 있겠는가? 내 생각에 그들은 우정을 지킬 기회를 놓치고 싶지 않았던 것 같다. 그리고 우리가 함께 새로운 분야를 개척한다는 흥분도 있었다.

이 흥분은 요리사들, 주방 일꾼들, 홀에서 일하는 직원들에게까지 퍼져갔다. 다들 이것이 큰 기회라고 생각했고, 아무도 그것을 놓치고 싶어 하지 않았다.

의욕적인 직원들을 두는 건 모든 고용주들의 꿈이지만, 거기에도 예외는 있다. 격려는 월급만큼이나 중요하다. 사람들은 살기 위해 돈이 필요하지만, 인생을 설계하기 위해서는 동기가 필요하다. 한 단계 더 나아가 절대 잊지 말아야 할 중요한 사실은 직원들의 가치를 인정해 주는 것이다. 충성스럽게 일하는 직원이 있다면, 상사인 당신이 그 사실을 알고 있다는 걸 반드시 알려라. 늘 칭찬해 줄 필요는 없지만, 그들과 시간을 보내며 그 사람 없이는 회사가 불완전하다는 걸 인정해 주어라. 직소 퍼즐의 일부가 된다는 것은 진짜 기분 좋은 일이다.

사업 확장을 결정하는 건 어려운 일이 아니다. 문제는 어느 방향으로 나아갈지 결정하는 일이다. 사람을 꿰뚫어보는 것은 벽을 투시하는 것만큼 힘든 일이며, 직감도 언제나 맞는 건 아니다. 상대의 눈을 바라보며 그들의 배경, 동기, 살아온 세월을 알아내려고 노력하라. 그리고 직접적인 질문을 던져라. 그들의 대답이 뭔가를 알려줄 것이다.

그리고 그런 태도는 당신이 조금도 두려워하지 않는다는 걸 보여준다. 나는 심리학자는 아니지만, 두려워하지 않고 스스로에 대해 자신감이 있어 보인다면 십중팔구는 이기는 싸움이다.

당신의 성장을 도와줄 누군가의 손을 확실하게 잡아라

장인어른과 함께 인생의 진정한 기회를 잡았다는 점에서 난 행운아이다. 장인어른은 이미 성공한 사업가였고, 엄청나게 연륜이 쌓여 있었다. 솔직히 말해서, 장인어른은 우리가 함께 할 사업에 대해 나만큼이나 흥분한 것 같았다. 누군가와 함께 일하는 게 장인어른에게 완전히 새로운 경험이라는 점에서 대단히 놀라운 일이다.

이 단계에서 내가 도박을 했냐고? 글쎄, 설사 내가 도박을 했다 해도 절대 도박처럼 보이지 않았다. 장인어른은 이 생소한 분야에서 자신감으로 가득 차 있었고, 나는 일을 성사시키기 위해 열심히 일했으니까.

당신이 믿고 있는 누군가가 도움의 손길을 내밀 때는 그걸 붙잡아라. 우물쭈물할 시간이 없다. 피에르 코프만이 내게 레스토랑을 사라고 제안했을 때, 난 그가 진심으로 내가 성공하길 바란다고 느꼈다. 예전에 그가 다른 누군가에게서 도움을 받아서 그랬을 수도 있다.

그는 레스토랑을 파는 것 말고는 나를 도와야 할 이유가 전혀 없었다. 하지만 레스토랑을 파는 게 그의 주요한 목적이 아니라는 건 확실했다. 그게 아니라면 어째서 잔금을 1년 뒤에 갚으라고 미뤄주었겠는가? 가장 안전한 계약은 계약서에 서명하는 즉시 전액을 받는 것이다. 이는 삼척동자도 아는 사실이다.

피에르는 도박을 한 셈이고, 나는 영원히 그 사실을 기억할 것이다. 나아가 앞으로 전도유망한 젊은 세대를 만났을 때 나 또한 그렇게 하도록 노력할 것이다. 피에르가 내 레스토랑에 2인용 테이블을 예약한다면, 그 비용은 꼭 내가 낼 것이다. 끊임없는 감사와 함께.

로열 호스피털 로드를 개업하는 건 그다지 어렵지 않았다. 그건 지금까지 내가 일하고 훈련해 온 모든 것들의 결정체였고, 재능 있는 직원들로 가득했기 때문이다. 홀에서 일할 직원들을 새로 뽑고 훈련시켜야 했다면, 주방에서 일할 요리사들을 새로 찾아야 했다면 로열 호스피털 로드의 개업이 그렇게 수월하지는 않았을 것이다. 그것은 사업의 부드러운 서곡이었고, 우리의 자신감(지나친 자신감)으로 이어져 스코틀랜드에서 개업한 아마릴리스의 실패를 불러왔을 것이다.

파리의 하비스와 오베르진에서 일했던 경험은 지금 일어나는 일들의 최종 리허설이었고, 나는 거기서 내 역할을 잘 배웠다.

자신만의 레스토랑을 오픈하면서 그토록 갈망했던 성공을 이루고 나면, 이상한 일이 벌어진다. 왠지 모르게 성공했다는 느낌이 사라지고, 예전에는 불가능해 보였던 일이 이제는 해낼 수 있을 것 같고 심지어는 평범하게조차 보이는 것이다.

나는 마라톤을 하면서도 그와 비슷한 과정을 겪었다. 로열 호스피털 로드 개업 초기에 장인어른은 날 주방에서 끌어내더니 뚱보라고 비난했다. 얼마나 친절하신지. 뿐만 아니라 당신 사위들 가운데 뚱보는 있을 수 없다는 설교를 시작했고, 어느새 나는 매주 일요일마다 달리기를 하고 있었다. 주방에만 틀어박혀 손님에게 서빙되는 모든 요리를 맛보다 보니 어느새 뒤룩뒤룩 살이 쪄 있었는데 그런 줄도 모르고 있었다.

몇 주가 지나자 나는 다시 제정신으로 돌아왔다. 내가 제정신으로 돌아왔다는 걸 알게 된 건 내가 경쟁심을 불태우기 시작했기 때문이다. 하루는 장인어른의 아파트에 있는데 어린 조카 크리스토퍼 허치슨이 장인어른의 책상에서 낡은 양말 하나를 끄집어냈다. 그 양말 속에는 장인어른이 수십 년 동안 참가했던 마라톤 대회에서 받은 수백 개의 메달이 가득했다. 갑자기 나는 이 노인네가 나보다 훨씬 잘 달린다는 걸 깨달았고, 그걸 가만히 두고 볼 수는 없었다.

시간이 흐르면서 내 실력은 장인어른과 비슷해졌다. 처음 몇 번의 마라톤에 참가하면서 한때 불가능해 보였던 일이 갑자기 별것 아닌 일이 된다는 걸 깨달았다. 그래서 더 긴 거리의 마라톤 대회를 찾아다녔다. 장인어른이 남아프리카에서 열리는 컴레이드 마라톤 대회를 소개해 주었을 때, 그것은 인간이 상상할 수 있는 가장 불가능한 마라톤이라고 생각했다. 일반 마라톤 거리의 두 배가 넘는 90킬로미터를 한 번에 달려야 하는 경기였다.

하지만 결국 난 해냈고, 갑자기 그 경기는 내게 별로 대단해 보이지 않았다. 마르크스가 했던 말을 떠올렸다. 자신을 회원으로 받아주는 모임은 가입할 가치가 없다는 말이었다. 따라서 로열 호스피털 로드를 오픈하고 나자, 갑자기 그것만으로는 충분치 않다는 걸 깨달았다.

나는 사업과 돈을 버는 것에 대한 감각을 더욱 발전시켰다. 이제 장인어른과 나는 동업자이다. 장인어른은 나와 일하는 법을 터득한 정도가 아니라 호흡이 척척 맞았다. 장인어른은 언제나 자기 사업을 해왔고, 자신이 쥐고 흔들어야 직성이 풀리는 성격이라 다른 사람 밑에서는 죽어도 일하지 못한다. 그런데 우리는 환상의 복식조가 되어 함께 일하고 있었다. 말하자면 우린 서로 상대에게 없는 걸 가지고 있었고, 그것이 우리를 완벽하게 성공적인 사업 파트너로 만들어주었다.

돌이켜보면 우리처럼 가까운 사이에 성공적인 파트너 관계가 된다는 게 얼마나 힘든지 깨닫곤 한다. 이는 서로의 영역과 전문 분야를 존중해 주었기에 가능했다. 많은 사람들이 우리에게 서로가 없었다면 지금처럼 되지 못했을 거라고 말한다.

그러면 장인어른은 언제나 똑같이 대꾸한다. "내가 우리 사위 같은 동업자를 찾아내는 것보다 우리 사위가 나 같은 동업자를 찾아내는 게 훨씬 쉬웠을 거야."

장인어른의 말은 틀렸다. 우리의 완벽한 호흡은 무엇으로도 대신하기 힘들기 때문이다.

실수를 인정하는 것을 두려워 말아라

하늘을 찌를 듯하던 자신감에 넘쳐 있는 상태에서 우리는 페트뤼스를 오픈하게 되었다. 처음부터 두 번째 레스토랑을 오픈하려고 했던 건 아니었지만, 희미한 성공의 향기 속에는 우리의 왕국을 레스토랑 하나에서 두 개로 늘려줄 비범한 에너지와 열정이 있었다. 그리고 우리는 해냈다.

나는 마크 애스큐에게 로열 호스피털 로드의 주방을 맡아 수준을 유지하는 일을 맡겼다. 그는 믿음직스러운 사람이고, 초창기에 사업을 성장시킬 여유를 준 사람이었다. 페트뤼스를 출범하는 일에 신경 쓰지 않은 덕택에 새 책을 내고, 항공사 혹은 음식 조달업자에게 컨설팅을 해줄 수 있었다.

이것은 중요한 교훈이었다. 레스토랑 일에만 너무 매달려 늘 주방에 처박혀 지내다가, 어쩌다 한 번씩 창백한 얼굴로 사람들 앞에 나타나지 마라. 그것도 겨우 레스토랑 하나만 운영하면서 말이지. 수년 뒤, 우리가 고든 램지 홀딩스에 가장 크게 기여한 사람에게 표창장을 준다면, 그 상을 제일 먼저 받아야 할 사람은 마크 애스큐이다. 그는 언젠가는 미슐랭 별 세 개를 받게 될 내 자부심이자 기쁨인 첫 번째 레스토랑이 믿음직스러운 사람에 의해 관리되고 있다는 확신을 가지고 다른 일을 하도록 해주었다.

글래스고는 첫 실패였고 그 사건은 내게 일이란 잘못될 수 있고, 잘못되기도 한다는 걸 인정하기를 두려워 말라고 가르쳐주었다. 일종의 간단한 연쇄 작용이다. 일단 이 레스토랑이 완전한 실패작이라는 걸 인정하고 나면, 그 다음에는 지금 무슨 일이 벌어지고 있는지 깨닫고 왜 실패했는지 결론을 내릴 수 있게 된다. 이는 향후에 또다시 그런 실수가 일어나는 걸 막아준다. 따라서 무언가 잘못되었다는 다소 불쾌한 사실을 일찍 받아들이지 않으면, 스스로에게 교실로 가는 열쇠를 주지 않는 셈이다.

거름더미를 분석하기 위해서는 메모지와 빨래집게가 필요하다. 빨래집게로 코를 틀어막고 그 안을 계속 들춰보라. 냄새나는 거름 속에 배울 것이 많이 있기 때문이다.

욕을 가장 많이 먹어야 할 사람이 있다면 언제나 모든 일이 시작되는 곳, 즉 최고 경영진인 나와 장인어른이다. 죽어가는 백조를 보며 원인을 다른 데서 찾지 마라. 화살은 우리에게서 나갔고, 허영심, 기만, 자리 비움이라는 단어들이 떠오르면 나중을 위해 고든 램지 성서의 7대 죄악 목록에 써넣어라.

마지막으로 검시 결과, 일을 진작 중단시키지 않은 탓에 10만 파운드를 또 날려버렸다는 사실이 밝혀지거든 10점 감점시키고 수치심에 고개를 숙여라.

실패한 레스토랑은 어디서든 눈에 띈다. 손님들은 그 실패의 냄새를 맡고 오려 하지 않기 때문에 유일한 해결책은 레스토랑을 완전히 변신시켜 사람들의 인식을 바꾸는 것이다. 어쨌거나 우리는 홀이 절반만 찬 레스토랑은 운영하지 않는다.

가야 할 곳을 제대로 알고 PR하라

PR은 까다로운 전략이다. 내가 PR이라는 용어를 정의한다면, '개념을 창조하려는 시도'일 것이다. 길거리에 뿌려지는 보도 자료가 진실한 방울 없이 마법처럼 효과를 거두는 때도 있지만, 대부분은 실패하는 경우가 많다.

최고의 PR은 인기 있는 주제에 대해 좋은 소식을 퍼뜨리는 것이다.

《OK!》나 《헬로!》 같은 잡지들을 뒤적여봐라. 거기 실린 기사들이 과연 얼마나 사실이겠는가? 최악의 PR은 불명예와 치욕이라고 생각하는 대중들의 의견을 완벽으로 착각하게 만들어놓으려는 구세군 작전이다. 절대 성공할 수 없다.

PR 회사를 고용할 때는 신중을 기하라. 그들의 수임료는 비싸고, 확실한 건 매달 말에 날아올 청구서뿐이다. 그들은 언제나 대중들에게 레스토랑을 선전하는 가장 좋은 방법은 별 볼일 없는 C급 유명 인사들과 기자들을 초대해 내 돈으로 여러 번 식사 대접을 하는 거라고 믿는다. 그러면 그 사람들이 세상으로 나가 친구들에게 우리 레스토랑이 얼마나 좋은지 말하고 다닐 거라는 것이다. 당연히 좋은 레스토랑이겠지. 자기들은 공짜로 먹었으니까.

로열 호스피털 로드가 개업한 지 1년쯤 되었을 때 일이 생각난다. 한 끈질긴 미국인 여기자가 2인용 좌석을 예약해 주면 미국 신문에 기사를 써주겠다고 제안한 적이 있다. 나는 언제나 참을성 넘치는 PR 회사인 소스 커뮤니케이션스에 우리 식당은 한 달 뒤에까지 예약이 차 있는데다가, 아부성 식사 대접은 하고 싶은 생각이 없다고 했다. 그건 우리 방식이 아니다. 하지만 기자는 계속 우기면서 그렇게만 해주면 두 면에 걸쳐 우리 식당의 기사를 써주겠다고 약속했다.

나는 이런 식의 압력에 어떻게 대응해야 하는지 잘 알고 있었다. 그래서 문제의 여기자에게 전화해 상냥함과 인내심을 발휘하며 5월 11일 토요일 저녁에 2인용 테이블을 예약해 두겠다고 말했다. 그녀는 매우 기뻐했다. 문제는 로열 호스피털 로드는 주말에는 영업을 하지 않는다는 것이다. 지금도 사무실 어딘가에 그 여기자가 보낸 항의 편지가 있을 것이다.

그렇기는 해도 좋은 제품이나 서비스가 있다면 PR 회사를 알아보라. 솔직히 말해서 우리는 그들의 도움 없이 영업을 해나갈 수 없다. 세상 사람들에게 알려야 할 소식이 있을 때마다 그들은 가장 좋은 목적지가 어디인지 알고 있다. 좋은 제품은 PR이 필요하지만, 나쁜 제품은 광고가 필요하다는 걸 기억하라.

언제나 어디서나 고객의 눈으로 보라

큰 행운일수록 위험률도 커진다. 그런 도박을 견딜 만큼 심장이 튼튼하다면, 그 행운을 잡아라. 그리고 기본 원칙을 기억해라. 고든 램지 앳 클라리지스는 얼핏 보기에도 성공할 수밖에 없었다. 그곳이 성공을 거둔 이유는 사소한 부분까지 신경 썼기 때문에 그 모든 게 합쳐져 성공을 이룬 것이다.

여기서 중요한 점은 우리가 수익률에 만족해 쉽게 안주했다면, 세세한 부분까지 신경 쓰는 게 어떤 결과를 낳는지 몰랐을 거라는 것이다. 끊임없이 모니터링과 확인, 나아갈 항로를 정정한 덕분에 처음부터 괜찮았던 우리의 수익률은 3배로 뛰어올랐다.

상황을 관찰하고 보고서를 작성하도록 '비밀 요원'들을 손님으로 투입시킨 건 처음에는 장난삼아 시작된 일이었다. 하지만 그 일은 계속되었고, 점차 서비스의 결점이 드러나기 시작했다. 비밀 요원들에게 식사 대접만 해주면, 그 대가로 대중이 당신을 어떻게 보고 있는지에 대해 포괄적인 그림을 얻을 수 있다. 마치 거울로 자신의 등을 보는 것과 같다. 자주 볼 수는 없지만, 그 뒷모습은 아주 많은 것을 말해 준다.

비밀 요원들을 고를 땐 신중해야 한다. 객관적이고 차분한 사람이 필요하기 때문이다. 또한 그들이 관찰한 바를 듣고, 손님들의 식당 이용과 관련해 물어볼 질문들을 준비해 놓아라. 이 비밀 손님들은 레스토랑 전체에서 광범위하게 사용되었고, 우리는 손님들이 레스토랑과 접촉하는 수많은 부분에 관한 정보를 얻을 수 있었다.

이를테면, 예약 전화는 손님들이 고든 램지 레스토랑과 처음으로 접촉하는 기회이다. 전화벨이 얼마나 울린 다음에 예약 담당자가 전화를 받았는가? 이름을 말해 준 후에는 예약 담당자가 이름을 불러주었나? 전화한 결과 예약이 되었는가?

전화 시스템의 통계와 관련된 이런 종류의 정보는 언제나 완벽하게 업무를 수행하려는 예약 담당 매니저에게 충실하게 피드백을 줄 것이다. 모든 전화를 세 번 울리기 전에 받고 100퍼센트 예약으로 이어지게 할 수는 없겠지만, 어쨌거나 그것이 예약 담당 매니저의 목표이다.

초창기, 특히 고든 램지 앳 클라리지스의 오프닝 이후, 장인어른이 홀의 분위기를 주방과 정반대로 만든 것은 매우 잘한 일이었다. 장인어른에게는 사람들이 원하는 것이 단순히 맛있는 음식과 와인을 따라 줄 사람이 아니라는 걸 이해하는 능력이 있었다.

이는 장인어른이 예전에 인쇄업을 하던 시절에서 비롯되었을 것이다. 그때 장인어른은 좋은 가격과 품질은 고객들이 원하는 것의 일부일 뿐이라는 걸 깨달았다. 사람들은 자신이 상대하는 이가 좋은 사람이기를 원하고, 레스토랑만큼 그런 데가 또 어디 있겠는가?

웨이터들은 눈 깜짝할 사이에 승진이 된다. 대학을 졸업해 웨이터가 되고 나면, 자신이 일하는 분야가 서비스 업계의 최고봉이라는 것도 깨닫지 못한 채 레스토랑 매니저가 돼버린다. 서비스 업계에서는 언제나 손님이 옳다. 직원들의 입장에서 손님이 원하는 게 무엇인지 이해하는 것은 매우 쉽다. 웨이터들은 테이블 세팅하는 법, 음식 서빙하는 법, 계산서 준비하는 법, 그리고 웨이터가 되는 것과 관련된 철저한 규율을 배운다.

그들이 모르는 건 손님의 입장이 되어 자리에 앉고, 음식을 주문하고, 직원들이 오가는 걸 바라보고, 각 코스의 음식을 맛보고, 와인을 고르고, 팁을 더 줄지 말지 결정하는 일이다. 웨이터들이 외식을 해보기 전까지는 그런 점을 이해할 수 없는데, 이건 돈이 많이 들기 때문에 불가능한 일이다. 또다른 방법은 고용주에 의해 손님의 입장이 되도록 훈련받고 교육받는 일이다.

고용주는 직원들이 모든 면에서 손님을 배려할 뿐 아니라 피해 갈 수 없는 질문들에 대처하는 법도 가르쳐야 한다. 약간만 다르게 질문해도 웨이터들은 허둥대며 대답하기 일쑤이다. "명태와 대구는 어떻게 다르죠?" 멍한 표정. "지금 고든 램지 씨가 주방에 있나요?" 당황한 표정. 이런 질문들은 충분히 예상할 수 있으며, 손님이 편안해하도록 차분하게 대처해야 한다.

내 영토 밖으로 나갈 땐 철저히 숙제를 해두라

처음으로 멀리 떨어진 곳에 지점을 낸 지도 꽤 오래되었다. 스코틀랜드가 그 첫 번째 대상이었고, 우리는 두 가지를 배웠다. 75만 파운드를 순식간에 잃어버리는 법과 자신의 영역 밖으로 나갈 때는 조심해서 걸어야 한다는 것이다.

두바이와 도쿄 지점의 영업은 매일 간섭할 필요가 없다. 그들에게 필요한 것은 고든 램지의 직원들과 메뉴에 대한 조언, 가끔의 방문뿐이다. 이를 제외하고는 그들 스스로의 규칙과 규율대로 운영된다. 하지만 뉴욕은 달랐다.

내가 뉴욕에서 배운 게 하나 있다면, 뛰어들기 전에 숙제를 철저히 해두라는 것이다. 그럭저럭 해낼 수 있을 거라고 생각하기 쉽지만, 사실 작전 전체를 해부하고 기본적인 사항을 꿰뚫고 있는 누군가가 필요하다. 뉴욕에서 우리는 일을 시작한 후에야 허둥지둥 그 과정에 착수했고, 따라서 끊임없는 놀라움의 연속이었다. 자동차 경주에서 자동차가 요란한 소리를 내며 트랙을 돌고 있는데, 피트 레인에 있는 동료들은 그제야 바퀴 갈아 끼우는 법을 찾기 위해 미친 듯이 안내서를 읽고 있다고 생각해 봐라. 그게 바로 우리가 뉴욕에서 한 짓이다.

이제는 외국에 진출하기 전에 열 개의 항목을 정하고, 모든 측면을 세분화해 새로운 지역을 맡게 될 담당자들이 관계된 것들을 모두 알아두게 한다. 이는 단순히 필요한 사항들을 알아두는 것에서 한 단계 더 나아간 것이다.

열 개의 항목은 고용법, 부동산법, 과세, 기업 구조, 건강과 안전 규정, 이민, 은행 규정, 건강 보험, 주류 판매 허가증 그리고……. 솔직히 난 여기까지만 해도 잠들어버린다. 그래서 전문가들을 고용한 것이다. 타나의 여동생 올리는 결혼하기 전에 파일럿이었다. 처제는 파일럿 자격증을 따기 위해 비행기 엔진이 어떻게 작동하는지 공부했다고 한다. 단순히 파일럿으로서 알아야 할 사항뿐 아니라 관계된 모든 사항을 알아두는 것이다.

잘못된 것은 잘못된 것이다

나는 '미안하다'라는 말이 정말로 중요한데도 그것이 서비스 업계에서 가장 적게 쓰이는 말일 거라고 말하곤 한다. 그 말을 자주 사용한다면 공짜로 술을 사주는 것보다 더 많은 친구를 얻을 수 있다. 사람들은 미안하다는 말을 듣는 데 익숙지 않기 때문이다. 그건 여성을 위해 문을 열어주는 것과 같다. 요즘처럼 매너가 부족한 현대 사회에서는 누군가 문을 열어주면 여자들은 너무 놀라 불에 덴 고양이처럼 서둘러 문 안쪽으로 들어간다.

하지만 사과에도 한계가 있고, 한계에 도달했으면 그때는 행동을 취해야 한다. 손님이 누구든 간에 말이다. 로열 호스피털 로드에 손님 네 명이 점심을 먹으러 1시 30분에 들어왔다. 그들은 테이스팅 메뉴(추천 코스 요리-옮긴이)를 선택했고, 식사는 오후 4시 30분까지 계속되었다. 그제야 디저트가 서빙되었고, 그들은 한 웨이터가 옆 테이블에서 저녁 영업 준비를 위해 테이블보를 다리고 있다며 불평했다. 수석 웨이터인 니콜라스는 그들에게 다가가 사과하고, 당장 다림질을 중지시켰다.

30분 뒤, 일행은 아까 다림질 사건도 있으니 음식 값을 깎아달라고 했다. 니콜라스는 이미 커피값과 디저트인 프티푸르 그리고 서비스비를 빼드렸다고 말했다. 하지만 그들은 국가대표급 협상가들이었다. 그들은 총 식사비인 600파운드의 절반만 내겠다고 했고, 니콜라스는 거절했다. 결국 그들은 자리에서 일어나 돈을 내지 않은 채 주소만 남기고 떠났다.

몇 차례의 등기 편지를 보낸 끝에 결국 지불되지 않은 청구서에 대한 영장이 발부되었고, 우린 모두 법정에 섰다. 재판 과정은 고통스러울 만큼 길었고, 몇 차례의 추가 개정을 거친 끝에야 판결이 났다. 결국 우리는 돈을 받을 수 있었다.

왜 그냥 넘어가지 않았냐고? 우리가 옳고, 그들이 틀렸기 때문이다. 9년 동안 그런 일이 딱 한 번 있었다는 걸 생각하면 그냥 넘어가는 게 더 쉽다. 그들에게서 600파운드를 얻어내기 위해 우린 3,000파운드의 돈을 썼다. 하지만 그냥 넘어갈 수 없었다. 그 사람들이 미워서가 아니라, 당시에는 그게 옳은 일이라고 생각했기 때문이다.

제대로 된 시스템을 갖춰라

우리 같은 작은 사업체가 커가는 걸 지켜보는 일은 가족이 늘어나는 걸 지켜보는 것과 같다. 때가 되면 가족이 커져 더 큰 집이 필요하다. 여러 개의 지점이 있는 사업을 경영하고 있고 각 지점을 모두 감독해야 한다면, 그 감독을 총괄할 사무실을 따로 만들어라. 처음에는 괜히 돈만 드는 것 같겠지만, 각 지점마다 매니저를 따로 둬야 한다면 지점들 간에 통일성이 이뤄지는 건 불가능하다.

내가 아는 한 유명한 레스토랑 체인점은 오로지 회계 부서만 하나로 총괄했다. 회계 이외의 모든 것은 레스토랑의 각 지점이 알아서 해결하는데, 나로서는 어떻게 그런 식으로 회사가 운영될 수 있는지 불가사의할 뿐이다.

장인어른은 최근에 미국에서 매우 인기 있는 호텔 체인의 CEO를 만난 적이 있다. 그들은 우리의 도움을 받아 호텔 레스토랑의 인지도를 높이고 싶어 했고, 자신들이 조사해 본 레스토랑 그룹 가운데 우리 회사만이 유일하게 경영 전략을 총괄하는 사무실을 가지고 있다고 말했다. 우리는 고든 램지 앳 클라리지스를 준비하면서 점차 시스템을 갖추게 되었는데, 그것이 우리가 나아갈 방향임을 즉시 깨닫게 되었다.

유일한 어려움은 타이밍을 맞추고 자신이 어디를 향해 가는지 명확하게 아는 것인데, 그건 참 힘든 일이다. 우리가 코노트를 맡게 된 건 놀랄 만한 일이었지만, 기존의 체계로도 그럭저럭 그곳을 운영해 나갈 수 있었다. 하지만 그후로도 계속된 박스우드, 사보이 그릴, 페트뤼스의 버클리 호텔 이전에는 운이 필요했는데, 미리 준비해 둔 것처럼 운이 따라주었다.

우리 사무실은 빅토리아에 위치한 6층짜리 건물인 캐서린 플레이스에 있다. 그 건물의 3개 층을 우리 회사가 쓰고 있다. 나머지 3개 층에는 회계사들이 잔뜩 들어왔는데 이내 그곳이 자신들에게 맞는 곳이 아니라는 걸 깨달았다. 그들은 철수했고, 갑자기 우리가 건물 전체를 쓰게 되었다. 따라서 경영을 총괄하는 사무실을 따로 마련하는 건 효율적일 뿐 아니라, 회사를 조직적으로 운영하는 가장 합리적인 방법이다.

그것 말고도 우리 회사의 이례적인 결단은 회사의 대표 주자들에게 정당한 몫을 주는 것이다. 이는 마커스 웨어링, 안젤라 하트넷, 스튜어트 길리스, 제이슨 애서턴이 자신들이 이끄는 기업의 지분을 받는다는 뜻이다. 그다지 독창적인 방법은 아니라고 생각할지 모르지만, 이상하게도 레스토랑 업계에서는 매우 드문 일이다.

쉐프들이 지분을 받는다는 의미는 곧 그들이 레스토랑의 진정한 주인이라는 뜻이고, 레스토랑의 영업이 계속되는 동안 그들은 순이익의 일부를 받게 된다. 그들에게는 지분을 사는 것이 곧 재테크이고, 시간이 흐르면 그 지분은 어떤 연금보다도 값지게 될 것이다.

회사의 입장에서 볼 때 그것은 훌륭한 쉐프들이 우리 회사에서 계속 헌신적으로 일하리라는 의미이다. 이 전략은 재능 있는 쉐프들을 끌어모을 수 있는 한 계속될 것이다.

하지만 우리도 쉐프 영입에 실수를 한 적이 있다. 그는 다른 레스토랑에서는 맛볼 수 없는 독특한 요리를 전문으로 하는 쉐프였다. 어느 날 그가 자신의 직원들을 데리고 우리를 찾아와 우리 밑에서 일하고 싶다고 했다. 그는 우리가 어떤 식으로 일하는지 몰랐고, 그에게 레스토랑을 맡긴 지 얼마 되지 않아 아주 큰 실수를 했다는 걸 깨달았다. 그가 요리를 못해서가 아니다. 그는 훌륭한 요리사였다. 다만 그의 주방에는 군기가 잡혀 있지 않았다. 주방의 질서에 대한 생각이 우리와 매우 다른 이방인을 영입한 것이 실수였다.

그를 내보내고 상처에서 회복되기까지는 많은 시간이 걸렸다. 이 사건의 좋은 영향이라면 우리 팀원들의 좋은 점을 뼈저리게 깨달았다는 것이다. 우리 직원들은 오랜 세월을 거치며 '윽박지르기'와 '사랑하기'라는 두 단어의 중요성을 배우게 되었다. 처음 일하는 동안에는 이 두 가지가 떨어질 수 없다는 걸 직원들은 이해하고 있다.

코노트가 우리에게 가르쳐준 것은 절대 규모에 겁먹지 말라는 것이다. 사실 그곳은 큰 호텔도 아니었다. 크기는커녕 객실이 92개밖에 되지 않는다. 하지만 코노트는 레스토랑의 한계에서 벗어난 첫 번째 시도였다. 우리는 24시간 내내 호텔과 그곳에 머무르는 투숙객들이 필요한 모든 음식과 음료에 신경 써야 했다.

무슨 일이든 할 수 있지만, 경험에서 오는 자신감은 부족하다는 걸 알고 있었다. 연륜이 있다면 직원들은 적응기도 거칠 필요 없이 곧장 홀에서 일을 시작할 수 있다. 다행히도 현장 인부들에게 문제가 생긴 덕분에 필요한 만큼 시간 여유를 갖게 되었다. 그리고 몇 주 뒤, 코노트는 영업을 시작했다. 돈을 벌어들이기까지는 꽤나 오랜 시간이 걸렸지만.

뉴욕은 여러 면에서 코노트와 비슷하다. 이번에도 호텔의 음식과 음료를 모두 맡아야 했지만, 훨씬 더 큰 규모였다. 유일한 차이점은 뉴욕에서는 우리가 큰돈을 쏟아 부었고, 노조 문제를 해결해야 했다는 것이다. 하지만 뉴욕에서의 사업은 절대 규모에 겁먹지 말라는 것을 보여주는 좋은 본보기가 되었다.

여러 우물을 파되 확실한 브랜드는 만들어두어라

장인어른이 좋아하는 이야기 가운데 하나는 자신이 사업을 시작하게 된 사연과 그때 처음으로 배운 교훈에 관한 것이다. 장인어른은 1954년에 어머니가 일하는 메이페어로 이사했다. 오늘날과 매우 다른 당시의 런던에서 장인어른은 꽤 자유롭게 여기저기 다닐 수 있었고, 일곱 살이 되었을 때 동네 매춘부들의 심부름을 해주는 사업을 시작했다. 매춘부들이 거리에서 손님을 기다리는 동안, 장인어른이 그들을 대신해 동네 가게에서 담배를 사다 준 것이다. 덕분에 매춘부들은 손님이 지나갈 때를 대비해 자리를 지키고 있을 수 있었다. 그것이 꽤 짭짤한 장사였다고 했다.

그런데 1959년, 갑자기 하룻밤 사이에 매춘부들이 모두 사라져버렸다. 장인어른은 거리를 돌아다니며 대체 무슨 일이 생긴 건지 의아해했다. 당시 장인어른은 너무 어려 신문을 읽을 수 없었던 터라 가두범죄법이 실행된 것을 모르고 있었다. 그것은 한 마디로 거리에서의 매춘 행위를 금지하는 법안이었다. 따라서 장인어른은 순식간에 사업을 잃게 되었다.

거기서 얻은 교훈은 한 우물만 파서는 안 된다는 것이다. 그리고 그와 관련된 내 견해는 핵심 사업 외에 지적 재산의 포트폴리오를 개발하라는 것이다. 모든 성공적인 이익과 마찬가지로 지적 재산 활동은 레스토랑과 밀접히 연관되어 있고, 모든 활동이 고든 램지 브랜드에 속해 있다.

당신이 무엇을 하고, 그것을 어떻게 하는지와 연관된 브랜드를 만드는 것은 꼭 필요하면서도 어려운 일이다. 그것이 당신이 소유한 가장 가치 있는 자산이 될 수 있기 때문이다. 유명 브랜드 업체가 실패하고, 회사가 재산관리인의 손에 들어갈 때를 생각해 봐라. 약탈자들이 부서진 회사의 잔해 사이를 돌아다니며 제일 먼저 찾아내려고 하는 게 무엇인가? 두말할 것 없이 다른 사람에게 팔아먹을 수 있는 이름이나 브랜드이다.

일단 브랜드를 설립하거나 사들인 뒤에는 그것과 관련된 결정적 요소들을 대중에게 강하게 심어두는 게 중요하다. 롤스로이스 브랜드를 사서 포드의 몬제오 같은 차에 붙이는 건 아무 효과도 없다.

내가 레스토랑 사업을 좀더 부담 없는 스타일의 음식으로까지 확장하기로 결정했을 때, 가장 중요한 것은 우리 브랜드가 갖는 고품질의 서비스와 가치를 유지하는 것이었다. 적당한 가격에 훌륭한 맛과 재미있는 요리를 결합시키는 것은 우리 브랜드의 대표적인 특징이 되었고,

그건 절대 변할 수 없다. 희석되지도 않을 것이다. 단지 파는 물건만 달라질 뿐 브랜드에는 변함이 없다.

숫자에 강해야 전체가 보인다

누구나 세금을 낸다. 물건을 사고파는 무역 분야에서 다들 이익만 추구하고 세금을 고려하지 않는다는 사실은 언제나 놀랍다. 세금은 완전히 다른 시각에서 매사를 보게 한다. 폴란드에서 연설을 해달라는 부탁을 받았는데 보수가 5만 파운드라면, 과연 가고 싶을지 의문이다. 우선 5만 파운드에서 15퍼센트는 에이전트에게로 가고, 40퍼센트는 세금을 내야 한다. 그러면 내 몫으로 돌아오는 건 2만 2,500파운드. 따라서 내가 고려해 봐야 할 금액은 사실 그들이 제공하는 보수의 절반이 약간 넘는 가격인 것이다. 아주 간단하다.

하지만 세금 문제를 다룰 때는 지루하지만 중요한 숫자를 꼼꼼하게 확인해야 한다. 세금 계산을 잘해 두는 건 성공의 척도이고, 적절한 회계 시스템의 도입은 가장 효율적인 도구이다.

우리는 매달 매출액을 지표로 만들어 누구나 그 수치를 이해하고, 그 수치가 암시하는 의미까지 함께 이해하도록 했다. 음식 마진은 레스토랑에서 판매되는 음식 판매량 대비 순수한 재료비의 비율이다. 이 수치는 레스토랑마다, 철마다 다르고, 높은 달도 있고 낮은 달도 있다. 당신이 무슨 사업을 하든 직원들도 이 지표를 볼 수 있게 하라.

직원 비용은 또다른 요소이다. 매상 대비 직원들의 봉급 비율을 지표로 만들어보면, 직원을 필요 이상으로 많이 고용했을 경우 금방 알 수 있게 된다.

주위에 반드시 돈에 대해 잘 아는 사람을 두어라. 프랑스에 5만 파운드를 송금할 때 은행에서는 떼는 수수료는 놀라울 정도이다. 유로화로 먼저 환전해서 보내는 게 더 싸지 않을까? BACS(Banker's Automated Clearing Services; 영국의 전자상거래-옮긴이)로 보낼 수 있을까? 35만 파운드를 일주일이나 일반 통장에 넣어두었다고? 하루 예금에 대해 들어봤는가? 아니면 은행에 선물을 주고 싶은가?

이 모든 게 회사를 효율적으로 꾸려가는 방식이다. 당신이 그것의 중요성을 모른다면, 이 모든 난리가 무슨 소용이겠는가? 회사가 커질수록 재정 담당자가 필요할 것이다. 재정 담당자를 고용하려면 돈이 많이 들겠지만, 제대로 된 사람만 찾아낸다면 투자한 만큼 후한 보상을 받게 된다.

내게는 비서가 있다. 그녀는 일정, 경비, 비행 일정을 관리해 주고, 내가 만날 사람의 이름을 잊지 않도록 해준다. 그녀는 사랑스러운 존재이며, 나도 아내도 그녀 없이는 하루도 살지 못한다.

내게는 마크 서전트라는 또다른 그림자가 있다. 나는 마크를 오베르진에서 일하던 시절에 만났다. 그의 진짜 직업은 고든 램지 앳 클라리지스의 수석 쉐프이다. 그는 그곳이 오픈한 이래로 성공의 원동력이 되어왔다. 마크는 위펫(영국산 경주용 개-옮긴이)처럼 빼빼 마른 말라깽이지만 에너지로 넘쳐 한시도 가만히 있지를 못한다. 대학까지 나와 읽기, 쓰기, 산수 같은 것들을 할 줄 아는 드문 쉐프이기도 하다.

초창기에 그는 내 상업적인 조리법을 가정식으로 바꿔, 출판업자에게 보내기 전에 실험해 보는 걸 도와주곤 했다. 그는 지금도 여전히 그 일을 도와주고, 내가 토요일마다 《타임스》에 싣는 지면 칼럼을 쓰는 것도 도와준다. 마크는 내 오른팔이며, 요리 시연이나 비공식 만찬이 있을 때마다 날 도와준다. 그는 나를 잘 알고 있으며, 무슨 일이 생기면 내가 지시할 필요도 없이 모든 일을 알아서 처리한다. 그는 재미있고, 지나치게 철들지 않았다는 점에서 날 대변할 수 있다. 마크의 존재는 사람은 누구나 지원과 지지가 필요하다는 걸 증명한다.

아직 끝나지 않은 도전

장인어른의 사무실 맨 끝에는 커다란 유리 책상이 있다. 그 위에는 서류 더미가 있는데 어떤 건 서류가 많이 쌓여 있고, 어떤 건 서너 장에 불과하다. 이 서류들은 우리의 미래 계획들로 몇 달 후면 실행되거나, 아니면 갈기갈기 찢긴 채 쓰레기통으로 들어가 잊혀질 것이다. 서류들은 매일 업데이트되며, 계약서 초안이 도착하면 회계 담당 직원이 보낸 수치 보고서들과 함께 다음 심사를 대기한다.

때로는 그 서류 더미에서 빠져나와 빨간색 상자로 옮겨지는 서류도 있는데, 이는 그 프로젝트가 실시되었으며 우리 그룹에 또 한 명의 선수가 늘어났다는 뜻이다. 모든 파일의 맨 위에는 각 프로젝트의 진행 상태를 보여주는 체크리스트가 놓여 있다.

이 체크리스트가 모조리 점검되기 전에는 어떤 것도 실행시키지 않는다는 게 우리의 방침이지만, 때로는 그 법칙이 깨지기도 한다. 그나마 다행인 건 1년 전에는 체크리스트마저 없었다는 것이다. 그저 모아둔 서류들과 대부분의 사항들에 별문제 없다는 느낌만으로 일을 진행시켰다.

요즘 우리는 '빛의 속도'로 지구촌을 누비고 다닌다. 이 모든 것들이 과거의 실수 덕분이다. 우리는 그런 실수들을 통해 배웠다. 그 과정은 매우 힘들었지만 그것이 앞으로 나가는 최선의 방법일 것이다. 누군가 내게 말해 준 대로 버릇없는 아이를 길들일 때처럼 말이다.

이 책상이야말로 내가 사무실에서 가장 좋아하는 곳이고, 장인어른과 내가 '모의 훈련'을 하는 곳이다. 나는 언제든 이 사무실로 걸어 들어가 특정 계약이 현재 어떻게 진행 중인지 확인할 수 있다. 그 결과에 따라 신이 나기도 하고, 혹은 계약을 중단시키기로 결정하기도 한다. 유리 책상의 왼쪽에는 따로 분리된 두 개의 서류더미가 있다. 이 두 프로젝트가 큰 성공을 거둔다면, 우리 회사의 매상은 10억 파운드 증가해 다른 아홉 개의 프로젝트를 초라하게 만들 것이다.

지금으로서는 T5 프로젝트가 가장 큰 규모이다. 히스로 공항 5번 터미널의 약자인 T5에 오픈하게 될 '고든 램지스 플레인 푸드(Gordon Ramsay's Plain Food)'는 이제 막 시작되었다. 우리는 건설 회사에 우선 50만 파운드짜리 수표를 보내주었다.

광활한 새 터미널의 6층 콘크리트 벌판 위에는 현재 건축 자재들 그리고 발끝이 쇠로 된 부츠에 노란 형광색 재킷, 하얀 장갑, 보호용 안경, 안전모를 쓴 인부들로 가득 차 있다. 나는 이미 공사 현장을 다녀왔고, 새 터미널의 엄청난 크기에 깜짝 놀랐다. 정말 숨이 막힐 정도였다. 설치된 지 최소한 1년은 된 컨베이어벨트는 벌써부터 수트케이스를 실은 채 하루 종일 돌아가고 있었다. 공항에서 잘못되기 일쑤인 이 중요한 시설이 오픈 첫날에 성공적으로 운행될 수 있는지 확인하기 위해서였다. 티켓 판매기도 모두 설치되었고, 새로운 시작을 기다리는 중이었다.

유리 책상 위의 T5 파일은 이제 곧 빨간 상자로 옮겨질 것이다. 하지만 그전에 전체 도면을 다시 한 번 살펴보고, 이 프로젝트의 결말이 어떻게 될 것인지 구체화해야 한다. 투자금만 해도 200만 파운드가 넘었고, 우리는 이 터미널의 하루 이용객인 8만 5,000명의 여행객들의 발길을 잡아끌어야 한다.

그 목적을 달성하기 위해 난제들을 논의하고, 또 논의했다. 길어야 45분 정도인 시간 안에 어떻게 여행객들에게 적절한 가격으로 고든 램지의 음식을 먹일 것인가, 그것도 가스를 사용하지 않은 채? 이것이 현재의 문제점이었다. T5 안에는 가스가 없다. 그리고 그건 터미널을 설계할 때 깜빡 잊어서가 아니다. 직원들의 기밀 보안 문제, 음식 배달 서비스, 직원들에게 열 종류의 화폐를 다룰 수 있도록 훈련시키는 것들이 오픈 마지막 달에 고려해야 할 사항들이다.

T5 옆의 파일은 '데번셔(Devonshire)' 파일이다. '데번셔'는 가장 최근에 구입한 술집이다. 그렇지만 아직 계약서에 서명은 하지 않았다. 현재 자산 실사가 진행 중인데 생각했던 것보다 조사할 것이 많다는 걸 알게 되었다.

술집은 상태가 썩 좋지 않았고, 따라서 예산이 증가한다는 건 가격을 재협상해야 한다는 의미였다. 그동안 변호사들은 상대방이 실수로 빠뜨린 마침표에 이의를 제기하거나, 전에도 말했듯이 어두운 방에서 야한 생각이나 한다.

과연 장사가 얼마나 잘될지 걱정스럽기도 하다. '내로우(Narrow)'를 보면 알 수 있듯이 유서 깊은 술집 문화는 요즘 하향세이다. 그래서 그곳이 매물로 나온 것이다. 내로우의 매상을 다시 올려놓는 게 우리의 임무이다. 내로우는 치스윅 하이스트리트 근처에 위치하고 있는데 우리는 그곳의 점심시간을 다시 부활시킬 자신이 있다. 그런 뒤에는 저녁시간에 집중하고, 그 다음에는 아침까지 판매할 생각이다.

천사와 느려터진 변호사들의 도시인 LA는 거의 1년간 사전 심사를 진행했다. 새로운 레스토랑은 LA에 세워질 또다른 런던 호텔에서 오픈할 예정이다. 뉴욕 런던 호텔의 지점이지만, 이름만 같고 나머지는 완전히 다르다. 그곳의 화창한 날씨와 선셋 대로 문화에 어울리는 호텔이 될 것이다. 이 레스토랑의 체크리스트에서 가장 중요한 사항은 '노조 없음' 항목이 될 것이고, 나는 '노조 문제'가 끼어들지 않은 상태에서 미국 진출을 고대하고 있다.

격식을 차린 정찬은 LA에 어울리지 않는다. 우리는 마른 사람들을 위한 스시와 가벼운 건강식에 대해 배우고 있다. 알코올이 들어가지 않은 음료수들, 무엇보다 가장 중요한 연회와 행사 매니지먼트, 오스카 시상식 파티에 대해 준비하고 있다. 서부에서는 모든 게 동부보다 쉬운 것 같다. 진행 속도도 훨씬 느긋했고, 방송계에서 그토록 큰 성공을 안겨다 준 이 도시에 적응해야 했다.

장인어른은 새 프로젝트를 구상 중일 때 그 일이 확정되기 전까지는 절대 내게 말하지 않는다. 내가 흥분하면 그 사실을 다른 사람에게 떠벌인다는 걸 잘 알기 때문이다. 난 온 세상이 그 사실을 알기를 원한다. 장인어른은 그런 태도는 협상과 직원 고용 문제에 있어서 불리하다고 했다. 좋아요. 알았다고요.

서류 더미 가운데 가장 낮은 건 암스테르담 파일이다. 암스테르담의 운하 옆에는 퓰리처라는 멋지고 자그마한 호텔이 숨어 있다. 우리는 2008년에 그곳에 네덜란드의 첫 번째 기지를 설립할 것이다. 이 일은 꽤 오랫동안 보류되었는데, 계획을 세우기도 복잡하고 이미 벌여놓은 일도 너무 많았던 터라 오히려 반가운 소식이었다.

왜 네덜란드에 진출하고 싶어 하냐고? 네덜란드는 영국을 제외하고 내 요리책이 가장 많이 팔리는 나라이다. 그 이유는 나도 모르지만, 어쨌거나 네덜란드인들은 내 요리책을 좋아한다. 그러니 네덜란드로 진출할 만하다.

세상의 똑똑한 호텔 경영자들은 수년간 호텔 고유의 레스토랑을 운영해 온 끝에 야심 있는 호텔을 위한 최고의 선택은 전문 레스토랑 업자와 제휴해 그들에게 레스토랑 영업을 맡기는 것임을 깨달았다. 기왕이면 유명한 쉐프를 영입해서 말이다.

이런 사고방식은 분명 우리에게 큰 이익을 주었다. 우리는 레스토랑 예약 업무만 맡고, 호텔의 손님 유치는 호텔리어들의 몫이라는 걸 수백 번도 넘게 말했을 것이다. 결국은 그게 호텔리어들이 하는 일 아닌가.

문제는 내가 갑자기 아주 작은 호텔을 발견했고 그곳을 인수하고 싶어졌다는 것이다. 물론 거기에 딸린 두 개의 레스토랑과 작은 매점, 프라이빗 다이닝과 커다란 바까지 함께.

하지만 그건 지금까지의 선을 넘는 일이다. 호텔을 인수한다면, 체크리스트는 새로운 전문 영역으로까지 확대될 것이고 사무실도 확장될 것이다. 하지만 이건 좋은 기회이고, 전에도 말했듯이 사업 확장이란 게 이런 게 아니겠는가? 그동안 나는 새로운 경영 분야에 우리의 규율과 기준을 도입할 직원들을 찾고, 1년 뒤에는 어떻게 될지 지켜볼 것이다.

로열 호스피털 로드 옆에는 '폭스트롯 오스카(Foxtrot Oscar)'라는, 눈에 잘 띄지 않은 조그만 식당이 있다. 1980년대 초반에 오픈한 그 식당은 주로 2류 귀족들, 유명 인사(요즘에는 셀러브리티라고 해야 하나?), 그리고 플리트 가의 유명 신문기자들이 단골이었다. 그곳은 와인 한 병과 고기 파이, 감자튀김을 시켜놓고 한가롭게 오후를 보낼 수 있는 곳이다.

식당 주인 마이클은 이튼 스쿨 졸업생이지만, 아주 유쾌한 사람이다. 한가롭게 영업하는 시절은 끝났다고 생각한 마이클은 내게 전화를 했다. 그 식당은 내가 로열 호스피털 로드 초창기에 커피를 한잔 마시거나, 작고한 나이젤 뎀스터를 만나기 위해 도망간 곳이었다. 나이젤 뎀스터의 날카로운 펜은 언제나 분수를 깨닫게 했다. 마이클은 내게 폭스트롯 오스카를 팔고 싶어 했다.

노스탤지어가 대세라면 그것도 좋은 아이디어였다. 하지만 내게는 더 좋은 아이디어가 있었다. 우리가 해야 할 일은 내가 언제나 멋지다고 생각했던 그 이름 그대로 새로운 콘셉트의 식당을 만들어내, 그런 브랜드를 원하는 호텔 체인을 찾아내는 것이다. 로열 호스피털 로드에 속한 폭스트롯 오스카는 그 자체로 견본이 될 것이다. 아무리 열심히 일해도 레스토랑 하나만으로는 절대 부자가 될 수 없기 때문이다. 그래서 책상 위의 파일은 매일 늘어가고, 폭스트롯 오스카의 체크리스트는 거의 점검이 끝났다.

마지막으로 하나의 서류가 남았다. 이 서류 더미는 별로 높지 않고, 서류 더미 중에 가장 깔끔하다. 맨 위에는 서류의 내용을 가리기 위한 백지 한 장이 놓여 있다. 이 작은 서류 더미는 극비사항인 것이다. 이 새로운 프로젝트는 이번 주 월요일에 도착했고, 즉각적인 검토가 필요했던 탓에 그 옆의 보라색 급행 상자 속으로 들어갔다.

우리 직원들은 현재 모든 일을 제쳐두고 이 제안서와 관련된 수치를 계산하고 있다. 대차대조표와 늘 그렇듯이 블랙홀 속에 감춰진 다른 장부 속의 부채를 알아보고 있고, 물론 은행과도 이야기하고 있다.

이 프로젝트에는 굉장한 자산 가치가 걸려 있고, 우리는 전말을 다 듣지 못했다. 이제 곧 자세한 사항을 알게 될 것이고, 며칠 후면 이 프로젝트를 계속 할지, 아니면 그만둘지 결정하게 될 것이다.

한낱 쉐프에게 이 얼마나 환장하게 짜릿한 일인가?

사진 출처

앞표지 Paul Rider 8 게티이미지/멀티비츠이미지 43 Gordon Ramsay Holdings 56 게티이미지/멀티비츠이미지 75 Paul Raeside 144 게티이미지/멀티비츠이미지 198 Glen Dearings
202 Jonathan Glynn-Smith 227 David Joseph 242 Nicky Johnson 290 Glen Dearings 뒷표지 Richard Becker Furniture, Gordon Ramsay Holdings, Paul Raeside(순서대로)

고든 램지의 불놀이

초판 1쇄 2009년 9월 7일
초판 9쇄 2018년 8월 30일

지은이 | 고든 램지
옮긴이 | 노진선
펴낸이 | 송영석

주간 | 이진숙 · 이혜진
기획편집 | 박신애 · 정다움 · 김단비 · 정기현 · 심슬기
외서기획 | 박지영
디자인 | 박윤정 · 김현철
마케팅 | 이종우 · 김유종 · 한승민
관리 | 송우석 · 황규성 · 전지연 · 채경민

펴낸곳 | (株)해냄출판사
등록번호 | 제10-229호
등록일자 | 1988년 5월 11일(설립일자 | 1983년 6월 24일)

04042 서울시 마포구 잔다리로 30 해냄빌딩 5 · 6층
대표전화 | 326-1600 **팩스** | 326-1624
홈페이지 | www.hainaim.com

ISBN 978-89-7337-683-4

파본은 본사나 구입하신 서점에서 교환하여 드립니다.